고독의 문

신데렐라
포장마차
3

고독의 문

신데렐라 포장마차3

ⓒ 정가일 2021

초판 1쇄	2021년 6월 15일
지은이	정가일

출판책임	박성규	펴낸이	이정원
편집주간	선우미정	펴낸곳	도서출판 들녘
디자인진행	한채린	등록일자	1987년 12월 12일
편집	이동하·이수연·김혜민	등록번호	10-156
디자인	김정호	주소	경기도 파주시 회동길 198
마케팅	전병우	전화	031-955-7374 (대표)
경영지원	김은주·나수정		031-955-7376 (편집)
제작관리	구법모	팩스	031-955-7393
물류관리	엄철용	이메일	dulnyouk@dulnyouk.co.kr
		홈페이지	www.dulnyouk.co.kr

ISBN	979-11-5925-642-4 (04810)
	979-11-5925-279-2 (세트)

신데렐라
포장마차

3

고독의 문

정가일 지음

차례

에피소드 1 슈크루트가르니 _043

외전 外傳 고독 _365

★ 책셰프 정가일의 말 _398

Through me you pass into the city of woe:
Through me you pass into eternal pain:
Through me among the people lost for aye.

Justice the founder of my fabric moved:
To rear me was the task of Power divine,
Supremest Wisdom, and primeval Love.

Before me things create were none, save things
Eternal, and eternal I endure.
Abandon all hope, ye who enter here.

나를 거쳐 가는 자, 슬픔의 나라로 가리라
나를 거쳐 가는 자, 영원의 고통과 만나리라
나를 거쳐 가는 자, 파멸한 자들과 하나 되리라

정의는 지존하신 주를 움직여
성스러운 힘, 최고의 지혜,
그리고 태초의 사랑으로 나를 만드셨도다

내 앞에 창조된 것은 전무(全無)하나니
오직 무궁(無窮)이 있을 뿐, 나는 영원으로 이어지리라.
나를 거쳐 가는 자, 모든 희망을 버릴지어다.

_『신곡*La Divina Commedia*』

"살인자?"

윤범 교수가 입가의 미소를 지우지 않은 채로 되물었다.

"꼬마, 프랑수아. 어째서 내가 너의 아버지를 죽였다고 생각하지?"

"당신은 내 아버지의 단순한 친구가 아니었어! 처음부터 레메게톤에 관여한 중요 멤버였잖아! 아시아 지역의 책임자가 바로, 당신과 김성기 씨였어!"

"그래, 그 말은 맞네."

윤범 교수가 고개를 끄덕였다.

"자네 말대로 나는 레메게톤의 창립 멤버였어."

그는 순순히 사실을 인정했다.

"나와 김성기 형, 우리는 대학에서 당시 교수였던 장을 만났고 국적이나 지위를 떠나서 좋은 친구가 되었네. 자네가 아

는 대로 우리 세 사람은 맛있는 것을 찾아다니는 미식 친구였
어. 알다시피, 좋은 식당을 발견하면 암호엽서를 보냈고, 같이
만나 즐겁게 식사하곤 했지. 장은 한국요리에도 관심이 많아
서, 우리보다 먼저 맛있는 한국식당을 찾아 우리를 초대하기
도 했지. 우리는 정말 순수하게 맛있는 음식을 즐겼어. 상큼
한 와인과 따뜻한 요리. 친구들의 웃음. 내 인생에서 가장 즐
거운 순간이었지."

윤범 교수가 당시를 회상하며 살짝 미소 지었다. 하지만 프
랑수아는 굳은 표정을 풀지 않았다. 눈 속에는 윤범 교수에
대한 적개심이 가득했다.

"어느 날, 장은 우리 두 사람에게 자신이 주도하는 비밀조
직 이야기를 들려줬어. 프랑스가 약탈한 전 세계의 보물을 원
래 주인에게 돌려주는 운동. 그 고귀한 취지만 듣고서 우리는
조직에 가입했지. 장은 살아 있는 양심이었고 행동하는 지식
인이었어. 우리는 모두 그의 대의에 감동했지. 그렇게 우리는
레메게톤 활동을 시작했네."

"돈은 어떻게 마련했죠? 은행이라도 털었나요?"

프랑수아가 비꼬는 투로 말했다. 김건은 이것을 일종의 프
랑스인의 유머 감각쯤으로 이해했다.

"오, 프랑수아!"

윤 교수가 씁쓸한 표정으로 고개를 저었다.

"네 아버지 장은 명예로운 사람이었어. 아무리 대의를 위해서라도 그런 짓은 안 했을 거다."

그가 어깨를 으쓱하며 말했다.

"초창기에는 우리를 돕는 사람들이 많았어. 그중에는 큰 자산가들도 있었지. 평소 장의 사상에 매료되었던, 정의를 위해 돈을 기부하는 사람들이었지. 프랑스에는 그런 사람이 많아. 진정한 노블레스 오블리주를 실천하는 사람들 말이야. 장은 그런 사람들의 도움으로 꽤 많은 기금을 마련할 수 있었지. 그리고 그것으로 시장에 나온 외국의 문화재와 미술품을 사서 원주인에게 돌려보냈지. 그중에는 한국에서 도난당한 미술품도 있었어. 장이 직접 그 장물을 취득한 부호들을 찾아가서 설득했고, 그림들을 돌려받았지. 그렇게 모은 보물들을 비행기에 실어서 보내던 그날, 우리는 가슴이 벅차올랐어. 우리의 숭고한 이상이 실현되는 순간이었으니까! 세상이 조금 더 아름다워지고 정의로워지는 것 같았어. 그 시절의 우리는 모두가 행복했어. 서로 마주 보기만 해도 웃어대곤 했지. 마치 사춘기 소녀들처럼."

윤 교수가 당시를 회상하며 미소를 지었다. 하지만 그 미소는 햇살 아래 눈송이처럼 금방 사라져버렸다.

"하지만 우리는 곧 충격적인 소식을 들었어. 한국으로 돌려보낸 미술품이 다시 도난당했다는 것이었지. 언론을 통해 미술품이 돌아왔다는 소식을 접한 도둑이 똑같은 방법으로 원주인에게서 미술품을 다시 훔친 거야. 그러고는 해외 브로커에게 되팔았는데, 정말 기가 막히게도, 장의 설득에 한국미술품을 내줬던 부호가 같은 그림을 산 거야. 장은 이번에도 그를 찾아가 설득했지만 실패했어. 그 부호가 이렇게 말했다네. '보물을 보호할 능력이 없는 사람은 보물을 가질 자격이 없다.' 몹시 화가 났지만, 장은 그냥 돌아왔어. 그 부호의 말이 사실이었으니까."

무거운 분위기였다. 김건의 표정도 무거웠다. 그에 관련된 기사를 읽은 기억이 떠올라서다.

"실망스러운 소식은 그게 다가 아니었어. 한국뿐만 아니라 다른 동남아시아 나라에도 비슷한 사고가 있었지. 군사쿠데타로 정권을 잡은 독재자가 나라의 보물을 가로채버리는 일도 있었고, 박물관으로 가야 할 미술품에 소송을 걸어서 중간에 가로챈 고리대금업자도 있었지.

대략 다섯 개 나라로 보낸 보물 중, 네 개가 흔적도 없이 사라졌어. 그리고 우리들의 자신감도 함께 사라져버렸지. 이 일로 장의 신용은 크게 추락했어. 부호들은 더는 장에게 돈을 지원하지 않으려고 했지. 나는 계속 조직에 남아 있을 수 없었어. 부끄러워서 견딜 수가 없었거든. 하지만 김성기 형은 달랐어. 그 사람은 계속 조직에 남아서 장을 돕고 싶어 했어. 나는 그의 의견을 존중해서 혼자서 조직을 탈퇴했고."

윤 교수가 잠시 말을 끊었다. 사람들은 갈증이 나는 것처럼 침을 삼키며 그의 다음 말을 기다렸다.

"그 뒤로 우리는 간간이 미식 모임을 계속했어. 암호엽서를 보내서 미행을 따돌리고 식당에 모여 식사를 하면서 이야기를 나누었지. 일부러 조직 이야기는 안 했어. 성기 형도 그런 부분에서 조심스러웠거든. 하지만 조금씩 들리는 이야기 조각을 모아서 대강의 흐름은 짐작하고 있었지. 조직은 내가 떠난 이후로 새로운 체제를 갖췄지. 그런데 그게 상당히 위험한 일이었어. 아마도 위험한 사람들과 연계되었을 거라고 짐작하네."

"위험한 사람들?"

"마피아!"

프랑수아의 표정이 굳어졌다. 그의 아버지 장이 죽은 이유가 바로 마피아 때문이라고 했다.

"그들은 갈수록 더 비밀스러워졌고, 더 은밀해졌어. 이전처럼 정당한 방법을 쓰거나 공개적으로 활동하지도 않았어. 하지만 더 효과적이었지. 나는 그들의 놀라운 성공 소식을 간간이 전해 들으며 성공을 축하했지만 동시에 걱정했네. 장은 목적을 이루기 위해서라면 과정이 좋지 않아도 어쩔 수 없다고 생각하는 사람이었어. 그래서 장도 김성기 형도 별일 아니라는 투로 말했지만, 나는 마음을 놓을 수가 없었어."

"그 말은 내 아버지 장이 알면서도 위험한 일을 했다는 건가요?"

프랑수아의 물음에 윤 교수는 고개를 끄덕였다.

"그들은 이미 조직을 떠난 나에게 깊은 이야기를 하려 들지 않았어. 하지만 그들의 표정 뒤에서 나는 이전보다 훨씬 크고 위험한 뭔가가 있다는 사실을 눈치챌 수 있었지."

모든 사람의 시선이 자신을 향하고 있었지만, 윤 교수의 표정은 산책하는 사람처럼 편해 보였다.

"레메게톤과 관계된 사람들한테 위험한 일이 생기고 있습니다. 혹시 다른 한국 사람이나 그 당시 레메게톤 회원 중에 지금 한국에 있는 사람이 있습니까?"

잠깐의 정적을 깨며 김건이 물었다. 그의 질문에 윤 교수가 미간을 모았다.

"글쎄요. 말했다시피, 나는 초창기에 잠깐 활동하고 떠나왔기 때문에 나중에 가입한 사람들은 잘 몰라요. 김성기 형을 통해서 이따금 대략적인 이야기는 들었지만, 그 뒤로는 조직에 누가 있었는지 모릅니다. 지하조직으로 바뀌면서 모든 것이 은밀하고 비밀스러워졌거든요."

"그렇군요."

김건은 수긍했다. 윤 교수의 말이 사실이라면 그에게 더 이상의 정보는 없을 것이다.

"프랑수아!"

윤 교수가 부드러운 목소리로 프랑수아를 불렀다.

"내가 지금 한 말에는 한 치의 거짓도 없다. 나는 네 아버지 장의 충실한 친구였고 지금도 그렇다. 네가 불행한 유년기를 보낸 것을 보상해줄 방법은 없지만, 기회가 된다면 내 능력껏 너를 돕고 싶구나."

"알았어요. 무슈!"

프랑수아가 조금 가라앉은 말투로 대답했다. 하지만 그의 눈은 여전히 경계를 늦추지 않는 듯했다.

"당신의 말을 믿어볼게요. 물론 그렇다고 해서 당신에 대한 의심을 전부 거둔 것은 아닙니다."

윤 교수가 가볍게 고개를 끄덕였다.

"그래, 그렇겠지. 오랫동안 품어왔던 의심이 쉽게 가시지는 않을 거야."

그의 말꼬리에 무거운 한숨이 깔렸다.

"시간을 두고 풀어갈 수밖에 없겠지……."

윤 교수의 탄식 속에 깊은 비애(悲哀)가 느껴졌다.

오랜만에 그리운 친구의 아들을 만났는데, 그 아들은 자신을 아버지를 죽인 살인자로 믿고 있다. 아무도 감히 입을 열지 못했다. 프랑수아나 윤 교수 어느 쪽도 편들 수 없는 상황이 모두의 가슴을 짓눌렀다.

"무슈 윤, 나도 당신을 믿고 싶어요. 그러려면 당신은 두 가지 질문에 답해야 합니다."

"물어봐."

"첫 번째, 제 아버지가 한국에서 한 일이 뭔지 알려주세요."

"미안하지만 나도 그건 몰라. 장이 한국에 왔을 때 어떤 사람들과 만났는지 뭘 했는지 알 수가 없어. 그때 나는 프랑스에 있었고, 조직도 떠난 상태였어. 장이 나한테 알려줬을 리가 없지!"

"그런데 왜 아버지는 옛친구들을 찾아가라고 했죠?"

"그건 알 수 없지. 어쩌면 장이 말한 그 친구는 내가 아니라 다른 사람인지도 몰라. 어쨌든 내가 모르는 건 사실이야."

"좋아요. 그럼, 두 번째 질문도 마찬가지겠군요."

"내가 아는 건 다 말해주지."

"그들이 말하는 용이 무엇을 의미하는 거죠?"

"흠……."

바로 모른다고 할 줄 알았던 윤 교수가 나지막이 한숨을 쉬었다.

"뭔가 아는 게 있군요, 그렇죠?"

프랑수아가 따지듯 물었다.

"알기는 하지만 확실한 건 아니야. 그래서 너한테 말해줘도 될지 잘 모르겠군."

"저는 제 아버지의 유지를 이으려고 아무 정보도 없이 한국에 왔어요. 사소한 거라도 상관없으니 전부 말해줘요."

"알았다. 그럼, 말해주지."

윤 교수가 무거운 표정으로 고개를 끄덕였다.

"김성기 형이 죽기 전에 한 번 만난 적이 있어. 병이 심해졌을 무렵이었지. 그렇게 활력이 넘치던 사람이 완전히 노인이 되어서 나타났더군. 오래 이야기할 힘이 없다면서 만나자마자 이야기를 꺼냈는데……."

윤 교수가 잠깐 주변의 사람들을 둘러보았다. 이런 이야기를 공개해도 될까 걱정하는 표정이었다.

"이분들은 괜찮아요. 저를 돕는 사람들이에요."

"그래, 그럼 말하지. 성기 형은 장이 남겨둔 리스트에 대해서 이야기했어."

"리스트? 무슨 리스트죠?"

"한국의 보물에 대한 리스트. 이 나라의 '심장'이라고 할 정
도로 중요한 보물에 관한 리스트야."

"이해가 안 돼요."

"뭐가?"

"나라의 보물이라고요? 그건 누구나 알고 있잖아요? 왜 리
스트 같은 게 필요하죠?"

"그런 단순한 리스트가 아니야. 진짜 보물이 어디에 있는
지, 누가 소유하고 있는지 등을 상세하게 기록한 거야."

"그래 봐야 십 년도 넘은 옛날 기록이잖아요? 지금은 다 달
라졌을 거예요."

"나도 성기 형한테 그렇게 말했어. 하지만 성기 형이 이렇게
말하더군. '진짜 중요한 리스트는 조금도 달라지지 않았다.
왜냐하면 그건 국보에 대한 리스트니까.'라고 말이야."

"그럼, 그 리스트가 용과 무슨 관계가 있다는 거죠?"

"그것까지는 몰라. 성기 형도 자세한 이야기를 한 적이 없
어. 앞으로 네가 해야 할 일은 바로 그 리스트를 찾는 거야."

프랑수아가 생각에 잠겼다. 하지만 아무리 생각해도 모르
겠다는 듯 이내 고개를 절레절레 흔들었다.

"그것 말고는 아는 게 없나요? 용에 대한 것은 모르세요?"

"그건 몰라. 미안하네."

윤 교수가 프랑수아를 보며 복잡한 표정을 지었다.

"아까 말한 것처럼 마피아와의 관계가 잘못되어 그들은 위기에 빠졌어. 마피아는 레메게톤 조직을 이용해서 미술품과 문화재를 훔칠 계획을 세웠고, 그들을 압박했지. 장을 포함한 멤버 전원은 생명의 위협을 받으며 마피아의 하수인으로 전락할 위험에 빠졌고. 하지만 그때 그들을 도와준 사람이 있었다고 해. W라고 불렸던 사람인데……. 그런데 결정적으로 그 사람 때문에 멤버들은 장에게서 등을 돌리게 돼."

"무엇 때문에요?"

"그건 나도 모르네. 하지만 당시 성기 형은 이런 말을 했어. 진리의 문을 열었다고……."

"진리의 문?"

"그 문을 열고 안에 있는 진리를 보고 나면 절대로 이전으로 돌아갈 수 없다고 했어. 심지어 그 안을 보고 나니, 장의 위대한 계획마저 보잘것없이 느껴졌다더군."

"그런 말을 믿으라고? 난 아직도 당신이 거짓말을 한다고 생각해."

"유감이군, 하지만 믿든 안 믿든 그건 자네의 자유야. 프랑수아."

윤 교수는 표정이 굳어진 채 바지 주머니에 양손을 찔러넣었다.

"그 진리의 문에 대한 정보는 더 없나요?"

"성기 형이 마지막으로 나한테 보낸 엽서에 이런 문장이 있었어. '희망이 떠나면 무엇이 남는가?'"

김정호는 깜짝 놀랐다. 김성기 전 장관의 집에서 검찰의 눈을 피해 찍은 사진이 바로 그 문장이었기 때문이다. 김건 역시 마찬가지였다. 프랑수아의 부탁을 받고 신/포에 걸려 있던 액자를 떼어내고 그림을 꺼냈을 때, 그 뒤에 있던 문장이 바로 이것이었다.

"성기 형은 그게 진리의 문과 관계된 문구라고 했어. 그리고 이런 말도 했지. 진리의 문엔 다른 이름이 있다. 바로 '고독의 문(The Gate of Solitude)'!"

"고독의 문?"

"내가 아는 건 여기까지야. 내 말이 도움이 되었기를 비네."

윤범 교수가 말을 마치고 프랑수아를 쳐다보았다.

"말해줘서 고마워요. 하지만 아직도 당신을 완전히 못 믿어요. 무슈 윤."

"그렇겠지."

조금 쓸쓸한 얼굴로 윤 교수는 하늘을 쳐다보았다.

"오늘은 이만 헤어져야겠네. 나중에 다시 만나서 오해를 푸세."

돌아서던 신사는 마지막으로 프랑수아를 보며 미소를 지어 보였다.

"나는 너를 다시 만나서 정말 기쁘다. 이건 진심이야."

그 말을 끝으로 그는 천천히 걸어서 자리를 떠났다.

프랑수아는 한동안 그의 뒷모습을 노려보았다. 굳은 표정이었다. 싸늘한 밤공기처럼 그의 얼굴도 마음도 차갑게 식어 있었다.

윤 교수의 모습이 자취를 감춘 뒤에도 누구 하나 움직이는 사람은 없었다.

김정호가 포크에 찍은 닭고기를 입에 넣으려다 말고 슬그머니 내려놓았다. 복승아가 노려보고 있었기 때문이다.

모든 사람이 정지화면처럼 한동안 그 자리에 멈춰 있었다.

안기부는 옛 군사독재시절, 민중에 대한 핍박과 억압의 상징이었다. 처음부터 고문 효과를 극대화하기 위해 설계된 건물은 공포의 대명사였고, 사람들은 그곳을 입에 담기조차 두려워했다. 하지만 공포정치로 영원할 것만 같았던 독재 권력은 허망하게 무너졌고, 남산의 옛 안기부 건물은 지금 '유스호스텔'로 바뀌어 있다.

그곳 삼 층의 회의실에 네 명의 사람이 앉아 있었다. 오십 대로 보이는 두 명의 중년 남자와 사십 대 여자, 그리고 삼십 대로 보이는 덩치 큰 남자였다. 그들은 서로의 얼굴을 쳐다보며 이 어색한 분위기에 낯설어하고 있었다. 회의장 입구를 지키는 양복 입은 남자들은 귀에 리시버를 꽂은 채 다부진 표정으로 서 있었다.

문이 열리고 고위공무원으로 보이는 여자 한 명이 안으로 들어왔다. 문밖에 있던 남자는 들어오지 않고 그대로 문을 닫았다. 여자는 입구에 서 있는 남자들에게 가볍게 고개를 끄덕여 보이고는 경쾌한 걸음걸이로 네 사람에게 다가왔다.

"안녕하세요? 이렇게 갑자기 오시게 해서 죄송합니다."

여자의 인사에 그들도 어색하게나마 고개를 꾸벅 숙였다.

"네, 뭐……."

떨떠름한 표정으로 머쓱하게 대답했지만, 공무원 스타일의 여성은 익숙하다는 듯 미소를 잃지 않았다.

"한국추리소설가협회 회원이신 소설가님들 맞으시죠? 한

분씩 확인하겠습니다. 우선, 정우석 소설가님!"

손에든 휴대폰 화면을 보며 호명하자 가장 왼쪽에 앉은 흰 머리가 가득한 남자가 손을 들었다.

"네!"

"반갑습니다. 팬입니다. 대표작이 '살인자의 유혹', 맞죠?"

"맞습니다."

"다음은 황가연 소설가님!"

"하이루!"

두 번째로 머리카락이 듬성듬성 난 중년 남자가 손을 들었다. 대머리에 배 나온 아저씨의 이름이 여자 이름 같아 모두 웃음을 참지 못했다.

"대표작이 '얼굴 없는 소녀'죠?"

"네. 맞습니다."

"다음은…… 설인영 소설가님?"

중년 여자가 말없이 손을 들었다.

"대표작이 '서울 탐정'이죠?"

"네……."

설인영 소설가가 들릴 듯 말 듯 작은 목소리로 대답했다.

"그럼, 네 번째로 조필승 소설가님?"

"호호호! 네!"

덩치 큰 젊은 남자가 웃으며 손을 들었다. 웃는 소리가 왠지 기분 나빠서 호명하던 여성이 살짝 목을 움츠렸다.

"짧은 시간에 이렇게 모여주셔서 감사합니다. 저는 국가기관에서 일하는 사람입니다. 소속이나 이름은 보안상 알려드릴 수 없고요, 지금은 국가재난사태에 대비해서 전문가분들을 모시고 자문하고자 합니다."

"모시긴 뭘 모셔요? 저희들 협회 모임 중이었는데 강제로 차에 태워서 데려왔잖아요!"

정우석 소설가가 언짢은 표정으로 말했다.

"맞아요. 거, 민주주의 국가에서 이렇게 자유를 박탈해도 되는 겁니까?"

설인영 소설가도 작은 목소리로 뭐라고 중얼거렸다.

"데려와도 꼭, 옛날 안기부 건물이야?"

"저는 적극! 협조하겠습니다!"

조필승 소설가만이 기쁜 얼굴로 손을 들며 대답했지만, 선배들이 노려보자 슬그머니 손을 내렸다.

"너무 급해서 제대로 연락이 안 된 모양입니다. 원래 협회 회장님하고 주동산 소설가님은 이전에 도움을 받은 적이 있어서 연락을 드렸습니다만."

"회장님은 해외여행 중이시고 주동산은 지금 자고 있어요.

당연히 연락이 안 되죠."

"그랬군요, 다시 사과드리겠습니다."

"뭡니까? 벌써 저녁 아홉 시가 넘었어요. 할 거면, 빨리 좀 합시다."

"그래요. 핵심만 말해요."

"알겠습니다."

여자가 수긍했다. 여전히 미소를 잃지 않은 모습이었다.

"아직 검증되지 않은 정보이긴 해도, 대한민국에 큰 위기가 닥칠 것으로 예상됩니다."

"위기요? 어떤 종류 위기요?"

재난 소설가라는 닉네임을 가진 황가연이 민감하게 반응했다.

"그게 좀 설명하기 어려운데요……"

조금 머뭇거렸다.

"거기에 대해 일절 정보가 없습니다. 하지만 소식통에 따르면 그것을 '조용한 재앙'이라고 부른답니다."

"조용한 재앙?"

소설가들이 눈을 크게 떴다.

"무슨 이름이 그래?"

"말이 되나?"

"야, 이름 멋있다. 나중에 써먹어야겠다."

"미리 말씀드리는데, 이 회의는 1급 비밀에 속합니다. 이 안에서 나온 내용은 절대로 발설하실 수 없고, 출판물 등의 형태로 이용할 수 없습니다!"

온화한 표정과 달리 얼음처럼 냉정한 목소리에 소설가들이 놀란 얼굴로 말을 멈추었다.

"협조, 부탁드립니다."

"다른 정보는 없나요?"

"저희가 얻은 정보는 몇 개의 단어에 불과합니다. 사실, 이런 것들로는 그저 추측만 가능하죠. 그래서 소설가님들의 합리적인 상상과 추론을 빌리려고 이 자리에 모신 겁니다."

"그래서 정보가 뭔데요?"

"우선, '레메게톤'이라는 이름을 기억해주시기 바랍니다. 약 십 년 전에 활동했던 프랑스의 비밀조직입니다. 장이라는 예술가가 주도해서 만든 행동주의 실천조직으로 이들이 한 일은 프랑스가 강제로 가져온 외국의 국보와 미술품을 원래 주인에게 돌려주는 일이었죠."

"오! 대단한데!"

"우리나라 보물도 해당됐나요?"

"네. 그렇습니다. 우리나라 보물이나 미술품도 몇 점을 찾아서 보내왔습니다. 실제로 그 운동에 감명받아서 조직에 가입했던 한국인들도 있을 정도입니다."

"올~."

"그럼 정보는 그 한국인 조직원들한테서 나왔겠네요?"

설인영의 조용한 목소리에 공무원이 잠시 머뭇거렸다.

"그건, 말씀드릴 수 없습니다."

"계속하시죠."

"네.

"하지만 그들이 한국으로 돌려준 보물은 다시 도둑맞았고, 다른 나라에서도 분쟁이나 다른 이유로 보물을 잃었죠. 그렇게 그들의 운동은 서서히 힘을 잃어갔고 나중에 다른 리더가 조직을 장악했습니다. 리더였던 장은 죽었고 조직은 해체됐죠."

"그럼 끝난 거잖아?"

정우석이 말했다.

"하지만 그 조직이 비밀리에 활동을 계속한다는 보고가 있었습니다. 그리고 이전처럼 다른 나라를 돕는 것이 아니라 뭔가 다른 일을 꾸미고 있는 것 같습니다."

"리더가 바뀌면서 조직의 성격이 바뀌었다? 그런 일이 있지. 우리 협회도 원래는 이렇지 않았는데 전 회장이 정부 보

조금을 먹튀해서."

"쉿! 우리 내부 문제를 왜 외부에서 발설합니까?"

소설가들이 서로 티격태격하고 있을 때, "자, 잠깐만요. 정리 좀 하겠습니다." 하며, 공무원이 끼어들었다.

"그럼, 새로운 조직은 그런 일을 통해서 뭘 얻으려는 걸까요?"

"'멸종'입니다!"

"네?"

"조필승입니다. 아까 제 대표작을 말씀 안 하셔서."

"아, 네."

"그들의 목적은 하나입니다. '예술'이죠!"

"네?"

조필승은 큰 덩치를 앞으로 숙이며 합장하듯 두 손을 모았다.

"'레메게톤'은 예술과 관계된 단체입니다. 리더가 바뀌었다고 해서 근본이 바뀌는 것은 아니죠. 하지만 내부에서 반발이 일어나서 리더가 바뀌었다는 사실은 오직 한 가지로만 설명할 수 있습니다."

예상외로 날카로운 조필승의 의견에 공무원의 눈빛이 바뀌었다.

"어느 조직이나 더 적극적이고 공격적인 그룹에 의해 지배당합니다. 만약 그런 변화가 없다면 그 조직은 그대로 사멸하죠. 즉, 기존의 방법이 너무 온건하다고 생각한 더 적극적인 그룹이 반기를 들고 리더를 축출한 거죠. 그럼 그 뒤의 행보 역시 더 공격적으로 노선을 변경했을 가능성이 높겠죠? 하지만 그렇게 했을 경우 외부에 노출되는 빈도가 커지기 때문에 조직 자체는 오히려 음지화했을 게 분명합니다."

"음지화요?"

"네. 아까 조직이 해체됐다고 하셨는데, 사실은 해체가 아니라 규모가 더 커지면서 음지화했다는 말입니다."

"그렇군요. 참고하겠습니다. 그럼 다음 단어인데요, '조용한 재앙'과 함께 '용이 날아오르다'입니다."

"용?"

"정보가 너무 없어서 추측이 어렵지만. 가능한 선에서 추측해보죠. 우선, 서양에서 보는 용이라는 존재에 대한 이해입니다."

정우석이 조곤조곤 말했다.

"맞습니다. 용에 대한 동서양의 차이부터 짚어보죠. 동양에서 용은 신처럼 상서로운 존재지만 서양에서 용은 재앙을 상징합니다. 기사들이 용을 물리친 이야기가 동화로 구전되는 만큼, 용은 제거되어야 할 위험한 악이죠."

"그건, 뱀을 금기시하는 기독교적인 시각 때문에 그렇게 된 거죠. 실제로 아랍권에서는 용의 이미지가 선한 쪽에 속합니다."

황가연이 몇 가닥 안 되는 머리카락을 쓸어올리며 말했다.

"그럼 왜 굳이 용이라는 이름을 택했을까요?"

"용은 '시간'을 상징합니다."

설인영이 작은 목소리로 말했다.

"시간이요?"

"'용'은 거대한 만큼 알에서 깨어나 성장할 때까지 아주 오랜 시간이 걸립니다. 아마도 '레메게톤' 사람들이 준비하던 계획에 시간이 많이 필요했기 때문 아닐까요? '용'이 날아오를 때라는 의미는 그 준비가 끝났을 때라는 뜻이고요."

"그러니까 그들이 오랜 시간이 걸리는 대규모 계획을 준비 중이고 이제 그 준비가 끝났거나 끝나간다…… 이런 뜻인가요?"

"그렇게 보면 되겠죠. 또 하나, 동양의 '용'과 서양의 '용'은 '공간' 사용에서도 차이가 나타납니다."

"'공간'요?"

"동양의 '용(龍)'은 주로 하늘을 날아다닙니다. 평소에는 구름 위에서 살죠. 볼 수는 있지만, 신적인 존재인 만큼 인간과 접점이 없습니다. 반면, 서양의 용은……."

"그냥, '드래곤(dragon)'이라고 합시다."

정우석이 제안했다.

"그게 낫겠네요. '드래곤'은 하늘을 날지만 사는 곳은 동굴 속이나 깊은 숲속입니다. 접근이 어렵지만, 완전히 접점이 없는 건 아니죠."

"정리하면, '드래곤'은 '용'보다 더 구체적이고 실체적이다. 뭐, 이런 건가요?"

"그렇죠. 실제로 '용'의 전설은 고대 공룡의 뼈와 화석을 본 사람에게서 시작되었다는 견해도 있죠."

"레메게톤이 예술에 관련된 비밀조직인 만큼, 그들이 준비하는 대재앙도 예술과 관련되었을 가능성이 큽니다."

"당연히 그렇겠네요. 흐흐."

조필승이 손가락으로 안경을 밀어 올리며 웃었다. 그의 그윽한 눈빛과 마주치자 공무원은 황급히 시선을 피했다.

"조용한 재앙, 영어로 하면 'Silent disaster' 정도가 되겠죠."

"왜? catastrophe가 더 어울리지."

"뭐, 그럴 수도 있죠. 하지만 가장 적확한 표현은 바로 'The Phantom Menace(보이지 않는 위협)'일 겁니다."

"그건 '위협'이잖아? 이건 재앙이고?"

"그렇죠. 하지만 '스타워즈' 브랜드의 첫 번째 에피소드인 만큼 암시하는 게 큽니다. 완벽한 미래사회로 보이는 공화국에 암암리에 제국의 그림자가 스며든다. 그런 이야기 아닙니까?"

"그게 무슨 관련이 있어?"

황가연이 따지듯 물었다.

"'보이지 않는 위협'이 결국 공화국을 뒤엎는 계기가 되었죠. '제다이' 말고 일반인들은 눈치도 못 채고 있다가 당했습니다. 고작 '위협'이 그런 정도라면 '재앙' 수준에서는 나라가 완전 뒤집힌다, 이런 이야기죠."

"그 말씀은······?"

"'조용한 재앙'이나 '보이지 않는 위협'이나 일반인들은 인지하지 못하는 변화죠. 하지만 바꿔서 말하면 만약, 이 재앙이 일반에 알려질 경우, 정권이 무너질 정도로 충격이 클 겁니다."

설인영의 대답에 공무원의 안색이 굳어졌다.

"야! 거, 현 정권에서 일하시는 분 앞에서 뭔 그런 말을 해?"

정우석이 주의를 주었지만 소설가들은 태도를 바꾸지 않았다.

"그래도 지금 포인트는 맞아요. 일단 '용'이 날고 '재앙'이 현실화하면, 정권에 큰 위협이 될 겁니다."

그 뒤로 각자의 의견을 말하고 질문이 오갔지만 큰 진전은 없었다. 여자 공무원의 얼굴에는 미소가 돌아오지 않았다. 본인도 이를 느꼈는지 잠깐 억지로 웃어 보였지만 겨울바람 속에 굳은 과메기처럼 건조하고 딱딱했다.

"그럼 왜 굳이 한국일까요?"

"레메게톤 멤버들은 어쩌면 상징성이 강한 유물이나 미술품을 한국인들이 제대로 지키지 못할 거라고 생각했을지도 모릅니다."

"한마디로 엘리트적 오만함이죠."

"오! 엘리트적 오만함, 좋다!"

"유럽이나 구미, 일본 등 선진국 엘리트들 중에 이런 생각을 가진 사람이 많죠. 이 세상에서 자신들만이 중요한 일을 할 수 있는 능력이 있다고 믿는 거죠."

"요즘은 중국 사람들도 그러던데?"

"사실, 엘리트주의는 열등감의 다른 표현에 불과하죠. 자연스럽게 사는 게 최고인데……."

"그러게. 우리처럼 안빈낙도(安貧樂道)하면서……."

"안빈낙도? 그냥 거지지."

소설가들이 자학적인 농담을 하면서 서로 키득거렸다.

공무원이 분위기를 바꾸려는 듯 갑자기 끼어들었다.

"마지막으로 한 가지만 더 여쭤볼게요. '고독의 문'이라고 하면 뭐가 떠오르세요? 영어로 'The Gate of Solitude'입니다."

"고독의 문이라…… 그것도 레메게톤과 관련된 건가요?"

"관련되었다고 생각합니다."

"흠, 단테의 『신곡』이 생각나네?"

황가연이 턱을 문지르며 말했다.

"고독…… 분리…… 외로움, 공포, 외딴곳."

"그럼 앞의 '용'과 연관을 지어보죠."

설인영이 말했다.

"드래곤!"

정우석이 정정했다.

"네, 그렇죠. 그, 드래곤이 사는 곳으로 들어가는 문이 바로…… '고독의 문' 아닐까요?"

"그래, 그거네! 고독의 문 속에서 용이 성장하고 그 문이 열리면 재앙이 시작된다! 뭐 이렇게 이어지겠네!"

공무원의 표정이 다시 굳어졌다. 소설가들은 아주 짧은 시간에 제한된 몇 개의 단어만으로도 생각하지 못했던 결과를 이끌어냈다.

"이제 됐죠? 우리 가도 되지요?"

"그래, 더 나올 것도 없어. 재앙이라는 것 보니까 규모가 큰 거고, 예술 관련이라니까 예술이 사라진다, 뭐 이런 거 아냐?"

"모든 예술이 사라진다? 어떻게 그럴 수 있지? 우리나라가 공산주의로 바뀌나?"

"공산주의 아니라 정권만 바뀌어도 가능하지. 지난 정권 때 우리 다 블랙리스트에 올랐던 거 기억 안 나?"

"맞아! 정부 지원금도 다 끊기고."

"그거, 벌 받았어요?"

"무슨! 책임자만 대표로 감빵 잠깐 가고 말았지. 벌써 면죄부 받았어."

"우리나라가 이게 문제야. 항상 대가리만 자르면 뭐해? 뿌리는 그대로 남아 있는데."

소설가들이 중구난방으로 떠들기 시작했다. 공무원은 이미 원하던 답을 얻었다고 판단했다.

"수고 많으셨습니다. 이만 마칠까요?"

자기들끼리 용의 기원설을 두고 싸우던 소설가들이 한꺼번에 입을 닫았다.

"소정의 수고비를 현금으로 지급하겠습니다. 그리고 식권도 있습니다."

"식권요?"

"외식상품권입니다. 일 인당 만 원 한도 안에서 마음껏 드시면 됩니다."

"만 원이요? 지금 농담해요?"

"아, 요즘 정부 예산 절약 중이라서요. 이해 부탁드립니다."

"도대체 정부 어느 기관이죠?"

"그건 기밀사항이라 말씀드릴 수 없습니다."

양복 입은 덩치들이 열어주는 문을 빠져나오면서 소설가들은 서로 눈치를 주고받았다.

"어디지?"

"뻔하지 뭐. 저 양복쟁이들, 비밀경호원 아냐?"

"그리고 아까 그 공무원 들어올 때 문밖에 있던 남자, 뉴스에서 본 적 있어."

"나도! 나도!"

"그럼 답은 하나뿐이네요. 흐흐"

"청와대에서 왜 우리한테 이런 질문을 하지?"

"알 게 뭐야? 신경 쓸 게 많겠지. 대한민국이 보통 나라냐? 국민 아이큐는 세계 최상위권인데 행복지수는 세계 최하위권…… 한마디로 온 국민이 불만 많은 수재들인데, 그걸 어떻게 감당해?"

"그려, 뭐 그건 됐고. 수재도 먹어야 사니까 밥이나 먹으러 갑시다."

"합치면 사만 원이니까, 설렁탕에 수육 어때?"

"짜장면에 탕수육은?"

"그러지 말고 그냥 닭 한 마리 갑시다!"

"거기, 지난주에도 갔잖아?"

"그 집, 김치가 예술이잖아. 갑시다!"

어디로 밥을 먹으러 갈 것인지 설왕설래하는 중에 조필승이 혼자서 '흐흐흐' 하고 웃었다.

"뭐야? 왜 웃고 그래? 기분 나쁘게……."

"다들, 보셨습니까? 그 공무원 여성분이 저를 좋아하는 눈치였습니다."

그의 말에 다들 기가 막힌 듯 입을 쩍 벌렸다.

"아! 진심, 죽이고 싶다!"

평소 같지 않은 큰 목소리로 설인영이 외쳤다.

"그럼 안 돼! 그러다가 저놈 죽으면 네가 일 번 용의자야!"

"그래, 그냥 속으로만 생각해. 우리처럼!"

하지만 조필승은 아랑곳하지 않고 웃으며 말했다.

"흐흐흐, 정의는 승리합니다."

이 채널은 검증된 채널입니다.

일급 비밀인가를 요합니다.

대화 시 상대의 이름, 직함은 삭제됩니다.

모든 대화는 문자로만 볼 수 있습니다.

손님1이 입장하셨습니다.

손님2가 입장하셨습니다.

손님3이 입장하셨습니다.

손님4가 입장하셨습니다.

손님1 – 다들 모였나요?

손님3 – 네.

손님2 – 순방 중에 고생 많으십니다.

손님1 – 지금은 비행 중이라서 괜찮아요.

손님1 – 시작합시다. 새로운 거 있나요?

손님2 – 지난번 회의 이후로 크게 달라진 건 없습니다.

손님4 – 프랑수아는 계속 사람들을 만나고 있습니다. 다섯 명의 기사가 거의 모인 것 같습니다.

손님1 - 그 사람들 모두 파악했나요?

손님3 - 네. 그쪽은 저희들이 계속 주시하고 있습니다.

손님1 - 다른 구체적인 정보가 있나요?

손님3 - 그쪽도 아직 모르는 것 같습니다.

손님1 - 정리를 해보죠. 지금 우리는 '조용한 재앙'을 앞두고 있습니다.

손님2 - 맞습니다.

손님1 - 이게 뭔지 아직 모르나요?

손님2 - 아직, 정확히는 모릅니다. 그래서 저희도 프랑수아가 필요합니다.

손님1 - 그때 안 보내기를 잘했네요.

손님1 - 전문가들 의견은 어때요?

손님3 - 전문가들의 의견에서 유의미한 분석은 없었습니다. 관련 정보가 너무 적어서 저희도 큰 기대는 하지 않았습니다. 그런데 소설가 그룹에서 어느 정도 의미 있는 추측을 해냈습니다. 레메게톤이라는 그룹의 특성상 그들이 은밀하게 준비해오던 일도 예술품과 관련됐을 가능성이 크답니다.

손님1 - 조용한 재앙이 예술품과 관련된 것이다?

손님3 - 맞습니다. 재앙이라는 명칭상, 그 규모가 엄청날 거라는 예상입니다.

손님1 - 그런데 왜 조용한 재앙이죠?"

손님3 - 규모가 엄청난데 비해 일반인들이 느끼지 못할 거랍니다. 내용을 아는 사람들한테는 재앙이겠지만 일반인들은 모르고 넘어갈 거랍니다.

손님1 - 그런 이야기도 했었죠? 용이 날아오를 때? 그 의미는 알았나요?

손님3 - 용은 거대한 만큼 성장에 시간이 걸립니다. 아마도 그들이 준비 중인 계획이 많은 시간이 필요한 것이고, 용이 날아오를 때라는 의미는 그들의 준비가 끝났을 때라는 것으로 추측할 수 있답니다.

손님1 - 즉, 오랜 시간이 걸리는 대규모 계획을 준비 중이고, 이제 그 준비가 끝났거나 끝나간다. 이런 뜻인가요?

손님2 - 그것이 가장 타당합니다.

손님1 - 그리고 그들이 노리는 것이 한국이다, 그런 말인가요?

손님2 - 그렇습니다.

손님1 - 여기서 또 질문이 생기네요. 왜 한국일까요? 왜 중국이나 일본이 아닐까요?

손님2 - 그건…… 불안정성 때문이 아닐까요?

손님1 - 불안정성요?

손님2 - 네. 한국인들은 잘 못 느끼지만, 우리나라에는 중요한 보물이 아주 많습니다. 우리 선조들이 전 세계에서 가장 처음 해낸 것들이 아주 많습니다. 그만큼 보물도 많죠.

손님1 - 그렇죠. 그런데 그게 왜 불안정성이 되나요?

손님2 - 레메게톤은 이런 상징성이 강한 유물이나 미술품들을 한국인들이 제대로 지키지 못할 것으로 생각할지도 모른답니다.

손님1 - 그렇군요.

손님1 - XXX에서는 뭘 하고 있나요?

손님4 - 저희도 조사 중입니다. 하지만 아직 명확한 건 없습니다.

손님1 - 아직은 기다려볼 수밖에 없다. 그건가요?

손님2 - 지금은 그렇습니다.

손님3 - 소설가들이 추측한 게 한 가지 더 있습니다.

손님1 - 뭐죠?

손님2 - 소리 없는 재앙이라는 말은, 다시 말하면 만약 대중에게 알려질 경우, 정권에 큰 타격을 줄 거라고 했습니다.

손님2 - 만약에 그들의 계획이 실제로 성공하고, 누군가가 그것을 터뜨리면 심각한 문제가 될 겁니다.

손님1 - 걱정스럽네요.

손님3 - 이 일은 아무래도 예전에 '손님'이 했던 말과 관계가 있는 것 같습니다. 그, 판도라 프로젝트(Project Pandora).

손님1 - 나도 그런 생각이 드네요. 손님과 프랑수아의 관계를 생각하면…… 아, 빙고(氷庫)는 어떻게 됐나요?

손님2 - 진척 속도가 빠른 편입니다. 아마 반년 이내에 완공될 것 같습니다.

손님1 - 그래요? 생각보다 훨씬 빠르네요.

손님2 - 저희도 놀랐습니다. 신공법을 적용했답니다.

손님1 - 그래요. 그건 다행이네요. 우리는 할 일이 많습니다. 부동산 문제에, 검찰개혁에…… 할 일은 쌓여 있는데 이런 일도 생기네요. 정말 일모도원(日暮途遠: 해는 저물고 갈 길은 멀다)이군요.

손님2 - 저도 그렇게 생각합니다.

손님1 - 잘 아시겠지만 내 목표는 대한민국을 아무도 흔들 수 없는 나라로 만드는 겁니다.

손님2 - 알고 있습니다.

손님1 - 그 사람들 추측을 근거로 XXX에서 정보를 수집해보세요.

손님4 - 네.

손님1 - 현지에도 사람을 보냈나요?

손님4 - 지금 전담팀을 보냈습니다.

손님1 - 나오는 대로 보고해주세요.

손님4 - 네.

손님1 - 다른 건 없나요?

손님3 - 요즘 국민들 사이에서 급부상하는 것이 있습니다.

손님1 - 뭐죠?

손님4 - 페미니즘 운동처럼 남성운동을 하는 집단이 있습니다. '남성철권연대'라는 모임인데요.

손님1 - 철권연대?

손님4 - 남성들의 철저한 권리를 요구하는 모임이랍니다. 요즘 아주 핫합니다.

손님1 - 한번 보죠.

손님4 - 네.

손님1 - 그들이 노리는 게 뭔지는 모르지만 우리나라는 우리가 지켜야 합니다.

손님2 - 네.

손님1 - 계속 지켜봐주시고 수시로 보고해주세요.

손님2 - 네. 알겠습니다.

에피소드 1

슈크루트 가르니

슈크루트 가르니 *Choucroute garnie*

알퐁스 도데의 「마지막 수업」으로 유명한 프랑스 알자스 지방의 대표 요리. 독일식 양배추절임인 사우어크라우트(Sauerkraut)의 프랑스식 발음이 슈크루트다.

베이컨을 지져 기름을 낸 후, 양파, 사과, 슈크루트, 물, (리슬링)와인, 체리브랜디 등을 넣고 향신료인 주니퍼, 클로버, 베이리프, 페퍼콘 등을 넣고 끓이다가, 햄, 폭찹, 각종 소시지 등을 넣고 두 시간 이상을 끓여낸 대표적인 슬로푸드다.

여기에 리슬링와인 대신 프랑스 샴페인을 넣은 것을 슈크루트 로얄(Choucroute Royale)이라고 부른다. 조리방식은 지역마다 다른데 와인을 맨 마지막에 넣기도 한다.

타진(Tajine) : 원뿔 모양의 그릇. 물이 귀한 북아프리카 지역에서 만들어진 요리도구다. 가열 시 빠져나오는 재료의 수분을 원뿔 모양의 뚜껑에 맺히게 했다가 다시 음식으로 떨어지게 만드는 방식을 구현한 도구로 최소한의 물로도 조리할 수 있다. 주로 도기로 제작되며 그 외에도 세라믹, 돌 등 다양한 재료가 사용되기도 한다.

사이안화칼륨 : 일본식 표현인 청산가리로 유명한 독. 평소에는 독성을 가지지 않지만, 산과 결합하면 사이안화수소로 변하면서 맹독이 된다. 사람이 먹을 경우, 입으로 들어간 사이안화칼륨은 위산과 결합해 맹독으로 변하고, 이를 흡수한 체내 세포의 미토콘드리아 작용을 방해해 사망에 이르게 한다. 아주 적은 양으로도 사람을 죽일 수 있으나 흔히 알려진 것처럼 먹은 즉시 사망하지는 않는다.

마치 이 순간이 현실이 아닌 것 같았다. 레스토랑 X의 홀 바닥에 드러누워 부들부들 몸을 떨고 있는 남자. 소주희는 그저 멍하게 쳐다만 보고 있었다.

"주희야! 빨리! 구급차!"

윤보선 셰프가 다급하게 외쳤다. 그제야 정신이 번쩍 든 소주희는 얼른 직원 대기실로 달려갔다. 업무 중에는 몸에 휴대폰을 지닐 수 없다는 규정 때문에 휴대폰은 늘 가방 안에 두고 일을 했다. 급하게 휴대폰을 꺼내서 119를 눌렀다.

"여보세요?"

상대의 목소리가 들리자마자 소주희는 다급하게 외쳤다.

"여기 마포6동 레스토랑 X인데요! 사람이, 사람이 쓰러졌어요!"

"환자분 상태가 어떠신가요?"

"입에 거품을 물고 쓰러졌어요. 죽을 것 같아요."

"환자분 지병이 있으신가요? 아니면 알레르기 같은 거 있으세요?"

"그게…… 독…… 같아요."

"독이요? 무슨 독이요? 뱀 독인가요? 아니면 복어 독?"

"네? 그건…… 저도."

뭔가를 때려 부수는 것 같은 엄청난 굉음 때문에 소리에 집중할 수 없었다. 불길한 예감에 소주희는 문을 열고 그 소리를 향해 걸어갔다.

"여보세요? 여보세요?"

휴대폰에서 119대원의 다급한 목소리가 들려왔지만 소주희는 손을 늘어뜨린 채, 뭔가에 취한 것처럼 걸어갔다. 쿵! 쿵! 하면서 일정한 간격을 두고 울려 퍼지는 소음이 마치 전쟁을 알리는 원주민의 북소리처럼 들렸다. 불길했다.

소리의 근원지는 주방이었다. 문을 열자, 무거운 주물 프라이팬을 미친 사람처럼 휘두르고 있는 윤보선 셰프의 모습이 보였다. 문 앞에는 이수아가 하얗게 질린 채 얼어붙은 듯 서 있었다.

"셰프?"

소주희가 조심스럽게 부르는 소리에 윤보선의 손이 멈췄다.

그의 앞에는 조금 전까지 완전한 형태를 이루고 있던 주방의 식기와 식재료들이 무수한 파편이 되어 흩뿌려져 있었다. 주물 프라이팬은 충격이 심하게 가해졌는지 군데군데 우그러졌다. 돌아보는 윤보선의 핏발 선 두 눈에 그렁그렁 눈물이 맺혀 있었다.

윤보선이 미친 사람처럼 소주희를 향해 다가왔다. 무거운 프라이팬을 단단히 쥔 손이 부르르 떨렸다. 그가 이쪽을 향해 프라이팬을 높이 들어 올리며 소리쳤다.

"Get out!(나가)!"

소주희는 멍하니 눈앞의 남자를 쳐다보았다.

마치 이 순간이 현실이 아닌 것 같았다.

"여보세요? 여보세요?"

119대원은 아직도 포기하지 않고 힘껏 소주희를 부르고 있었다.

"들리세요?"

신영규가 그 병원에 들어간 것은 그저 우연이었다. 차에서 내려 길을 걷던 중에 강한 햇살에 고개를 돌렸고, 그의 시선이 향한 곳에 우연히 그 병원 간판이 보였다. 그래서 그는 그냥 그곳으로 발길을 옮겼다. 지은 지 이십 년은 족히 되어 보이는 낡은 건물에 손님이 잘 오지 않는 삼 층에 위치한 그 병원은, 여러모로 장사가 잘 되는 것처럼 보이지는 않았다.

덜컹거리며 열리는 유리 자동문을 지나 안으로 들어서자 피곤한 얼굴에 진한 화장을 한 중년 여인이 그를 맞이했다. 간호사처럼 보였지만 유니폼은 입고 있지 않았다.

"어서 오세요. 처음이신가요?"

여자의 안내대로 이름과 연락처를 적고 문진표를 작성한 다음, 엉덩이가 아플 정도로 단단한 소파에 앉아서 안쪽을 둘러보았다.

'엔젤맑은마음의원'

신경정신과 대신 맑은마음의원이라고 쓴 것을 보니 어린이나 청소년 등에게 문턱을 낮추려는 시도처럼 보였다. 신영규는 '쯧' 하고 혀를 찼다. 성인 전문이 아니라서 전문성이 별로 없어 보였기 때문이었다. 하지만 한편으로 생각하면 오히려 그런 점이 좋은지도 모른다.

이전에 신영규를 담당했던 의사는, 한국에서 명문대 의대를 졸업하고 미국에서 다시 정신의학박사 학위를 취득한 똑똑한 사람이었다. 한눈에도 머리가 좋다는 것이 바로 보이는 그런 사람이었다. 강남에서 병원을 개업하자마자 이미 엄청난 인기를 끌었고, 방송에도 수시로 나와서 사람들의 아픈 마음을 고쳐주는 소문난 명의로 명성이 자자했다.

신영규도 이 의사를 만나서 많은 이야기를 나누었고 또, 큰 도움을 받았다고 믿었다.

진료비는 일반적인 상담보다 훨씬 비쌌지만, 그것은 문제가 아니었다. 세상에는 돈보다 중요한 것이 얼마든지 있다. 그중에 하나가, 매일 눈앞을 어른거리는 '까마귀'를 보지 않는 것이다!

그 명의는 말했다.

'약을 써서 없앨 수도 있지만 그건 좋지 않습니다. 약 부작용도 분명히 있거든요.'

'그럼, 어떻게 하나요?'

'우선은 무시하는 겁니다.'

'무시한다……'

'그, 어…… 까마귀가 말을 거나요?'

'가끔씩요.'

'그럼, 그것부터 시작하는 거죠. 무시하세요.'

'무시하라고요?'

'본인도 아시죠? 까마귀가 실존하지 않는다는 걸.'

'......'

신영규는 대답을 하지 못했다.

"신영규 님!"

중년 여인이 이름을 불렀다. 신영규는 자기도 모르게 벌떡 일어났다.

"1번 진료실로 들어가세요."

"네."

둘러보니 진료실은 한 개밖에 없었다. 그런데 왜 굳이 1번이라고 부르는지 의아했다. 어쩌면 일종의 시험 같은 것이 아닐까, 하는 의심도 들었다. 환자가 얼마나 불안정한 상태인지 구분하기 위해서 '1번'이라는 조건을 넣은 것인지도 모른다. 그는 이런 생각을 하며 진료실 문을 열고 안으로 들어갔다.

들어서자마자 신영규는 크게 놀랐다. 의사 가운을 입고 있는 대머리의 젊은 남자 때문에 한 번 놀랐고, 그가 머리를 뒤로 길게 기른 장발족이라는 사실에 또 한 번 놀랐다. 보기 드문 일이었다. 삼십 대 중후반으로 보이는 남자는 앞이마부터 정수리까지가 허연 대머리였다. 그리고 특이하게도 옆머리와 뒷머리를 길게 길러서 하나로 묶어 포니테일을 하고 있었다. 정말 쉽게 볼 수 없는 헤어스타일이었다. 보통은 아예 머리 전체를 밀거나 가발 혹은 모자를 쓸 텐데……. 이 사람은 남들의 평가를 전혀 신경 쓰지 않는 게 분명했다.

"안녕하세요."

의사가 상쾌한 목소리로 말했다. 모닝쇼의 사회자처럼 낮으면서도 기분 좋은 톤이었다.

"아, 네."

신영규가 의사 앞에 놓인 의자에 엉거주춤 앉았다. 엉덩이가 밑으로 꺼질 정도로 폭신했다. 바깥의 소파와 비교하면 극과 극의 느낌이었다.

"어디가 안 좋으세요?"

의사가 촉촉한 목소리로 물었다.

"헛것이 보입니다."

신영규는 건조한 목소리로 대답했다.

"헛것이 보인다……."

의사가 고개를 끄덕이자 그의 대머리와 포니테일이 동시에 움직였다. 이 극단적인 조합이 다시 한번 신선한 충격으로 다가왔다. 이 병원은 상당히 극단적인 요소가 많은 것 같다. 어쩐지 의사의 성격과 맞아떨어지는 것 같기도 했다.

"뭐가 보이십니까?"

"새요. 까마귀 같은…… 검은 새가 보입니다."

"새라……."

의사가 고개를 끄덕이며 문진표를 보고 있었다.

"잠을 잘 못 주무시네요?"

"네."

"수면제 드세요?"

"아뇨!"

자기도 모르게 목소리가 높아졌다. 의사의 눈썹이 움찔했다.

"수면제는 안 됩니다!"

의사는 한동안 가만히 있었다. 일부러 신영규가 진정할 시간을 주려는 것 같았다.

"왜 안 될까요?"

"무서운 꿈을 꾸면 바로 눈을 떠야 합니다. 그게 그놈들한테서 도망칠 수 있는 유일한 방법이거든요. 수면제를 먹으면 눈을 뜰 수가 없어요. 꿈속에서 도망쳐야 하는데……."

"그렇군요."

의사가 가볍게 고개를 끄덕였다. 별일 아니라는 투였다. 일부러 꾸미는 것이 아니라 진짜로 그렇게 생각하는 것 같았다.

"그럼 어떻게 주무시나요?"

"안 잡니다."

"안 자요?"

의사가 고개를 갸우뚱하자 그의 포니테일이 시계추처럼 밑으로 늘어졌다.

"밤에는 거의 안 자고 초저녁이나 해가 있을 때 몇 시간씩 쪽잠을 잡니다."

"그래요? 그럼 피곤하지 않나요?"

"습관이 돼서요."

"네."

의사는 다시 말을 멈추고 차트를 보았다.

"그럼, 오늘 오신 이유가 수면제 때문은 아니고, 그…… 새 때문인가요?"

신영규는 한동안 대답하지 못했다. 여기 온 이유가 무엇인지를 정확히 알지 못하고 있었기 때문이다.

'내가 왜 여기로 들어왔지?' 하는 원론적인 질문이 머릿속을 이리저리 날아다녔지만, 그 속에 답은 없었다. 어떻게 해야 엉망진창으로 꼬여버린 인생을 바로잡을 수 있을지 도저히 감을 잡지 못하겠다는 생각에 사고회로가 멈춰버렸다.

그 '명의'는 어느 날 갑자기 자살했다.

항상 방송에 나와서 희망과 긍정적인 사고에 대해서 강의하던 사람이었다. 많은 팬을 가지고 있었고 뭐 하나 모자람이 없는 삶을 살던 사람이었다. 강남의 고급 빌라에 살고, 독일제 고급스포츠카를 몰았다. 결혼은 안 했지만, 분명히 여자 친구는 있었을 것이다. 유명한 연예인과 사귄다는 소문이 난 적도 있었다. 보통사람들이 꿈꾸는 상류사회의 삶을 살던 사람이었다. 적어도 그렇게 보였다. 하지만 어느 날, 그는 갑자기 자살했고 연기가 꺼지듯 이 세상에서 사라져버렸다.

신영규는 그 소식을 보자마자 날짜를 확인했다. 상담 예약 삼 일 전이었다.

한동안 시끌벅적했다. 전도유망한 의사의 죽음에 애도를 표하고 어떤 사람은 방송에서 그에게 큰 도움을 받았다며 아쉬워했다. 어떤 교수는 방송에서 정신과 의사들이 현실에서 환자들을 돌보느라 말도 못 하는 극심한 스트레스를 받고 있다며 눈물을 글썽였다. 그가 눈물을 닦으려고 손수건을 꺼낼 때, 최고급 외제차의 키가 같이 딸려 나오는 바람에 세간의 빈축을 사기도 했다. 그는 SNS상에서 정신과 의사들은 환자들에게 받는 스트레스가 많기에 고액을 받는 것이 당연하다고 글을 올려서 더 큰 파장을 일으켰다.

그럼 자살율이 훨씬 높은 전화상담사들은?이라는 댓글이

많은 동의를 얻었고, 바로 그날 교수는 자신의 SNS 계정을 비공개로 전환했다.

이런 여러 사태가 있었지만, 그의 자살에 대한 파장은 일주일을 넘기지 않았다.

정부의 주택투기 단속 및 예방에 관한 4차 조치가 기습 발표되자 모든 언론이 일제히 정부의 일방통행을 비판하는 기사로 페이지를 도배했기 때문이다.

더는 자살한 정신과 의사를 언급하는 사람이 없었다. 그렇게 우수한 정신과의사의 죽음은 새로운 뉴스의 파도에 묻혀 조용히 물밑으로 가라앉아 희석되었다.

신영규는 며칠 뒤에 그의 병원에 가보았다. 그곳은 이미 다른 병원으로 바뀌어서 내부공사를 하고 있었다.

광고 배너를 읽어보니, 죽은 의사와 새로운 의사 사이엔 묘한 공통점이 있었다.

새로운 의사는 한국에서 명문대학을 졸업한 뒤에 미국 시카고에서 치의대를 졸업했다. 그래서 병원 이름도 '시카고 치과'였다.

영원한 것은 없고, 영원한 사람도 없다. 아무리 위대한 사람도 대체할 사람은 나타나게 마련이다. 언제나……. 그렇게 이 세상이라는 방대한 쇼는 끝없이 이어진다.

"다 잊어버리고 싶습니다."

"네?"

"지금까지, 제가 살아온 인생을 다 잊어버리고 다시 시작하고 싶어요."

"아, 네……."

의사가 다시 말을 멈췄다.

"그건 제가 도와드릴 수 없는 문제네요."

조금 뜸을 들이더니, 이번에는 신영규를 쳐다보며 말했다.

"먼저 할 수 있는 걸 하죠. 환각을 없애는 것부터 시작하면 어떨까요?"

차분하게 말하는 의사의 태도가 신영규는 싫지 않았다. 살짝 믿음이 가기도 했다.

"일반적으로 환각은 앞쪽 두뇌의 활동량이 줄어들고 왼쪽 측두엽의 뇌활동이 비정상적으로 늘어나면서 생깁니다. 뇌의 측두엽에 병변이 있으면 맛과 냄새의 환각이 나타나고, 후두엽에 병변이 있으면 환시가 나타나요. 병 부위에 따라서 환이 달라지죠. 혹시 머리 쪽에 병을 진단받은 적이 있으세요?"

"아니요?"

"알레르기나 드시는 약은?"

"없습니다."

"그럼, 언제부터 환각이 보였나요?"

그 순간을 잊은 적이 없다.

'까마귀의 왕'이 천천히 어린 신영규에게 걸어왔다. 검은 까마귀 탈 위에 있는 세 번째 다리!

"뭐야? 왜 이래?"

신영규가 외쳤지만, 양옆에서 그를 붙잡고 있는 다른 까마귀들이 더욱더 거세게 그를 바닥으로 내리눌렀다. 지금까지 그를 리더로 따르던 사람들이 모두 일시에 돌아섰다. 그만큼 왕의 명령은 절대적이다!

까마귀의 왕이 그의 머리맡에 멈춰 섰다. 그 손에는 검은색과 금색이 뒤섞인 봉이 들려 있었다. 맨 끝에 까마귀의 손이 빨간 눈동자를 움켜쥐고 있는 흉측한 봉. 까마귀 왕의 왕홀(王笏, scepter)이었다.

"지금부터 죄인에게 '낙인'을 찍는다!"

까마귀 왕이 무겁게 말했다.

"안 돼! 그만해! 그만!"

사방을 둘러싼 까마귀 탈을 쓴 사람들이 주문을 외기 시작했다.

"삼족오의 삼족(세 번째 다리)은 머리에 있다! 세상은 삼족오의 심판을 받는다!"

주문은 점점 커지고 빨라졌다. 거기에 따라서 왕홀의 끝에 달린 붉은 눈이 점점 더 빨갛게 빛을 발했다.

"삼족오의 삼족은 머리에 있다! 세상은 삼족오의 심판을 받는다!"

세상에 대한 원한을 잊지 않으려고 만든 삼족오 가문의 주문!

그 주문이 최고조에 올랐을 때 왕이 왕홀을 높이 쳐들었다. 봉 끝의 눈알이 빨갛게 빛났다.

"그-마-안!"

어린 신영규의 외침이 허무할 만큼 까마귀의 왕이 왕홀을 힘껏 내리쳤다. 그 끝에 있는 붉은 눈알이 그의 왼쪽 머리로 내리꽂혔다. 그는 그대로 정신을 잃었다.

어두운 창고에서 눈을 떴을 때, 주위에는 아무도 없었다. 아픈 머리를 부여잡고 억지로 몸을 일으키자 눈앞에 칠흑처럼 검은 까마귀 한 마리가 보였다. 놈은 이쪽을 노려보며 날개를 퍼덕거리고 있었다.

"어렸을 때…… 머리를 다친 적이 있었는데 그다음부터 보이기 시작했습니다."

"오래되셨네요."

"그렇게…… 오래되지 않았습니다."

신영규가 발끈해서 말했다. 나이가 들었다고 인정하는 것 같아서다.

"아, 네."

의사가 고개를 끄덕이며 한동안 말없이 컴퓨터상의 차트에 뭔가를 써넣었다.

"약, 드릴게요."

"네?"

의사가 뭔가를 더 길게 이야기할 줄 알았던 신영규는 살짝 당황했다.

"요즘, 약이 좋아져서 치료가 잘 됩니다."

"네."

어린 시절의 아픈 기억이나 스트레스 받는 일 따위는 묻지도 않았다. 어쩌면 이런 방식이 새로운 유행일지도 모른다, 라는 생각이 들었다.

"대신, 부작용이 있을 수 있습니다. 어지럽거나, 두통, 가려움, 눈부심 같은 증상이 나타날 수 있어요. 그때는 바로 병원을 방문해주셔야 합니다."

신영규는 의사에게 약간의 경외감을 느꼈다. 그는 기존의 다른 신경정신과 의사와 달리 간단명료하게 진단과 처방을 끝냈다.

"아, 그리고 예전에 잊었던 기억들도 다시 떠오를지 모릅니다. 일시적인 현상이니까. 그냥 흘려보내시면 됩니다."

잊었던 기억이라는 말에 신영규는 뭔가를 물어보려다가 입을 다물었다. 그에게는 그런 잊고 싶은 기억과, 잊어버린 기억이 지나치게 많기 때문이었다.

"질문 있으세요?"

의사의 물음에 그는 고개를 저었다.

어쩌면 그는 명의일지도 모른다. 아니면 형편없는 돌팔이거나. 어차피 확률은 반반이다.

"저기……."

신영규가 손을 들어 벽 한편을 가리켰다. 까마귀가 날개를 퍼덕이며 앉아 있는 곳이었다.

의사가 고개를 돌리더니 눈살을 찌푸리며 자세히 들여다보았다. 그러고는 빙긋 웃었다.

'저게 보이나?'

"아, 저 사진이요? 스위스 알프스예요. 두 번째 신혼여행 때 가려고 항상 걸어두고 있습니다. 첫 번째는 발리로 갔는데, 방 안에서만 있었거든요."

"네?"

신영규가 고개를 갸우뚱하자 의사가 손을 내저었다.

"아니, 아니, 오해하지 마세요. 태풍 때문에 밖에를 못 나간 겁니다. 방에서 일주일 동안 게임만 했어요."

피식하고 쓴웃음이 터져 나왔다. 묘하게 현실감이 있었다.

"그럼, 언제 가시나요?"

"글쎄요. 아직도 첫 번째 아내랑 살고 있어서…… 뭐, 지켜봐야죠."

어딘가 아재개그 같은 의사의 유머 코드가 신영규와 잘 맞았다. 어쩌면 그에게 어울리는 의사는 이런 사람일지도 모른다.

"자, 다 됐습니다. 나가서 처방전 받으시고 오늘부터 약 복용하세요."

고개를 살짝 숙이고 신영규가 자리에서 일어났다. 왠지 눈이 자연스레 알프스의 사진으로 향했다.

"한 번은 가볼 만합니다. 의외로 볼 건 없지만. 저기서 제일 맛있었던 음식이 한국 컵라면이에요."

"저도 그 얘긴 들었어요. 산꼭대기에서 먹는 라면이 최고라고."

밖으로 나오니 중년 여인이 벌써 처방전을 준비해서 흔들어대고 있었다. 그는 말없이 카드를 내밀고 처방전을 받은 다음, 카드와 영수증을 돌려받았다.

약국은 건물 1층에 있었다. 여기서도 필요한 말만 하고 카드를 주고받고 약을 주고받았다.

신영규는 약국을 나와 차로 돌아오자마자 곧바로 플라스틱병에서 약을 꺼내 입에 넣고 꿀꺽 삼켰다.

'까악' 하고 까마귀가 날개를 퍼덕이며 울었다. 신영규는 녀석을 가만히 들여다보았다. 이렇게 생생한 녀석을 자신만 본다는 사실이 이상했다.

극단적인 의사의 말대로 약이 정말 듣는다면 이것이 마지막으로 까마귀를 보는 것일지도 모른다.

'드르륵' 하는 휴대폰의 진동이 몸 전체로 울렸다. 그는 습관처럼 곧바로 폰을 꺼내들었다.

"팀장님, 사건입니다!"

김정호 형사였다.

"좌표!"

"보냈슴둥!"

그는 위치를 확인하고 바로 은색 포르쉐에 올라탔다.

'레스토랑 X'는 젊음의 거리 홍대의 골목 안쪽에 있었다. 프랑스 요리를 중심으로 여러 나라의 퓨전 음식을 다루는 레스토랑으로 SNS상에 '퓨전 프렌치 레스토랑'으로 유명한 곳이었다.

오너인 윤보선 셰프는 스타였다.

유행하는 '먹방'의 붐을 타고 각종 TV 프로그램에 고정으로 출연해서 젊은 사람들 사이에서 잘 알려진 요리사였다. '5분 요리왕'과 '야식의 요정' 등에 고정적으로 출연해서 연예인 못지않은 예능감으로 많은 팬을 확보한 사람이다. 그는 한국인 아버지와 프랑스계 미국인 어머니 사이에서 태어난 혼혈로, 이미 미국에서 상을 많이 받은 성공한 프렌치 셰프였지만 아버지의 나라 한국으로 와서 처음부터 새로 시작했다. 그런 그의 용기에 많은 사람이 박수를 보냈다. 그 결과, 한국에서도 그의 유명세는 지속되었고 방송에도 자주 나오는 스타 셰프가 되었다. 유명 연예인들도 자주 가게를 찾았고 평일에도 보통 삼십 분에서 한 시간 이상 줄을 서야 먹을 수 있을 만큼 인기 맛집으로 자리잡았다.

처음에 조용한 서장의 명령을 들었을 때, 관할지역도 아니고 연관점도 없는 이 지역으로 가라는 말을 이해할 수 없었다. 경찰들은 늑대처럼 자신들의 구역에 민감하다. 아무리 광역수사대라고 해도 자신들의 영역에 남이 들어오는 것을 절대 반기지 않는다.

신영규가 조용한 서장과 통화하며 그 점을 말했다.

"최근 사건들 때문에 따로 조사를 진행하던 게 있어."

조 서장은 평소대로 차분한 목소리로 설명했다.

"그 연결고리가 바로 십오 년 전 프랑스에 있던 '레메게톤'이라는 모임이지."

그 단어를 듣자마자 신영규의 눈썹이 꿈틀 움직였다.

"과거에 그 조직과 관련된 사람들 사건이 계속 발생하고 있어."

조용한 서장이 이렇게 자세한 사정까지 알고 있을 줄은 몰랐다. 순간적으로 김건이 떠올랐다. 그는 조용한 서장이 직접 고용한 수사 컨설턴트였다.

"짧게 말하면, 이번 사건의 피해자도 그 그룹과 연관되어 있어. 그래서 자네를 보내는 거야. 철저하게 파봐!"

오후의 햇살을 받아 은색으로 빛나는 차에서 내린 신영규는 식당 밖을 경비하는 제복 경관들 사이를 제치고 안으로 들어갔다.

인수인계를 위해 나와 있던 관할 서의 형사들이 떨떠름한 표정으로 한쪽에 모여 있었다.

광역수사대 팀장을 하는 동안 익숙해진 표정들이었다. 자신의 먹이를 빼앗긴 들개 같은, 적개심에 가득 찬 눈빛들.

홀 앞에 서 있던 덩치 큰 남자가 신영규를 알아보고 손을 들었다. 오래전에 신영규와 같이 일했던 박성철 팀장이었다. 신영규보다 삼 년 선배다.

"아이고, 지금 오시네. 우리가 여기 잘 지키다가 무사히 넘겨드리려고."

신영규는 말없이 고개만 꾸벅 숙였다.

"아니, 그런데 좀 쎄하네. 동업자끼리 무슨 일인지 정도는 알려줘야 하는 거 아냐?"

"그냥, 관련(關聯) 사건입니다."

원래부터 친한 사람도 아니다. 같은 팀일 때 신영규를 따돌림했던 전적도 있었다.

"다들 그 말만 하는데, 광수대가 올 정도로 큰 사건도 아닌데 이상하다는 거지. 범인 벌써 나왔어. 저기! 이 레스토랑 사장!"

박성철이 턱짓을 하며 말했다. 신영규는 살짝 눈살을 찌푸렸다. 이 사람은 예나 지금이나 한결같이 경박하다.

"조사해보면 알겠죠."

신영규의 태도에 박성철도 인상을 구겼다. 기분 나쁜 티가 그대로 묻어났다.

"우리가 도착했을 때, 이 식당 오너인 윤보선 셰프가 주방에서 주방 도구들을 부수고 있었어."

"주방 도구요?"

"그래, 주방 도구, 식재료. 이런 것들을 싸그리 다 부수고 있더라고. 그, 두꺼운 주물 냄비가 아주 너덜너덜해졌어. 그리고 독이 들어간 음식들 있지? 그것도 싸그리 태워버렸어."

"태워요?"

"응, 가스 토치 있지? 그걸로 냄비 안의 음식물을 완전히 까맣게 태워버렸어. 그리고 냄비마저 주물 프라이팬으로 때려 부쉈지. 그 잔해하고 타다 남은 재도 국과수로 보냈지만, 뭐가 나오기는 힘들 거야."

"그런데, 범인 특정을 어떻게 한 겁니까?"

"저거!"

박성철 팀장이 가리키는 곳에 CCTV가 달려 있었다.

"주방 안이랑 홀에 다 CCTV 카메라가 있더라고. 훑어보니까 저치가 태우고 부수고 한 거, 다 나오더만."

"독을 넣은 장면도 나옵니까?"

"아니, 시간이 없어서 그건 못 찾았어. 하지만 뭐, 장사 어제 오늘 하는 것도 아니고. 평소 원한이 있던 미식평론가를 대접한다고 가게로 불러서 음식에 독을 넣어서 독살했고, 그가 죽자 모든 증거를 인멸했다. 뭐, 뻔하지. '한 입 거리'야."

'한 입 거리'는 박성철의 오래된 말버릇으로 범인이 뻔한 사건을 말했다.

범인이 자백하거나, 증거가 너무 뚜렷해서 따로 보강 수사도 할 필요 없는 간단한 사건이라는 뜻이었다. '빨리 마무리하고 한 잔, 응?' 이것이 그의 말버릇이었다.

"그럼 증거인멸에 대한 증거만 있고 살인에 대한 증거는 없는 거네요?"

"뭐, 그렇긴 하지만. 자기가 한 일이 아니면 왜 그렇게 필사적으로 숨겼겠어?"

"그 셰프는 어디 있습니까?"

"저 안쪽. 수갑 채우니까 얌전히 있더라고."

"수고하셨습니다. 지금부터 저희가 맡겠습니다."

신영규의 미적지근한 태도에 박성철 팀장이 인상이 험악해졌다. 쉬운 사건을 가로채는 것도 모자라서 태도까지 마뜩잖다. 하지만 그는 화를 참고 씨익 웃었다. 그 표정이 뭉쳤던 종이를 억지로 다시 편 것처럼 쭈글쭈글했다.

"그래, 그럼 수고하고. 뭐, 모르는 거 있으면 연락해!"

남자가 빙글 몸을 돌려 문밖으로 나가자, 그의 팀원들도 인상을 구긴 채 따라 나갔다. 하나같이 쭈글쭈글한 표정이었다.

"자, 자. 이런 날도 있지! 가자!"

일부러 들으란 듯이 큰 목소리로 떠들며 걸어가는 박성철에게 형사 하나가 인상을 쓰며 물었다.

"그래도 그냥 이렇게 갑니까? 거 진짜, 싸가지 없네!"

"뭐? 싸가지? 기럼 너는 박아지니?"

그 말을 들은 김정호 형사가 발끈했다. 여자 앞에서는 순한 양이지만 상대가 남자라면, 이야기는 달라진다.

"뭐? 박아지? 아니, 이 새끼가!"

"이 새끼? 니 애비다! 이 새끼야!"

"아니, 이런 양아치 새끼가!"

"뭐? 양아치? 이런, 신발!"

그 말을 들은 복승아도 앞으로 나섰다.

양측 형사들이 서로 달려드는 험악한 순간, 그 사이에 박성철이 끼어들었다.

"야! 야! 그만해! 이게 뭐야?"

한 손으로 자기 부하 형사의 멱살을 잡으며, 한 손으로 김정호 형사를 신영규 쪽으로 밀어냈다. 멱살을 잡힌 부하는 발뒤꿈치가 들려서 '컥컥'대며 숨을 못 쉬었다.

"어?" 하며 뒤로 밀린 김정호를 신영규가 받쳐주었다.

"공무원이면 상부 지시에 따라야지! 응? 다들 진정해!"

조용히 말하며 손을 놓아주자 그때서야 부하직원이 '캑캑'거리며 숨을 몰아쉬었다. 무서운 힘이었다. 유도국가대표 출신으로 경찰에 특채된 사람답게 그의 힘은 상식을 초월했다. 순식간에 주변이 조용해졌다.

"자, 그럼, 인수인계 다 했으니까 우리는 갑니다. 아! 저기 셰프가 차고 있는 수갑은 우리 서 비품이에요. 나중에 꼭 반납하시고. 그럼, 수고!"

박성철이 부하직원들의 등을 두들기며 억지로 웃어 보였다.

"나온 김에 순댓국집이나 가자. 내가 쏜다!"

관할 서 형사들이 인상을 쓴 채 우르르 빠져나갔다.

식당 안이 다시 조용해졌다. 안에서 일하고 있는 과학수사대원들 몇 명만 여기저기서 개미처럼 움직이고 있었다. 신영규는 천천히 식당 내부를 둘러보았다.

검은 대리석으로 마감한 바닥이 무드 등의 불빛을 은근하게 받아내고, 홀과 테이블 사이를 벽처럼 막고 있는 거대한 어항 속 열대어들이 무심하게 입을 뻐끔거리고 있었다. 요즘 유행한다는 복고풍 인테리어 같았다.

"현장은?"

"저쪽입니다."

김정호 형사가 가장 안쪽의 안락해 보이는 자리로 신영규를 안내했다.

다른 구역보다 훨씬 고급스러운 벽지를 쓰고 한결 품격 있는 소품으로 채워진 것을 보니 VIP석이 분명했다.

하지만 지금 이곳은 그런 럭셔리함과 대조적인 부조화를 이루고 있었다. 제멋대로 널브러진 의자 옆에 쓰러져 있는 뚱뚱한 중년 남자의 시체 때문이었다. 풀린 동공이 허공을 응시하고 있었다. 신기하게도 그 시선의 끝에 알프스산맥을 찍은 사진이 걸려 있었다.

신영규는 사진에 달라붙은 시선을 억지로 떼어서 시신으로 옮겼다.

경찰은 이런 직업이다. 남이 보기 싫어하는 것을 억지로, 의혹이 사라질 때까지 한없이 봐야 하는 것. 이게 이 직업의 본질이다. 그 정신의학과 교수의 말처럼 스트레스를 받는 것이 수입의 지표가 된다면 경찰은 도대체 얼마의 돈을 받아야 할까?

거기다 덤으로, 나중에 서로 돌아가서 이 장면을 떠올리며 엄청난 양의 서류작업을 해야 한다. 비교해보면 후자가 더 짜증이 난다.

"독이야?"

세련된 정장 차림의 복승아가 시신에서 눈을 떼지 않은 채 고개만 까닥했다.

입가에 선명하게 남은 거품 자국이 남자의 사인을 말해주고 있는 것 같았다.

"그런 것 같은데요. 냄새를 좀 맡아보면……."

복 형사의 말이 끝나기도 전에 김 형사가 시체를 향해 무릎을 꿇더니 코를 가져다 대려 했다. 신영규가 잽싸게 그의 뒷덜미를 잡아 일으켜 세웠다.

"커헉!"

"비켜!"

사체에 코를 가까이 대는 것은 위험한 행동이다. 피해자가 마신 독극물이 무엇인지 알 수 없기 때문이다. 세상에는 소량이라도 중독될 만한 강한 독들이 셀 수 없을 정도로 많다! 친절한 설명 대신, 신영규는 몸으로 기억하게 만들어주었다.

거리를 두고 손으로 바람을 일으켜서 냄새를 맡자 흔히

'생 아몬드 냄새'라고 칭하는 묘한 냄새가 코를 타고 전해졌다.

"사이안화칼륨이다!"

김 형사가 빨갛게 변한 얼굴로 목을 문질렀다.

"청산가리 아닙니까?"

"그래. 사이안화칼륨. 하이드로사이애닉 액시드(hydrocyanic acid)."

'CSI 과학수사대'라고 적힌 조끼를 입은 요원이 카메라를 손에 들고 신영규를 물끄러미 올려다보았다. 자리를 비켜달라는 무언의 요구에 세 사람은 레스토랑의 복도로 걸어 나왔다. 현장에서 발견된 증거품 하나하나에 노란색 번호표가 붙어 있었다. 얼핏 보면 지질학 조사를 위해 발굴작업을 하는 것처럼 보이기도 했다.

"현장에 있던 사람은 피해자 외에 동행했던 여자 하나. 식당의 오너인 셰프, 그리고 종업원 두 명입니다. 피해자와 동행했던 여자는 기절해서 구급차에 실려 갔습니다."

"경찰관 동행했지?"

"네. 했습니다."

"신고자는?"

"그게……"

왠지 우물쭈물하는 김정호 형사 대신, 답답하다는 듯 한숨을 쉬며 복승아 형사가 레스토랑 복도 끝의 직원 전용 출입구로 신영규를 안내했다.

"쟤, 왜 저래?"

"아는 사람이 있어서 그런 것 같습니다."

신영규 형사가 복도를 지나 식당 안에 있는 직원 전용 휴게실 문을 열고 들어갔다. 하얀 페인트로 마감된 공간에는 널찍한 싸구려 테이블 하나와 의자 몇 개, 한 달간의 일정이 적힌 화이트보드와 커피머신이 놓여 있다.

딱 필요한 것만 있는, 너무나도 살풍경한 모습에 위화감을 느낄 정도였다.

검은 대리석과 진한 색의 원목을 써서 세련되고 고풍스러운 분위기를 연출한 레스토랑 내부에 비해, 직원 전용 공간은 콘크리트에 페인트칠도 하지 않은 날것대로의 살풍경한 모습이었다. 몇 센티미터 되지 않는 문 하나를 사이에 두고 완전히 다른 두 공간의 분위기에 신영규가 코웃음을 쳤다.

"야, 여긴 우리 사무실 비슷하네?"

그도 잘 알고 있었다.

레스토랑이나 호텔 등, 종업원들을 많이 쓰는 업무공간에서는 일부러 편하지 않게 기능적으로 꾸민다. 그래야 일하는 사람들이 쓸데없이 늘어지지 않고 업무에 몰두하게 된다.

"신고자 이름은 소주희. 나이는 만 이십이 세입니다. 레스토랑에서 근무하는 종업원이고, 사건 당시 현장에 있다가 피해자가 쓰러지는 걸 보고 밖으로 뛰어나와서 경찰에 신고했답니다."

문 앞의 작은 의자에 앉아 있던 소주희가 고개를 들었다. 신영규는 그제야 왜 김 형사가 망설였는지 이해했다.

"안녕하세요?"

소주희가 겁먹은 얼굴로 조심스럽게 인사했다.

신영규는 아무 말 없이 그 얼굴을 쳐다보았다.

레스토랑의 종업원 유니폼을 입고 포니테일로 머리를 묶은 소주희는 의자에 앉아 손을 모으고 앉아 있었다. 옆트임이 들어간 긴 치마 사이로 길고 하얀 다리가 드러나 있었다.

"아가씨가 여기서 일하나?"

소주희가 힘없이 웃으며 말했다.

"네! 형사님, 이렇게 뵈니까 또 반갑네요."

자신을 반가워하는 사람이 있다는 사실에 신영규는 조금 놀랐다.

"반가워할 것 없어! 당신, 지금 조사 받는 입장이야!"

소주희의 맞은편 의자에 신영규와 복승아 형사가 털썩 앉왔다. 정면에 형사 두 명, 입구에는 김정호 형사가 서 있다. 그 모습에 소주희는 괜히 위축되었다. 자신이 용의자라도 된 것처럼 느껴진 탓이다.

"커피라도 좀 드릴까요?"

소주희가 커피머신을 가리키며 몸을 반쯤 일으켰다. 김정호 형사는 반갑게 "네!" 하고 대답했지만, 신영규가 냉정하게 "안 돼!" 하면서 고개를 저었다.

"이 식당 안에서 독으로 죽은 사람이 나왔다. 이 안에 있는 것은 일체 먹지도 마시지도 마!"

"물도?"

"안 돼!"

칼날 같은 거부의 말에 소주희는 다시 의자에 엉거주춤 엉덩이를 붙였다.

"오늘 일, 어떻게 된 거지?"

소주희가 겁먹은 표정으로 입을 열었다.

"오늘 저녁에 식당 문 닫고 초대한 손님이 계셨는데, 그 손님이 돌아가신 거예요. 저는 서빙하다가 그걸 봤고요."

"서빙? 전에 셰프라고 한 것 같은데?"

"네. 전 원래 수셰프라서 홀서빙은 안 하는데요, 오늘은 중요한 손님이 와서 제가 서빙으로 나왔어요."

"주방에서 일하는 사람이 홀로 나왔다? 셰프라는 사람이 왜 그렇게 일을 시켰지?"

"오늘 오신 손님이 엄청나게 중요한 분이었거든요! M.I.P!"

"V.I.P(Very Important Person 아주 중요한 사람) 아닌가?"

"아뇨! M.I.P! Most Important Person(가장 중요한 사람)!"

오늘은 가게 안에 손님이 한 명도 없었다. 요즘 좀 한산하긴 했지만, 오늘은 임시휴업 때문인지, 깊은 산속의 수도원처럼 고요했다.

하지만 조용한 홀과 달리, 주방 안은 숨 막히는 긴장 속에서 바쁘게 돌아가고 있었다.

"메인요리, 준비 끝났습니다."

수셰프 이수아가 외쳤다.

"오케이, 이제 금방 손님 오실 시간이니까. 아뮤즈 부쉬(Amuse Bouche, 한입요리)하고, 앙트레(Entree, 전채요리) 준비!"

"예! 셸"

주방에서 바쁘게 움직이는 이수아와 소주희가 힘차게 대답했다.

프렌치 레스토랑의 주방에는 엄격한 순서가 있다. 먼저 총괄 셰프인 셰프 뀌지니에(Chef cuisinier)가 있고 그 아래에 부주방장인 수 셰프(Sous-chef cuisinier)가 있다. 그리고 각 파트를 책임지는 셰프 드 파티(Chef de partie: Station Chef)가 있다. 소테(sauté)와 소스 파트의 소테 셰프(saucier), 생선의 조리를 담당하는 피쉬 셰프(poissonnier), 육류를 담당하는 로스트 셰프(rôtisseur), 샐러드·전채·빠떼·가공육(햄 등) 파트인 팬트리 셰프(garde manger), 디저트 파트인 패스트리(pâtissier) 셰프 등이다.

이수아는 윤보선을 도와서 부주방장으로 일하고 있었다. 소주희는 얼마 전까지 파트를 담당하다가 실력을 인정받아서 이수아를 지원하는 세컨드 수셰프가 되었다. 그녀는 패스트리부터 시작해서 팬트리와 로스트, 피쉬, 소테 등을 모두 거치며 부주방장이 되었다. 어린 나이임에도 엄청난 고속 승진을 성취한 것이다.

윤보선 셰프는 여러 개의 요리를 준비하는 과정 중에도 거울 앞에 서서 목에 맨 나비넥타이를 바로잡으며 전화를 받고 있었다. 평소에는 매지 않지만 오늘은 손님 때문에 특별히 더 신경을 쓰는 것 같았다. 서두르던 그가 흘끗 시계를 보고는 어딘가로 전화를 걸었다.

"야, 김신홍! 너 어디야? 지금 몇 신지 알아?"

"죄송해요, 콜록! 저, 감기가 콜록, 콜록! 병원에 왔어요. 에췌!"

"뭐? 병원? 알았어! 오늘 그냥 쉬어, 아니, 감기 들어서 어떻게 서빙을 해. 인마!"

전화기를 테이블 위로 내동댕이치는 윤보선 셰프를 보고 이수아가 걱정스런 얼굴로 물었다.

"왜 그래요? 신홍 씨, 못 온대요?"

"감기래. 하필! 아, 진짜! 서빙 누가 하지?"

거울 앞에 서서 신경질적으로 나비넥타이를 고쳐 매려는 윤보선에게 다가선 이수아가 잘못 맨 부분을 바로잡아주려 했지만, 그는 거칠게 몸을 돌렸다.

오늘 그는 하얀 조리복 대신 광택이 나는 검은 실크 셔츠와 바지를 입고 있었다. 정통파 셰프들이 음식으로만 승부했던 데 비해 그는 음식 외에 패션이나 퍼포먼스도 중시했다. 과학도였기에 과학 원리를 이용한 간단한 마술로 손님들에게 좋은 인상을 주는 것이 그의 전략이었고 실제로 방송에서 인기를 얻는 데도 성공했다.

"주희야. 너 오늘 홀에서 서빙 좀 해라!"

"네? 제가요?"

평소에는 누구보다 소주희의 실력을 잘 아는 셰프가 이런 부탁을 하는 것이 이상했다.

"그래, 네 파트, 수아한테 넘기고 너는 서빙 좀 해. 시간 안에 사람 못 구해."

"하지만……."

"하라면 좀 해! 그럼 내가 해?"

"예, 셸!"

윤보선이 버럭 소리를 지르자 소주희가 고개를 숙이며 대답했다.

주방에서 셰프는 절대권력자다. 알고는 있지만, 오늘 윤보선은 좀 이상했다. 평소의 그는 좀처럼 화를 내지 않는 인격자였다. 그렇던 사람이 오늘은 하루종일 저기압이었다.

'너무 긴장해서 그렇겠지.' 하고 소주희는 이해하고 넘어갔다.

이수아를 흘끗 쳐다보았지만, 그녀는 눈을 피했다.

"오르되브르(Hors dOeuvre) 연어 테린(terrine), 앙트레(entrée) 푸아그라(foie gras)지? 내가 할 테니까 두고 가. 수아는 타진 좀 잘 보고."

"예, 셸!"

"네, 셸!"

살짝 처진 눈매에 선한 인상을 한 이십 대 중반의 이수아가 긴장한 얼굴로 고개를 끄덕였다. 소주희의 선배이기도 한 그녀는 윤보선 셰프의 주방에서 수셰프로 벌써 삼 년째 일하고 있었다. 두 사람의 눈치를 읽은 윤보선이 낮게 한숨을 쉬었다. 아무리 중요한 자리라도 자기 편에게 화를 내면 안 되는 것은 기본 중의 기본이다. 그는 표정을 바꾸고 두 사람을 불렀다.

"자, 모여!"

윤보선의 제안으로 세 사람이 모여서 손을 모았다.

"오늘은 중요한 날이다! 오늘 다 죽여버리자. 파이팅!"

"파이팅!"

"파이팅!"

세 사람은 합쳤던 손을 위로 들어 올리며 힘껏 외쳤다.

'띠리링!'

그때 갑자기 입구에 설치한 벨이 울렸다.

"누구지?"

모니터를 본 윤보선이 깜짝 놀랐다.

"어? 뭐야? 저 사람이 왜 지금 왔지? 지금 몇 시야?"

"아직 열한 시 반인데요."

이수아가 벽에 걸린 시계와 휴대폰 시계를 번갈아 보고 말해주었다.

"오늘 약속이 열두 시 반이잖아요? 왜 한 시간이나 먼저 왔지?"

"왜겠어? 저 인간, 나 물 먹이려고 일찍 온 거야!"

신경질적으로 앞치마를 벗어 던지며 윤보선이 달려 나갔다.

윤보선은 서둘러서 입구의 오크 문을 열었다. 앞에 서 있던 뚱뚱한 중년 남자와 대조적으로 타이트한 빨간 미니스커트를 입은 날씬한 삼십 대 전후의 여자가 같이 서 있었다. 요리 평론가 기명진과 그의 애인 나은정이었다.

기명진은 한국에서 가장 큰 영향력을 가진 요리 평론가였다. 식당들의 존폐가 그의 평가 하나에 좌우될 정도로 큰 힘을 가진 사람이었다. 더구나 그는 조일미디어그룹의 외가 쪽 친척이다. 배경이 언론재벌인 것이다.

나은정은 프랑스 유학파로 지금은 조일미디어그룹이 만든 '조일미술관'의 관장으로 일하고 있었다. 기명진의 입김으로 관장이 되었다는 건 모두가 아는 사실이다.

"선생님, 오셨습니까?"

윤보선이 남자를 향해서 정중하게 허리를 숙였다.

"봉주르(Bonjour). 우리 윤보선 씨……. 오늘 우리 만나기로 한 거 아니었나? 왜 준비가 하나도 안 되어 있지?"

특유의 거만한 표정과 끊어서 말하는 어투에 위압감이 가득했다. 개인적으로 상대하기 싫은 인간이었지만 지금 윤보선에게는 절대적으로 중요한 인물이었다.

"열두 시 반에 오시기로 하셨는데 한 시간이나 먼저 오셨습니다."

"울랄라!"

기명진이 못마땅한 얼굴로 고개를 저었다.

"셰프가 손님한테 맞춰야지. 손님이 셰프한테 맞추나? 그런 사고방식 때문에 아직 미슐랭스타를 못 받은 거야!"

미슐랭이라는 단어에 윤보선이 자기도 모르게 다시 구십도로 허리를 숙였다.

"옳으신 말씀입니다. 바로 안으로 모시겠습니다."

기명진은 찌푸린 얼굴로 가게 안으로 들어갔고 나은정도 그 뒤를 따랐다.

그사이에 얼른 조리복을 벗고 서빙을 하기 위해서 홀 유니폼으로 갈아입은 소주희가 잰걸음으로 나와서, 두 사람을 홀 가장 안쪽의 VIP석으로 안내했다. 윤보선 셰프가 유명한 셀럽들에게만 내주는 자리였다.

앞장서서 걷던 소주희가 급하게 움직이느라 머리를 고정하는 핀 하나가 삐져 나와 있는 것을 나은정이 발견하고 흘끔 기명진에게 눈치를 줬지만, 기명진은 소주희의 옆트임 치마 사이로 드러난 각선미를 감상하느라 정신이 없었다. 한참 뒤에야 자신을 보는 시선을 알아차린 기명진이 헛기침을 했다.

"여긴 왜 이렇게 더워? 실내온도 중요한 거 모르나?"

"죄송합니다. 바로 체크하겠습니다."

그의 큰 소리에 소주희가 얼른 고개 숙이며 사과했다.

두 사람이 자리에 앉자 소주희가 메뉴판을 건넸다.

"메뉴입니다. 오늘 코스는 전채로……"

"아, 됐어요!"

기명진이 받은 메뉴판을 돌려주며 말을 끊었다.

"메뉴 알 필요 없으니까 알아서 가져와요."

당황해서 한동안 말을 잇지 못했던 소주희가 고개를 숙였다.

"네, 알겠습니다."

미리 세팅해둔 유리잔에 프랑스산 생수를 따라준 뒤에 다시 인사를 하고 물러났다.

등에서 한 줄기 차가운 땀이 주르륵 흘러내렸다.

주방으로 돌아온 소주희를 보고 윤보선 셰프가 물었다.

"뭐래?"

"메뉴 보지도 않으셨어요. 그냥 알아서 가져 오래요."

"그럴 줄 알았어!"

윤보선 셰프가 화를 참으며 말했다.

"그 사람한테만 보여주려고 오십만 원 주고 특별 주문한 일회용 메뉴판인데, 그걸 보지도 않고 덮었다? 하아!"

그는 치솟아 오르는 화를 애써 억누르고 있었다.

프랑스 요리에는 순서가 정해져 있다.

- *Apéritif* (아뻬리티프) 식전주
- *Amuse geule* (아뮤즈겔) 안주
- *Mise à bouche* (미자 부쉬) 입맛을 돋우기 위한 한입 음식
- *Hors d'oeuvre* (오르되브르) 전채요리
- *Entrée* (앙트레) 전식
- *Poisson* (쁘아쏭) 생선요리
- *Trou normand*(트루 노르멍) 입가심으로 독한 술을 섞은 서베트
- *Viande* (비엉드) 메인 육류요리
- *Salade* (살라드) 입가심을 위한 샐러드
- *Fromage* (프로마지) 식후에 먹는 치즈

- **_Pré-déssert_**(프레 데세르) 간단한 디저트

- **_Dessert_** (데세르) 후식

- **_Café_** (까페) 커피

- **_Digestif_** (디제스티프) 식후 술

이렇게 긴 순서에 따라서 여러 음식을 천천히 맛보고 먹는 것이 프랑스 요리의 순서다. 혹자는 이것을 인간이 누릴 수 있는 최상의 향락 중 하나로 꼽기도 한다. 이 모든 순서에 맞게 요리는 적절한 시간에 조리하도록 세밀하게 세팅되어 있다. 하지만 초대 손님이 한 시간이나 먼저 오면서 모든 것이 뒤틀려버렸다. 윤보선 셰프는 머리 꼭대기에서 김이 솟을 정도로 화가 나고 혼란스러웠다. 오랜 경력의 뛰어난 셰프지만 이런 경우는 처음이었다.

"메인, 얼마나 남았지?"

"삼십 분 정도요."

이수아가 시계를 보며 말했다. 메인요리는 두 시간 동안 끓이는 슬로푸드(Slow food)라서 미리 준비한 것이 도움이 되었다.

"먼저 오르되브르(전채) 준비하자. 그리고 주희야, 서비스로 와인 좀 내 가."

기명진이 약속보다 너무 일찍 오는 바람에 원래의 시간 배분이 어긋나버린 것을 깨달은 윤 셰프가 소주희에게 다른 것을 준비시켰다.

"그걸로 일단 시간을 벌자."

"네. 알겠습니다. 하우스와인으로 할까요?"

"무슨 소리야? 저 입맛 까다로운 사람한테. 알자스산, 최고급으로 해!"

"알자스산 최고급요? 그럼……?"

"그래, 알텐베르크 드 베르크하임(Altenberg de Bergheim)!"

소주희가 입을 떠억 벌렸다.

프랑스 알자스 지방의 와인인 '알텐베르크 드 베르크하임'은 인기만큼이나 가격도 높다. 한 병에 수십만 원을 호가하는 이 와인은 기명진이 개인적으로 가장 좋아하는 와인 중 하나였다.

평소에 안면 있는 셀럽들이 찾아오면 와인 서비스를 하곤했지만 이런 고급 와인을 내는 경우는 거의 없었다. 그만큼 윤보선 셰프는 기명진의 환심을 사려고 애쓰는 중이었다.

"주희야. 부탁 좀 할게."

"네, 셰프."

소주희는 와인과 글라스가 놓인 은쟁반을 들고 홀로 나갔다.

기명진은 뚱뚱한 몸에 양복을 입은 채였고, 나은정은 외투는 벗었지만 스카프는 여전히 목에 두른 채였다.

"셰프 추천으로 와인을 한 병 가져왔습니다."

소주희가 살짝 허리를 숙이며 말했다.

"고마워요. 안 그래도 부탁하려고 했는데."

소주희가 가져온 와인을 본 기명진이 활짝 미소를 지었다.

"올랄라! 이거 고급인데? 너무 무리하는 거 아니야?"

입 안쪽에 깊이 박힌 금니가 고급 와인의 금박장식과 함께 반짝 빛났다.

"베르크하임이잖아? 이게 몇 년 만이야?"

나은정이 선물을 받은 것처럼 좋아했다.

두 사람의 잔에 와인을 따른 소주희가 머리를 숙여서 인사하고 뒤로 물러났다.

"천천히 즐기세요. 바로 전채요리 올리겠습니다."

"음, 그래! D'accord(좋아요)!"

소주희를 위아래로 훑어보며 과도하게 활짝 웃는 기명진을 뒤로하고 소주희는 주방으로 돌아왔다.

"두 분 다 좋아하세요."

"그래? 다행이네."

오르되브르로 연어 테린 준비를 마친 윤보선 셰프가 예쁘게 세팅한 요리를 쟁반에 올렸다. 사진을 찍어서 블로그에 올리고 싶을 정도로 아름다운 요리였지만, 소주희는 뭔가 위화감을 느꼈다.

"저, 셰프?"

"아니, 그거 말고 이거 먼저 해야지! 수아야! 이쪽 거!"

뭔가 말하려고 했지만, 너무 바쁜 윤보선 셰프에게 말할 타이밍을 놓친 소주희는 하는 수 없이 그대로 쟁반을 들고 홀로 나갔다. 고등학교 때부터 틈틈이 서빙 알바를 했기 때문에 어려움은 없었다. 하지만 지금 이상하게 불안했다.

'뭐지?'

와인을 음미하며 한껏 기분이 좋아진 기명진과 나은정 커플 앞에 전채를 내려놓으며 설명했다.

"오르되브르는 연어 테린입니다."

앞에 놓인 접시를 본 기명진의 표정이 그대로 굳어버렸다. 쿵쿵 냄새를 맡더니 신경질적으로 와인 잔을 테이블에 내려놓았다.

"이게 오르되브르라고?"

옆에 있던 나은정의 표정도 굳어버렸다.

"윤보선 씨 좀 불러주게."

접시에는 손도 안 대고 화난 표정으로 말했다.

"네."

자신의 불안이 적중했다. 하지만 아직 원인을 모른다.

소주희는 서둘러 주방으로 달려왔다.

"뭐가 잘못된 것 같아요! 셰프, 오시래요!"

"뭐?"

윤보선 셰프가 조리를 하다 말고 소주희와 함께 부리나케
달려갔다.

"부르셨습니까?"

거만한 표정으로 입맛을 다시고 있던 기명진이 숨을 몰아
쉬는 윤보선을 보고 천천히 입을 열었다.

"자네, '마리아주(mariage)'가 무슨 뜻인지 아나?"

"네, 알고 있습니다. 마리아주는……."

"'마리아주(mariage)'는 프랑스어로 '결혼'을 의미하지. 와
인과 음식의 조화를 표현할 때 쓰는 말이야. 와인과 요리가
제대로 어울리기만 한다면 행복한 결혼처럼 최고의 즐거움을
선사한다는 뜻이지. 그런데……."

기명진은 뜸을 들이며, 아무 말도 못 하는 윤보선 셰프 앞

에 연어가 담긴 접시를 밀어 보였다.

"우리한테 기가 막힌 화이트와인을 주고는 전채로 이런 연어를 주다니, 이게 맞는 궁합인가?"

"무슨 말씀이신지 잘 모르겠습니다."

윤보선이 고개를 갸우뚱했다.

"생선요리에는 화이트와인, 육류요리에는 레드와인이 기본적인 마리아주라고 알고 있는데요."

"기본은 그렇지. 하지만 여기 연어를 잘 봐. 신선한 맛을 살리려고 훈제 향이 없는 생연어를 그대로 사용했지? 어종은 아마 북해도산 홍연어를 쓴 것 같은데?"

"네, 맞습니다."

윤보선은 깜짝 놀랐다. 소문으로만 들었던 맛 귀신, 기명진의 실력을 직접 눈으로 보니 감탄만 나왔다. '어떻게 보기만 하고서 연어의 산지를 알지?'

"바로 그게 문제야! 이런 회 같은 생선은 오크통에 숙성시킨 강한 향의 와인과 같이 먹으면 비린내가 심해져! 신선한 생선은 가벼운 와인과 같이 먹어야지! 그런 거, 학교에서 안 배웠나?"

윤보선의 얼굴이 창백해졌다. 냄새를 맡아 보니 그의 말대로 일반적인 훈제연어보다 생선 향이 강했다.

원래 준비했던 아페리티프(Aperitifs 식전주)는 가벼운 스파클링와인이었다. 하지만 기명진의 비위를 맞추려고 무거운 맛의 고급 와인을 준비했던 것이 화근이었다. 냄새만으로 이것을 알아차린 기명진은 역시 보통사람이 아니었다.

소주희도 아까부터 느꼈던 위화감의 정체를 깨닫고 입술을 깨물었다. 주방에서부터 지나치게 신선한 연어의 냄새를 맡았던 것이다.

"자, 이거 다시 가져가고 메인이나 내오게. 입맛 떨어져서 와인이나 마셔야겠어!"

윤보선이 구십 도로 허리를 굽혔다.

"죄송합니다. 바로 다음 요리 올리겠습니다."

"됐고, 메인이나 가져와요!"

"네? 하지만 생선요리나 다른 것도 많은데."

"입맛을 잃었어. 그냥 메인이나 먹고 끝내자고."

"시간이 좀…… 걸립니다."

"기다리지."

"네. 알겠습니다."

"거, 분자요리 같은 거 좋아하지 말고 기본이나 잘 배워요!"

돌아서는 윤보선의 등에 기명진이 쐐기를 박았다.

"오빠, 무슨 말을 그렇게 심하게 해. 불쌍하다!"

나은정의 목소리를 뒤로 윤보선은 머리를 숙인 채 잰걸음으로 주방으로 돌아갔다.

소주희가 쟁반에 연어 테린을 다시 올린 다음, 그의 뒤를 허둥지둥 따라갔다.

윤보선 셰프는 조리실로 들어오자마자 목에 걸려 있던 넥타이를 잡아 뜯듯이 풀어냈다.

"아! 망했어! 와인 때문에!"

영문도 모르고 서 있던 이수아에게 소주희가 사정을 알려줬다.

"와인 때문에 연어 비린내가 올라왔어요."

"아!"

이수아도 실수를 깨닫고 탄식했다.

"너무 서둘렀어."

"저도 생각을 못 했네요. 죄송해요."

"아니야. 수아가 사과할 필요 없어."

실수 때문에 좌절한 윤 셰프에게 이수아가 위로의 말을 건넸다.

"걱정하지 마세요. 요리 평론가가 저 사람만 있는 건 아니

않아요."

"한국에선 저 사람이 왕이야! 다른 사람은 없다고."

"조금 여유를 갖고……."

"여유는 무슨! 가게 문 닫게 생겼는데!"

순간적으로 울컥한 윤 셰프가 한숨을 쉬었다.

"미안해. 수아 잘못이 아닌데."

"아니에요. 제가 더……."

사람 좋은 부주방장 수아가 오히려 그를 위로했다.

"오빠, 아니, 셰프. 힘내세요. 메인으로 승부하면 되잖아요."

"고마워. 그래도 수아가 있으니까 힘이 난다."

"아니요. 제가 뭘."

서로를 쳐다보는 두 사람 사이에 갑자기 뜨거운 기류가 흘렀다.

소주희가 일부러 '어흠!' 하고 기침을 하자, 두 사람이 깜짝 놀라며 물러섰다.

"아, 너도 있었지. 자, 다시 힘내자. 파이팅!"

윤 셰프의 구호에 다른 두 사람도 파이팅을 외쳤다.

"메인이 되려면 아직 이십 분 이상 남았어. 수아는 계속 주방 관리하고, 주희야. 프랑스 치즈 있지?"

"네. 어제 들어온 거 창고에 그대로 있어요."

"치즈 종류별로 좀 내 가."

"네, 셰프!"

"화이트와인에 어울리는 걸로!"

"프레시치즈로 준비할게요. 리코타(Ricotta)치즈, 모차렐라 (Mozzarella)로 할까요?"

"그래. 거기다 다른 것들도 조금씩."

"네, 셸!"

소주희가 창고로 치즈를 가지러 간 사이에 윤보선 셰프는 메인요리에 집중했다.

은은한 가스불 위에 '타진'이라는 모로코 전통 냄비가 올라가 있었다. 뾰족한 원뿔형 냄비 뚜껑 덕분에 재료 자체에서 발생한 수증기가 위에 맺혔다가 다시 밑으로 내려와서 수분 손실 없이 요리해주는 독특한 냄비다. 물이 적은 사막 지방에선 대단히 유용한 조리도구였다.

"언제 봐도 정말 예쁘네요."

"그래. 귀한 거야."

타진은 여러 종류가 있지만, 이곳에 있는 타진은 특이하게 도 돌로 만들어진 것이었다. 그리고 뚜껑은 모로코의 특산물 인 삼엽충 화석이 붙어 있는 검은 대리석이었다.

TV 프로그램 때문에 갔던 모로코에서 최고의 장인에게 직접 부탁해서 만든 물건이었다.

"셰프!"

이수아가 조금 걱정스러운 표정으로 윤보선을 불렀다.

"왜?"

"이 메인요리, 정말 괜찮을까요?"

윤보선은 잠시 생각하다가 "괜찮아!" 하고 대답했다.

"너무 단순하지 않아요?"

"그게 포인트야."

"와인하고 같이 드실 수 있도록 치즈를 가져왔습니다."

소주희가 치즈 쟁반을 기명진 앞에 내려놓았다.

종류별로 놓인 치즈를 보고 기명진이 '쿵' 코웃음을 쳤다.

"이 와인이랑 어울리는 치즈를 찾기 힘드니까 종류별로 다 가져왔나? 하여튼 잔머리는. 이러니까 발전이 없지!"

기명진의 독설에 소주희의 얼굴이 빨갛게 달아올랐다.

"그만해, 오빠! 나 치즈 좋아해. 그냥 먹자!"

"그래. 먹자, 먹어! 이래 놓고 메인요리가 뭐 나올까 몰라?"

와인을 한 모금 마신 다음, 치즈를 집어서 입에 넣고 맛있게 먹는 나은정과 달리 기명진은 뭐가 마음에 안 드는지 치즈에도 하나하나 꼬투리를 잡으며 들었다 놨다를 반복하고 있었다.

소주희는 또 무슨 일로 부를지 몰라, 조금 떨어진 옆에서 대기하고 있었다.

"이 치즈 맛있다, 오빠!"

나은정이 입속으로 작은 치즈 조각들을 가져가며 말했다.

"맛있긴 맛있지. 그래도 그만 좀 먹어!"

"왜? 이렇게 맛있는데?"

"평소에 많이 먹잖아?"

"한국 사람은 핏줄에 김치가 흐른다는데 난 치즈가 흐르나 봐?"

"어이구, 참 핑계는."

코웃음을 치던 기명진이 표정을 바꿔서 나은정의 귓가로 입을 가져갔다.

"그런데, 자기. 정말 그 3D박물관 프로젝트 할 거야?"

"그럼. 벌써 위에서도 허가 다 났어. 미래에 다가올 언택트 시대를 대비한 완벽한 디지털 박물관! 멋있잖아?"

"언택트? 그게 뭐야?"

"앞으로는 사람들이 서로 직접 만나지 않고 모든 일을 처리한대. 박물관이나 미술관에도 직접 가지 않아도 되는 거야.

가상현실로 다 볼 수 있지."

"야, 그런 시대가 오겠어? 그래도 사람들이 직접 만나고 만지고 해야 느낌이 생기는 거지. 안 그래?"

기명진이 나은정의 무릎 위에 슬쩍 손을 올려놓았다.

"강제로 언택트를 해야 하는 때가 올지도 몰라. 미세먼지나 바이러스나 뭐 그런 것들 때문에."

나은정이 그의 손을 옆으로 내려놓고 다시 치즈 한 조각을 입에 넣었다.

"그건 좋은데, 조심해. 그 미술관 안에 건드리면 안 되는 것도 있다."

"알지, 오빠! 내가 미술관장인데 그걸 모르겠어?"

"알면 됐어. 나한테 잘해라. 너 거기 꽂아준 거 나야. 뽑아내는 것도 나일 수 있어!"

"누가 몰라? 항상 감사하면서 살고 있쩌요."

나은정이 짧은 치마를 입은 다리 한쪽을 기명진의 무릎 위로 올리고, 아기 같은 목소리로 아양을 떨었다. 소주희는 민망해서 고개를 돌렸다. 기명진의 표정이 좋지 않았다.

또 뭔가 다른 꼬투리를 잡을 것 같은 안 좋은 예감이 들어서였다.

치즈를 바라보던 기명진이 소주희를 불렀다.

"Excusez-moi(실례합니다.)"

안 좋은 예감은 어김없이 들어맞았다.

"네."

"메인 나오려면 얼마나 걸리지?"

"네. 이십 분 정도 걸린다고 들었습니다."

그 말에 기명진이 인상을 찌푸렸다.

"여기, 윤보선 씨 좀 불러줘요."

"네? 네. 알겠습니다."

소주희가 다시 부리나케 주방으로 갔다.

메인요리 준비에 한창이던 윤보선 셰프가 숨을 몰아쉬는
소주희를 보고 바로 알아차렸다.

허겁지겁 다시 복장을 갖추고 달려온 윤보선 셰프를 보자
마자 기명진은 다짜고짜 나무라기 시작했다.

"이건 뭐야? 자네, 지금 나를 깔보는 건가?"

"네? 무슨 말씀이신지."

"메인을 이십 분씩이나 기다리게 하면서 고작 치즈 쪼가리
나 주면서 기다리라는 거야? 이게 손님에 대한 예의야?"

버럭 화를 내는 기명진의 태도에 말문이 막혔다. 어이가 없
어서였다.

기명진이 한국의 유일한 미슐랭 평론가로 까다로운 사람인 것은 알고 있었지만, 이 정도로 안하무인(眼下無人)인 줄은 몰랐다. 프랑스의 식당에서도 손님이 오랜 시간 음식을 기다리는 경우는 많이 있다. 그리고 모든 것에 가격을 붙이는 그들의 관습대로 따로 요청하지 않으면 주문한 음식 외에 아무것도 주지 않는 경우가 대부분이다. 그들은 아무리 시간이 오래 걸려도 불평 없이 기다리며 주문한 음식을 받는 것을 기본적인 예의라고 믿는다.

외국 생활을 오래 했던 기명진이 그런 예의를 모를 리 없다. 이 정도면 고의로 흠을 잡는 거라고 볼 수밖에 없다.

윤보선은 참기 힘들었지만, 마지막으로 인내심을 가지고 말했다.

"죄송합니다. 치즈를 드린 건 와인하고 같이 가볍게 드시라는 뜻이었습니다. 뭐가 문제인지 잘 모르겠습니다."

"프랑스 요리에서 치즈를 먹는 건 식사 전이 아니고 후야! 식전에 치즈를 많이 먹으면 느끼한 지방이 입에 남아서 요리 맛을 못 느끼게 되는 거야! 아까 물어보니까 이십 분 뒤에 메인이 된다던데, 치즈 먹던 입으로 어떻게 음식 맛을 보나?"

그 순간에도 입속에 에멘탈 치즈를 날름 집어넣던 나은정이 기명진의 호통에 멈칫했다.

"무슨 말씀인지 잘 알겠습니다. 그래서 메인 전에 나오는 전채에는 지방 맛이 강한 재료는 쓰지 않습니다. 치즈를 먼저 드린 이유는 선생님께서 그 정도 분별력은 가지고 계실 거라고 생각해서였습니다."

"흥!"

기명진이 콧방귀를 뀌었다.

"그럼, 내가 그 정도 분별력도 없어서 주는 대로 다 받아먹고 시비를 건다, 이런 말인가?"

"천만에요. 선생님께서 그렇지 않으시다는 건 잘 압니다."

"내가 오늘 여러 소리를 많이 하니까, 꼭 일부러 트집을 잡는 것 같지? 하지만 이런 건 기본 중의 기본이야. 기본도 안 되어 있는 사람이 어떻게 미슐랭스타를 받을 수 있겠나?"

윤보선은 머리를 숙이고 그의 말을 듣고만 있었다.

"나도 기대하고 왔는데 계속 실망의 연속이네. 자네 아버지한테 아무것도 안 배웠나?"

"죄송합니다."

"뭐?"

"말씀하신 대로입니다. 오늘은 준비가 미흡했습니다. 죄송하지만 오늘은 여기서 끝냈으면 합니다."

뜻밖의 대답에 순간 기명진이 당황했다.

"뭐? 여기서?"

"네, 말씀을 듣고 보니 제가 아직 많이 부족한 것 같습니다. 오늘은 계속 진행하기 어려울 것 같습니다."

"오늘 아니면 다시 기회가 없는데도?"

"그래도 어쩔 수 없습니다."

"흐흠!"

기명진이 큰기침을 했다.

"여보게 윤보선 군. 내가 왜 자네를 셰프라고 안 부르는지 아나?"

그러고 보니 기명진은 언제나 윤보선의 이름만을 불렀다.

"내가 셰프라고 부르는 사람은 그럴 자격이 있는 사람들뿐이야. 요즘 보면 개나 소나 다 셰프야. 나는 그래서 실력이 없는 사람은 절대 셰프라고 부르지 않아. 하지만, 나는 개인적으로 자네를 그런 사람으로 인정하고 싶네. 그렇기에 작은 흠이 보여도 지적했던 거고."

"네."

"자네는 모르겠지만 나는 과거에 자네 아버지와 아는 사이였어. 우리는 일본에 있던 '르 꼬르동블루'에서 동문수학한 사이지. 내가 여기 온 건 자네 아버지를 위해서이기도 해."

"네."

아버지라는 단어에 윤보선의 마음이 약해졌다.

요리사였던 아버지는 지병으로 요절하셨다. 윤보선이 채 열 살도 안 됐을 때였다.

"나는 지금 나가서 심사를 망칠 순 없네. 이렇게 하지. 내가 먼저 와서 타이밍을 놓친 것도 있으니까. 지금까지 일은 잊고 메인으로만 심사하겠네. 어때? 공정하지?"

"네? 네!"

윤보선은 어리둥절했다. 못 잡아먹어서 안달 난 것 같던 태도를 갑자기 바꿔서 관대한 사람인 양 구는 기명진의 모습에 갈피를 잡을 수가 없었다.

"자네는 내가 억지를 부린다고 느낄지 모르지만 내가 젊었을 때는 선생님들이 몇 배나 더 심하게 했었네. 이런 압력을 이겨내지 않으면 성공 못 했어."

"네."

"어떤가. 이래도 그냥 갈까?"

"아닙니다. 메인, 바로 준비해서 올리겠습니다."

"그래. 기다리겠네."

윤보선이 다시 허리를 숙여서 인사하고 돌아갔다.

"와우, 오빠. 멋있는데?"

나은정의 말에 기명진이 코웃음을 쳤다.

"글쎄. 정말 그럴까?"

입가의 웃음과 달리 그의 표정은 싸늘하게 굳어 있었다.

그는 가슴 안쪽에서 파란색 만년필을 꺼내 들었다.

"셸! 다 됐어요."

검은색 타진을 살짝 열어서 냄새를 맡은 이수아가 말했다.

"그래? 맛은?"

이수아가 포크를 집어서 검은색 타진 안의 음식을 조금 집어서 입에 넣고 씹었다.

"딱 좋아요."

"그래? 나도."

이수아가 건네준 음식 조각을 맛본 윤보선도 만족한 듯 활짝 웃었다.

"됐어. 이제 삼 분만 기다렸다가 나가자!"

그의 말에 이수아가 얼굴을 찌푸렸다.

"저는 안 나가도 되는 거죠?"

"무슨 소리야? 샴페인 가지고 와야지!"

"그냥 가져가면 되잖아요?"

"그럼 필(feel)이 안 살지. 극적인 효과!"

"그래도……."

"있다가 시간 맞춰서 나와. 알았지?"

윤보선은 급하게 이동 트레이 위에 타진 그릇들을 세팅하고 밖으로 나갔다.

"오래 기다리셨습니다. 메인요리, 나왔습니다."

윤보선이 직접 카트를 밀고 테이블로 왔다. 테이블 위에는 세 개의 타진과 뚜껑이 덮인 접시 하나가 놓여 있었다.

모로코풍의 문양이 새겨진 빨간색의 도자기 타진과 노란색 타진도 예뻤지만, 모로코의 특산품인 검은색 대리석으로 만들어진 타진은 바로 이목을 집중시켰다. 검은색 대리석 속에는 고대 생물인 삼엽충의 화석도 드문드문 박혀 있었다. 마치 좌우에 신하를 거느린 왕처럼 당당한 모습이었다.

"오우! 저 타진 멋있다!"

"그러네. 너무 예뻐!"

윤보선은 두 사람의 앞쪽 잘 보이는 곳에 타진을 내려놓았다.

"오, 뭐지? 궁금한데?"

"나도! 엄청 기대되는데?"

소주희가 두 개의 타진 중 빨간색 타진의 뚜껑을 열었다.

"양고기정강이찜, 레드와인소스와 알감자구이입니다."

타진 속에는 잘 익은 양고기와 레드와인소스가 모락모락 김을 피워올리고 있었다.

"와! 향기 좋다."

나은정이 냄새를 맡으며 감탄했다.

다음으로 노란색 타진의 뚜껑을 열었다.

"블랑켓 드 보(BLANQUETTE DE VEAU) 송아지스튜입니다."

"야! 이거 멋진데."

"향기 좋다!"

기명진과 나은정의 반응에 윤보선은 기분이 좋아졌다.

"자, 이제 마지막 진짜 메인이 남았구만. 그런데 이거, 일반적인 타진이 아니네?"

검지로 검은색 타진을 가리키며 묻는 기명진에게 윤 셰프가 설명했다.

"원래 타진은 도기로 만듭니다만, 저희 가게는 특별히 돌로 만든 타진을 씁니다. 열이 오래가고 식재료 자체의 수분이 더 잘 나옵니다. 그리고 여기 검은색 타진은 뚜껑을 검은색 대리석으로 만들어서 전 세계에 몇 개 없는 특별한 물건입니다."

"저건 벌레예요?"

나은정이 검은색 타진 위에 박힌 화석을 가리키며 물었다.

"삼엽충 화석입니다. 모로코에서는 아주 흔하게 발견 되죠."

"와, 신기하다."

"식기 자랑은 그 정도로 하고. 요리가 맛있어야지?"

기명진이 재촉하듯 손을 흔들자 윤보선이 무거워 보이는 검은색 타진의 뚜껑을 열었다. 증기가 피어오르며 뚜껑에서 이슬이 후드득 떨어져 내렸다. 부드러우면서도 고소한 냄새가 사방으로 퍼져나갔다.

"슈크루트 가르니(Choucroute Garnie)입니다."

"이야!"

기명진이 활짝 웃으며 손뼉을 쳤다.

"이거, 우리 윤 사장이 연구를 많이 했네. 오늘 와인도 그렇고, 이 요리도 다 알자스 지방 요리잖아? 내가 프랑스에서 살던 곳이 바로 거기야. 거기 내 별장도 있지. 참, 한국에서 알자스요리를 맛보다니, 이거 그립네."

"국물요리를 싫어하시는 선생님 말씀을 기억해서 최대한 국물이 없도록 만들었습니다."

"그런 것까지 기억했어? 그래, 슈크루트, 이거 양배추김치 같은 맛이 나서 외국 유학생들은 고춧가루 넣고 김치찌개 대신 먹기도 하지. 하지만 음식 맛을 제대로 느끼려면 탕이 아니라 그 재료 고유의 맛을 살려야 해."

"네. 저도 그 말씀을 기억하고 이번 슈크루트의 물기를 최대한 억제해서 만들었습니다."

"아, 그럼 맛이 아주 진하겠구만!"

"그렇습니다."

"아, 잠깐만!"

윤보선이 타진의 뚜껑을 옆으로 내려놓을 때, 기명진이 말했다.

"그, 뚜껑 좀 보여주겠나?"

"뚜껑이요? 아, 네!"

곧바로 윤보선이 무거운 타진의 뚜껑을 들어서 기명진에게 건네주었다.

"오! 이거, 보기보다 무거운데?"

큰 덩치에도 두 손으로 힘겹게 받아들고 무게를 가늠하듯 위아래로 들어 보였다. 뚜껑 안쪽에 고인 수증기가 물이 되어 찰랑이고 있었다.

나은정이 손을 들었다.

"나도, 그거 좀 볼래요!"

"응? 그래!"

"꺄악! 어떻게! 무거워!"

기명진에게서 뚜껑을 받아들고 돌의 무게를 느껴본 그녀가 뚜껑 안쪽에 코를 들이대고 냄새를 맡아보았다.

"와, 향기!"

아직 조리가 끝나지도 않은 음식의 조리도구에 코를 묻고 냄새를 맡는 행위는 비상식적이고 매너 없는 행동이었지만 윤보선은 아무 말도 하지 않았다. 어떻게 이런 사람이 미술관의 관장일까 하는 의문이 들었다.

"그런데, 저거 타는 거 아니야?"

기명진이 검은색 타진을 가리키며 말했다. 모두의 시선이 그쪽으로 향했다. 당황한 윤보선이 허둥지둥 달려가서 살펴봤지만, 다행히 이상이 없었다.

"괜찮습니다."

"그래? 내 코가 이상한가?"

"여기!"

갑자기 기명진이 손을 들어 올렸다. 주방에서 이수아 셰프가 샴페인 병을 들고 천천히 걸어오다가 기명진을 보고 멈칫했다.

"우리 이 셰프님. 그동안 더 예뻐지셨어!"

이수아가 어두운 표정으로 고개를 숙여 인사했다. 집요하게 그녀를 보는 기명진과 달리, 그녀는 그의 시선을 피했다.

그 모습을 보는 윤보선 셰프의 눈에 불길이 일었다.

"끙, 무거워!"

나은정의 말에 모두의 시선이 다시 그녀에게로 향했다. 윤보선이 얼른 다가가서 타진의 돌뚜껑을 받아들었다.

"어머, 우리 셰프님. 힘세시다. 얼굴도 천재고."

그녀의 반응에 기명진이 발끈했다.

"난 저 나이 때 이빨로 버스도 끌었다! 저걸 가지고 뭘."

"오빠는 뭘 질투하고 그래?"

"질투? 내가? 참, 말을 말아야지!"

이수아가 샴페인의 마개를 고정한 철사를 풀어내고 위아래로 흔들었다. '펑' 하는 소리와 함께 마개가 천장으로 튀어오르며 병 입구로 하얀 거품이 흘렀다. 윤 셰프가 버너의 불을 조절한 다음 샴페인 병을 넘겨받았다.

"풍미를 더하기 위해서 샴페인을 약간 넣겠습니다."

말을 마친 윤 셰프가 슈크루트 위에 황금색 액체를 쏟아부었다. 한껏 달궈진 돌판 위에 뿌려진 투명한 샴페인이 '추악!' 하는 소리와 함께 증기로 피어오르며 향긋한 입자가 사방으로 퍼져나갔다.

"와! 이 향기!"

"음, 원래 슈크루트 가르니는 리슬링 와인을 미리 넣고 조리하는 건데, 여기선 마지막에 샴페인을 넣네. 괜찮다."

기명진이 고개를 끄덕이며 말했다.

윤보선 셰프가 다시 타진의 뚜껑을 닫았다.

"응? 왜 다시 닫는 거지? 지금 먹는 거 아니야?"

"뜸을 들이기 위해서 잠시만 다시 덮어두는 겁니다. 이제 마지막 요리를 보시겠습니다."

"어, 이게 다가 아니란 말이지?"

윤보선 셰프가 마지막 냄비 앞으로 가서 뚜껑을 들어 올렸다.

뚜껑을 열자 뭔가 고소한 냄새가 터져 나왔다.

"뭐지?"

"밥인가?"

그릇 안에서 좁쌀처럼 보이는 노란 덩어리가 모습을 드러냈다.

"저건!"

기명진이 감탄하며 말했다.

"꾸스꾸스입니다."

"그래, 세상에서 가장 작은 파스타! 북아프리카의 쌀! 그리고 내 영혼의 양식!"

"선생님께서 특히 좋아하신다고 들었습니다."

"그래, 내가 프랑스 유학 시절에 자주 먹었지. 그리운 맛이야."

"이제 메인도 준비가 됐습니다. 같이 드셔보시죠."

윤 셰프가 조금 전 샴페인을 부었던 슈크루트 가르니가 들어 있는 타진 앞으로 가서 허리를 숙여 조심스럽게 뚜껑을 들어 올렸다. '펑' 하는 소리와 함께 맛있는 냄새가 폭탄처럼 사방으로 퍼져나갔다. 마지막에 부은 샴페인이 밀폐된 타진 냄비 속에서 잔뜩 웅크리고 있다가 뚜껑을 열자 한 번에 터져나온 것이었다. 뜨거운 김이 얼굴로 뿜어져 나왔지만 윤 셰프는 순간적으로 고개를 돌려서 피했다.

"셰프! 괜찮아요?"

이수아가 놀라서 외쳤다.

"괜찮아! 그냥 수증기야."

윤보선 셰프가 별일 아니라는 듯 일어나서 접시에 슈크루트 가르니를 담기 시작했다. 이수아도 그를 도와서 꾸스꾸스와 양고기찜을 담았다. 소주희가 준비된 음식을 테이블로 옮겼다.

"편안하게 즐기십시오."

"수고했어요. 그럼."

기명진이 먼저 포크와 나이프를 들고 시식을 시작했다. 먼저 나온 송아지스튜와 양고기찜 등을 하나하나 조금씩 맛본 기명진의 얼굴에 미소가 번져 나오는 것을 보고 윤 셰프의 얼굴에 조금씩 활기가 돌아왔다.

"이거 내가 오해했군. 윤보선 씨, 아니 윤보선 셰프! 기본기가 아주 훌륭하잖아?"

"감사합니다!"

자기도 모르게 윤보선은 구십 도로 허리를 숙이고 있었다. 기명진이 그를 셰프라고 부른 것은 지금이 처음이었다.

"송아지도 좋았지만, 이 양고기…… 어린 양이 아닌데도 누린내를 잘 잡았군. 찌기 전에 지방 속에 마늘을 넣었군?"

"아, 네, 맞습니다."

윤보선 셰프는 기명진의 미각에 감탄했다. 한 번 먹어보고 조리법까지 간파하는 것을 보면, 그의 명성도 그냥 얻은 것이 아니었다.

"이 꾸스꾸스! 이거 보통 맛이 아니야. 샤프론을 아주 제대로 썼어!"

"네. 기본적인 조리법대로 했습니다. 샤프론이 좋아서 그런가 봅니다."

"무슨 소리! 이런 게 바로 셰프의 실력이지!"

"감사합니다."

갑자기 이어지는 기명진의 칭찬 릴레이에 윤보선 셰프는 몸 둘 바를 몰랐다. 이러다가 또 흠을 잡는 것이 아닌가 불안하기도 했다.

"그러고 보니까 생각나네. 예전에 만났던 모로코 아가씨 하나가 나를 어떻게나 따라다니는지, 그때 내가 넘어갔으면 서른 살 어린 아가씨하고 여보당신 할 뻔했다니까."

그의 농담에 윤보선만 억지로 웃고 있었다.

"자, 그럼 마지막으로 우리 윤 셰프가 열심히 준비한 슈크루트를 한번 먹어볼까?"

기명진이 테이블에 있는 접시로 포크를 가져갔다. 어쩌면 성공할지도 모른다는 실낱같은 희망이 보이자 너무 긴장해서 손이 떨렸다.

먼저 향기를 음미하고 포크로 슈크루트에 들어간 소시지를 찍어 올려 조금 베어 문 기명진이 천천히 씹으며 맛을 음미했다. 윤 셰프와 소주희가 어떤 찬사가 나올지 기대하며 그를 지켜보았다. 웃는 얼굴로 고개를 끄덕이며 육즙을 삼키던 기명진이 입으로 냅킨을 가져갔다. 그러더니 갑자기 밭은기침을 했다.

"켁!"

어디가 잘못됐는지, 그는 갑자기 목을 부여잡고 '켁켁!' 대기 시작했다.

"케엑! 퀙!"

안으로 들어간 것을 다시 뱉어내려고 애쓰는 것처럼 보였다.

"어?"

"왜 그래, 오빠?"

피가 쏠려 얼굴이 시뻘겋게 된 기명진이 입안에 들어 있던 음식물을 뱉어냈다. 하지만 그는 계속해서 기침을 해댔다. 이상을 느낀 윤 셰프가 당황한 나은정에게 물었다.

"선생님한테 음식 알레르기 있어요?"

"아, 아뇨. 그런 말은 못 들어봤는데."

"선생님! 선생님!"

목을 부여잡고 괴로워하던 기명진이 이내 의자 채로 벌렁 뒤로 넘어지며 바닥에 엎어졌다. 나은정이 너무 놀란 나머지 비명을 지르며 벌떡 일어났다. 혹시 음식이 기도로 넘어갔나 하고 입을 벌려 살펴봤지만 막힌 것 같지는 않았다. 그는 혹시나 하는 마음에 기명진의 몸을 뒤에서 끌어안고 힘껏 조였다 풀기를 반복했다. 하임리히법이었다. 하지만 그의 노력도 헛되게 기명진은 몸을 부르르 떨더니 이내 움직임을 멈추고 축 늘어져버렸다.

"오빠!"

나은정이 비명을 지르더니, 그대로 기절해서 옆으로 쓰러졌다. 이수아가 달려가서 나은정을 흔들어 깨웠지만 반응이 없었다.

소주희가 어떻게 해야 좋을지 몰라 떨기만 하고 있는데 윤보선 셰프가 그녀에게 외쳤다.

"빨리, 119 불러!"

"아! 119요? 119 번호가 뭐죠?"

"119!"

윤 셰프와 이수아가 동시에 외쳤다.

소주희가 자신의 몸을 뒤졌지만 휴대폰이 없다는 것이 떠올랐다. 일할 때는 휴대폰을 가지고 있을 수 없다는 규칙 때문에 직원 대기실에 놔두었다. 그녀는 서둘러서 대기실로 달려가서 전화기를 찾아 전원을 켰다.

그동안에 윤보선 셰프는 계속해서 기명진의 심장을 양손으로 압박해보았지만, 아무 반응이 없었다. 모든 게 끝났다는 듯 허탈한 얼굴로 일어서는 그의 눈에 테이블 위에 놓여 있는 슈크루트가 보였다. 그리고 두려운 표정의 이수아와 눈이 마주쳤다.

"설마!"

윤 셰프가 창백해진 얼굴로 몸을 일으켜서 주방으로 달려갔다.

뒤이어, 쾅! 쾅! 하는 무서운 소음이 들리기 시작했다.

— · ❦ · —

"그렇게 된 거예요. 신고한 다음에 바로 119에서 왔는데, 이미 늦었더라고요."

"그래."

인상을 쓰고 있는 신영규의 뒤에서 휴게실 문을 열고 과학 수사대원이 들어왔다.

"팀장님, 현장 사진 다 찍었습니다."

"이 가게, 셰프는 어디 있지?"

"저쪽에 있습니다."

김정호 형사가 종업원 대기실 밖으로 나갔다.

신영규는 두 눈을 깜빡였다. 아까부터 눈앞에 희뿌연 안개가 나타났다. 손발이 무겁고 저릿한 느낌이 계속되다가 어느 순간부터인가 머릿속까지 몽롱해졌다. 자기도 모르게 뒤쪽 의자에 털썩 주저앉았다. 나무로 만든 딱딱한 의자가 호텔 침대처럼 폭신하게 느껴졌다. 정신을 차리려고 머리를 흔들었다. 강물을 거슬러 올라가는 것처럼 팔다리가 잘 움직이지 않았다.

"팀장님. 소지품 검사 다 끝냈습니다."

"알았어. 데려와."

자기 목소리가 아닌 것 같았다. 신영규는 품속을 뒤져 병원에서 받아온 약병을 만져보았다. 어쩌면 의사가 말하던 부작용이 아닌가 하는 생각이 들었다.

안개 사이로 윤보선과 김정호 형사가 나타났다.

윤보선은 지금까지 아무 말도 하지 않고 있었다. 김 형사가 신영규 앞자리에 그를 앉혔다.

"이 가게 오너시죠?"

그의 갈라진 목소리가 입을 떠났지만 돌아오는 소리는 없었다.

신영규가 김정호 형사에게 '네가 해.'라며 턱짓을 했다.

"이렇게 하시면 오히려 불리할 수 있습니다. 수사에 협조하셔야 정상참작이 돼요."

김 형사의 다그치는 말이 바늘 끝처럼 귀를 찌르고 들어왔다. 하지만 윤보선은 끝까지 묵비권을 행사할 생각인 모양이었다.

반쯤은 몽롱한 와중에도 신영규의 마음이 가벼워졌다. 박성철 팀장의 말처럼 이번 사건은 '한 입 거리' 같았다.

"윤보선 씨. 처음이라서 잘 모르시나 본데, 조사과정에서 얼마나 협력했는지에 따라서 양형이 달라져요. 십 년 맞을 걸 팔 년 맞을 수도 있고 운 좋으면 육 년 맞을 수도 있는 거예요. 윤보선 씨가 얼마나 수사에 협조했나 그게 중요한 겁니다. 이해되세요?"

김 형사가 달래듯 말했지만 죽은 조개처럼 굳게 닫힌 윤보선의 입술은 열리지 않았다. 신영규는 한숨을 쉬었다. 뭔가 다른 방법을 써야 한다. 신영규가 자리에서 일어섰다. 갑자기 팔순 노인네처럼 '쿨럭쿨럭!' 기침이 나왔다.

"뭐이가?"

김 형사가 놀라서 그를 쳐다보았다. 철인 같던 신영규의 약한 모습에 놀란 것 같았다.

"정호야. 물 있냐?"

"있슴둥!"

"줘봐!"

김 형사가 뒷주머니에 넣어두었던 작은 물병을 꺼내서 건네주었다. 신영규가 '끼릭' 하고 뚜껑을 열었다. 그 모습을 보던 윤보선의 마른 입술이 움직였다.

"저, 물 좀……."

경찰이 온 뒤로 그가 처음으로 입을 열었다. 신영규가 피식 웃으며 마시려던 생수병을 내밀었다. 윤보선이 수갑 찬 손을 뻗어 덥석 물병을 잡아서 그대로 꿀꺽꿀꺽 마셨다. 급하게 들이키느라 미처 마시지 못한 물이 볼과 목을 타고 흘러내렸다.

"고맙습니다."

손등으로 입가의 물을 닦아내며 말했다.

"이제 괜찮으시죠? 그럼 다시 할까요?"

김정호 형사가 다시 윤보선 앞에 섰다.

"사망자가 왜 죽은 겁니까?"

다시 질문을 시작한 순간, 윤보선이 헛구역질을 하기 시작했다.

"끄윽~ 끄으윽."

그러고는 숨이 답답하다는 듯, 두 손으로 목을 움켜쥐었다.

"뭐이가? 왜 그래?"

"윤보선 씨!"

놀란 신영규와 김 형사가 다가갔지만 이미 윤보선은 거품을 물고 얼굴을 바닥에 처박은 채 괴로워했다.

"아까 죽은 사람하고 같은 증상이에요! 셀! 셀!"

소주희가 안타깝게 외쳤다.

신영규는 그 말을 듣고 고개를 갸우뚱했다. 같은 증상이라면 같은 독일 수도 있다. 하지만 어떻게? 윤보선은 관할 경찰들과 김정호 형사가 이중으로 소지품 체크를 했고 수갑을 채워 뒀다. 그런데 어떻게 같은 독에 중독이 됐지?

신영규가 그를 살피는 사이에 김 형사가 다급히 사람들에게 외쳤다.

"구급차! 구급차 불러!"

거품을 물고 부들부들 떠는 윤보선 셰프의 얼굴이 이전 경찰 식당에서의 모습과 겹쳐졌다.

구급차가 와서 윤보선을 실어 가는 모습을 형사들은 착잡한 표정으로 지켜보았다.

"최대한 빨리 응급실로 가야 합니다."

구급대원들이 서둘러 이동하며 말했다. 차 안의 다른 대원은 이미 대형병원과 통화를 하고 있었다.

"예! 예! 원인을 알 수 없는 쇼크 상태입니다. 아무래도 독극물 같은데요."

환자를 데려오라는 말이 떨어지기 무섭게 그들은 대형병원 응급실로 달려갔다.

"미네랄! 오늘은 여러 가지 일이 한 번에 터지네요. 경찰이 쉬운 직업은 아니에요."

복숭아가 푸념하듯 말했다.

"그나마 여기서 그런 게 다행이네. 경찰서에서 쓰러졌으면 난리 났겠지!"

김정호 형사가 멀어져가는 구급차를 보며 말했다.

"왜요? 그냥 환자만 나가면 되잖아요?"

"독극물에 의한 거라면 서 전체를 폐쇄하고 독극물 검사를 해야 된다. 그 기간엔 업무도 못 하는 거이지. 내 노트북도 못 볼 뻔했다야."

"왜? 야동 땜에요?"

"뭐이가 어드래? 일하려고 그러지, 일!"

복숭아가 슬쩍 찌르자 김 형사가 펄쩍 뛰었다.

"그리고 누가 회사 컴에 야동을 받니?"

"오, 그럼 집 컴에는 야동이 있다?"

"응? 그……그건…… 뭐…… 닥치라우. 간나! 여기는 자유 국가 아이니?"

테이프를 걷어내고 밖으로 나오던 과학수사대원이 신영규를 불렀다.

"팀장님."

머리가 아파서 자기도 모르게 이마를 손으로 짚고 있던 신영규가 과학수사대원에게 짜증 가득한 목소리를 냈다.

"여기 전체를 다 막아야 되나? 적당히 좀 하지."

과학수사대원이 미안하다는 듯 눈썹을 찡그렸다.

"절차라서 어쩔 수 없습니다. 피해자가 쓰러진 원인이 물이라서요."

"물이 뭐?"

한눈에 보아도 안색이 좋지 않아 보이는 신영규의 눈치를 보며 과학수사대원이 조심스럽게 말했다.

"윤보선은 몸에 독극물을 가지고 있지 않았습니다. 그럼 마신 물에 독이 있다고 봐야죠."

"그 물, 여기 생수병에 있던 건데."

"그것도 조사할 겁니다. 이 가게 전체를 보고 어디에 독이 있는지 봐야죠. 여기, 물 드신 분 계세요?"

방안의 모든 사람이 고개를 저었다.

신영규는 엄지와 검지로 양쪽 관자놀이를 문질렀다. 머리가 지끈거렸다.

"그리고 방 전체가 오염됐을 가능성도 있어서 안전을 확인할 때까지는 폐쇄해야 합니다. 그때까지는 이 안에 계시면 안 됩니다."

"알았어."

머리를 끄덕인 신영규가 부하직원들에게 말했다.

"서로 가자."

"증인들은 어떻게 할까요?"

"데려가!"

그는 무거운 머리를 흔들며 혼자서 밖으로 나갔다.

쇠창살 너머로 비가 추적추적 내리고 있었다. 신영규는 건물 밖으로 나왔다. 습기를 먹은 차가운 공기가 덮어쓰듯 얼굴에 달라붙었다. 정신이 조금 돌아오는 느낌이었다.

쓰레기통 앞에 모여 담배를 피우고 있던 사람들이 신영규를 힐끔거렸다.

담배 냄새를 맡으니 시가가 몹시 당겼다. 은색 케이스에서 은단을 꺼내서 입에 털어 넣었다.

하늘을 가로지르는 비행기가 길게 하얀 꼬리를 끌며 날아가고 있었다. 신영규는 초점이 안 맞는 눈으로 멍하니 멀리 떠가는 금속 물체를 쳐다보았다.

멀리서 보면 그저 평화로운 작은 물체에 불과하지만, 실제 저 안에는 다양한 사연을 가진 사람들이 있을 것이다. 비행의 책임을 진 조종사나 승무원들은 극도의 긴장 속에서 일 분 일 초를 보내고 있을지도 모른다. 하지만 멀리서 지켜보는 사람들에게 저것은 그저 떠다니는 한가로운 '점'에 불과하다.

좀 더 자세히 이 사건을 봐야 할 것 같았다. 그냥 보면 답이 뻔한 사건이지만 뭔가 가장 근본적인 것을 놓치고 있는 느낌이었다. 최근 그의 눈앞에서 같은 종류의 독에 의해 세 명이나 죽었다. 아주 적은 양으로도 사람을 죽이는 강력한 독은 일반인들이 쉽게 구할 수 있는 것이 아니다. 왠지 그들의 배후에 공통된 뭔가가 있을 거라는 느낌을 지울 수가 없었다.

찰리 채플린은 이렇게 말했다.
'인생은 가까이서 보면 비극이지만 멀리서 보면 희극이다.'

'좀 천천히 가.'
소년이 말했다.

신영규는 애써 그를 무시했다. 아이를 발견한 것은 차를 몰기 시작하고 얼마 되지 않아서였다. 아이는 옆의 조수석에 앉아서 창문 밖을 내다보고 있었다. 무릎까지 오는 멜빵 반바지에 하얀색 와이셔츠의 단추를 목까지 채운 바가지머리 소년. 나이는 열 살쯤 되어 보였다. 신영규는 그 아이의 뒷모습을 보자마자 누군지 바로 알 수 있었다.

"와! 소방차다!"

빨간색의 소방차가 세 대나 연달아서 사이렌을 울리며 달려가고 있었다. 어디선가 대형화재라도 일어난 모양이었다.

어쩌면 이것이 약의 부작용인지도 모른다는 생각이 들었다. 까마귀가 보이지 않게 해달라고 했더니, 훨씬 더 터무니없는 것이 나와버렸다.

그러고 보니 아까부터 파란색 SUV 한 대가 앞에서 속도를 줄이면서 운전하고 있었다. 조금 전, 교차로에서 양보를 안 하고 지나갔더니, 억지로 따라와서 추월해갔다. 옆으로 지나치던 운전자의 입 모양이 욕을 하고 있었다.

"가나? 아크라! 가봉? 리브르빌! 가이아나? 조지타운! 감비아? 반줄! 괌? 하갓냐! 과테말라? 과테말라! 그레나다? 세인트조지스! 그리스? 아테네! 그린란드? 누크! 기니? 코나크리! 기니비사우? 비사우!"

아이는 먼 산을 보면서 나라 이름, 수도 외우기를 하고 있었다. 나라 이름에 질문하듯 끝을 올리고 수도에서 대답하듯 끝을 내렸다. 익숙한 습관이었다.

앞 차는 속도를 높였다 줄였다를 반복하고 있었다.

"과테말라처럼 나라 이름하고 수도가 같은 나라가 제일 좋아! 전 세계가 다 그랬으면 좋겠다. 그럼 숙제하기도 편할 텐데."

신영규는 아무 대꾸도 하지 않았다.

"룩셈부르크? 룩셈부르크! 모나코? 모나코! 멕시코? 멕시코시티! 바티칸? 바티칸! 산마리노? 산마리노! 싱가포르? 싱가포르! 알제리? 알제! 지부티? 지부티! 쿠웨이트? 쿠웨이트! 파나마? 파나마시티!"

의사의 말처럼 환상과 조우하면 무시해야 한다. 환상과 대화하기 시작하면 더 깊은 수렁 속으로 빠지게 된다. 신영규는 그것을 잘 알고 있었다.

파란색 SUV가 갑자기 급브레이크를 밟았다. 거의 부딪히기 직전, 차선을 바꿔 옆으로 피하며 속도를 올렸다. 그리고 경광등을 지붕 위에 올리고 켰다.

"와! 신난다!"

아이가 경광등을 보고 좋아했다. 신영규도 그 나이 때 똑

같았다.

파란색 SUV 운전자가 경광등을 보더니 사색이 되어서 옆 차선으로 피해갔다. 그 차를 피하려던 뒤차가 튀어나와서 신영규는 다시 왼쪽 차선으로 피했다. 하마터면 연쇄 추돌 사고가 날 뻔한 순간이었다.

은색 포르쉐가 경광등을 반짝이며 은색 탄환처럼 도로 위를 미끄러져 나갔다. 세찬 빗줄기가 과열된 보닛에 부딪혀 안개처럼 흩뿌려졌다. '끼이익' 하는 비명을 지르며 가드레일을 들이받을 것처럼 미끄러지던 자동차가 간신히 균형을 잡고 휘청거리자 두 손으로 매달리듯 손잡이를 잡은 어린아이의 얼굴이 창백해졌다.

"좀 천천히 가!"

핸들을 급하게 돌려서 기우뚱대며 흔들리던 차가 간신히 균형을 잡고 다시 원래 차선으로 돌아왔다.

"사람들을 왜 그렇게 싫어해? 아무 죄도 없잖아?"

"죄 없는 놈이 어디 있어!"

비 내리는 날 과속하는 건 각별한 재미가 있다. 포르쉐의 광폭타이어가 물 위를 걷는 소금쟁이의 발처럼 아스팔트 위로 미끄러졌다. 브레이크 한 번 잘못 밟으면 그대로 황천행이다.

"인간은 모두가 두 종류의 범죄자야! 죄지은 놈과 죄지을 놈!"

"감옥 한 번 안 가고 죽는 사람도 많잖아?"

"그건 그냥 운 좋은 나쁜 놈이야!"

그는 어느 순간 자신이 아이와 말을 하고 있다는 사실을 깨달았다.

검은 구름이 회색으로 옅어지고 있었다.

하늘에서 떨어진 물방울들이 안개처럼 흩어졌다. 그 모든 광경이 슬로모션으로 보였다.

하얀색 가로등 불빛이 포르쉐의 유리를 뚫고 신영규의 손에 그림자를 만들었다.

어릴 적에도 비슷한 광경을 본 적이 있다.

어릴 적 그가 앉아 있던 곳은 오른쪽 뒷좌석이었다. 운전석에는 아버지 대신 운전사가 앉아 있었다. 사람 좋은 웃음을 짓던 운전사는 어린 영규를 좋아했다. 영규도 그를 좋아했다. 아버지처럼 무섭지 않아서 마음이 편했다. 차를 탈 때면 언제나 뒷자리에 앉아서 운전사가 큰 손으로 핸들을 돌리면 작은 손으로 상상의 핸들을 돌렸다.

"그 아저씨 이름이 뭐였더라?"

소년이 물었다.

운전사의 이름이 기억나지 않는다. 그렇게 좋아했던 사람인데 왜 기억이 안 나지? 이름을 기억해내기 위해 그 사람의 모습을 머릿속에서 하나하나 꺼내 본다.

마지막으로 그 운전사를 봤던 광경이 가물가물하게 눈앞에 펼쳐졌다.

끼이이익! 하는 귀를 찢는 소리와 함께, 뒷좌석에 앉아 있던 어린 영규는 앞 좌석 등받이에 머리를 부딪쳤다. 아픈 것보다 놀라서 울음이 나왔다.

갑작스러운 사고였다. 아니, 예측된 사고였다.

지금처럼 비 오는 날이었다.

아버지는 술에 취한 채 운전대를 잡았다. 조수석에는 걱정스러운 표정의 운전기사가 앉아 있었고 뒷자리에 신영규가 앉아 있었다.

아버지가 운전할 때, 어린 신영규는 운전놀이를 하지 않았다. 아버지의 운전엔 리듬감이 없었다. 기사 아저씨는 시동을 걸고 기어를 바꾼 다음, 액셀러레이터를 밟았다. 그런 일련의 동작이 물 흐르는 것처럼 자연스럽게 흘러갔다. 마치 노련한 지휘자 같았다. 하지만 아버지의 운전은 언제나 엇박자였다. 신영규는 아버지가 운전할 때는 놀이를 할 만큼 여유가 없었다. 언제나 불안했기 때문이다. 그때도 마찬가지였다. 아버지의 운전에서 뭔가 흐름이 이상하다고 느낀 순간, 엄청난 엇박자가 생겼고 뭔가에 부딪치며 차가 큰 충격을 받았다.

끼이이익! 하는 귀를 찢는 소리와 함께 차가 멈춰 섰다.

기사 아저씨가 밖으로 뛰쳐나갔다. 어린 신영규 또래의 작은 아이가 홍건한 피의 이불을 깔고 누워 있었다. 기사 아저씨가 아이에게 다가가 코앞에 손을 가져다 댔다. 이미 숨을 쉬지 않았다.

"여보세요. 경찰이죠?"

구급차 대신 경찰에 전화했다. 밖으로 나온 아버지가 뒷좌석으로 올라탔다. 기사는 운전석 옆에 서서 양손을 아랫배에 모으고 가만히 경찰을 기다리고 있었다.

다음 날 아침 일찍, 집 앞에서 운전사가 끌려갔다. 촌스러운 은색 양복을 입은 형사가 운전사의 손목에 수갑을 채웠다. 왜 그가 끌려가는지 궁금해하는 영규를 유모가 붙잡고 있었다. 그의 아버지는 무표정한 얼굴로 말했다.

'저 사람은 잘못해서 벌을 받는 거다!'

'무슨 잘못?'

'사람을…… 죽였다.'

'하지만, 운전은 아버지가 하셨잖아요. 저 아저씨는 힘이 없어서 아버지 대신…….'

'그게 바로 저 사람의 잘못이다.'

아버지는 냉정한 얼굴로 말했다.

'이 세상에 가장 큰 잘못은 힘이 없는 거다!'

"정말, 그렇게 생각해?"

가로등의 주황색 불빛이 어린 영규의 팔뚝에 그림자를 그려냈다. 오래된 환등기처럼, 여러 가지 무늬와 도형들이 차례로 팔뚝을 스쳐 지나갔다. 그 그림들이 낯설고 신기해서 한참을 들여다보고 있었다. 만화 영화 같기도 하고 그림자 연극 같기도 한 빛의 조각들이 끝없이 명멸하며 뭔가를 이야기하고 있었다. 그는 스러지고 다시 차오르기를 반복하는 그림자에서 눈을 떼지 못했다.

그때였다. 갑자기 큰 충격으로 차가 덜컹하고 떨며 크게 옆으로 돌았다. '끼이이익' 하는 날카로운 파열음과 함께 영규는 앞 좌석 등받이에 얼굴을 부딪쳤다. 입술에서 피가 쏟아졌지만, 헤드라이트가 유리창 너머로 스쳐 가는 굳어버린 작은 몸뚱이를 보고 아픔을 잊었다.

어린 영규와 비슷한 또래의 아이였다. 앞 범퍼에 부딪히고 튀어 오른 아이의 찡그린, 놀란 얼굴. 신영규와 아이의 시선이 서로 얽혔다. 다음 순간, 아이가 앞 유리창에 부딪히는가 싶더니 이내 시야에서 사라졌다. 선명하고 빨간 핏자국이 유리창에 길게 그려졌다. 와이퍼가 움직이며 핏자국을 좌우로 문질러 펼치고 있었다.

어린 신영규는 왼쪽으로 고개를 돌렸다. 운전석에는 창백한 얼굴의 아버지가 앉아 있다.

흩어져서 명멸하던 무수한 빛 조각이 갑자기 하나로 합쳐졌다.

무서운 아버지의 더 무서운 눈빛.

'이 세상에 가장 큰 잘못은 힘이 없는 거다!'

영규는 눈물을 흘리며 경찰관에게 말했다.

'운전사 아저씨가 운전했어요!'

'끼이익!'

갑자기 뛰어든 무엇 때문에 신영규는 급브레이크를 밟았다. ABS가 작동했지만, 아스팔트에 두껍게 깔린 수막 때문에 차체가 옆으로 쏠렸다. 언젠가 들었던 '끼이이익' 하는 날카로운 파열음. 도로에 있던 빗물이 파도를 일으키며 그림자를 덮쳤다.

옆으로 미끄러진 자동차는 어린아이의 바로 앞에 멈춰 섰다. 무단횡단을 하던 어린아이가 신영규의 포르쉐를 놀란 눈으로 쳐다보고 있었다.

두 손이 덜덜 떨렸다. 효과가 없는 걸 알았지만 신영규는 품에서 은단을 꺼내 집어삼켰다. 어린아이는 가슴을 쓸어내린 다음, 노오란 유치원 신발 가방을 흔들며 도로를 건너가버렸다.

핸들에 머리를 기댄 채, 신영규는 눈을 감고 숨을 골랐다.

아버지가 어린 신영규에게 물었다.
"너는 어느 쪽이 되고 싶으냐?"

흘낏 옆자리를 보았다. 그곳에는 아무도 없었다.

신영규의 차가 경찰서 앞에 도착했다.

낮에 벌어진 사건 때문인지 늦은 시간인데도 기자들이 잔뜩 모여 있었다.

입구를 막아서는 기자들을 경관들이 제지하며 길을 터주었다. 사방에서 터지는 카메라 플래시의 틈 사이로 포르쉐가 미끄러져 지나갔다.

신영규를 보고 사무실 앞 벤치에 앉아 있던 소주희와 이수아가 몸을 일으켰다. 두 사람은 이미 조사실에서 조사를 마쳤다. 사실상, 범인이 누군지 명확한 사건이어서, 두 사람에 대한 탐문은 인과관계를 확인하는 수준이었다. 덕분에 그리 많은 시간이 걸리지 않았다. 집에 돌아가도 좋았을 텐데 지금까지 남아 있는 걸 보니 할 이야기가 있는 모양이었다.

신영규는 다가오는 소주희를 보고 아직도 떨리는 손을 주머니에 찔러넣었다.

"신영규 형사님!"

"집에 가 있어! 여기 있어 봤자 할 수 있는 것도 없다!"

걸을 때마다 물에 젖은 발자국이 신영규의 뒤를 따라왔다. 그 발자국 위를 흰색 단화가 지르밟으며 따라왔다. 소주희는 끝까지 따라붙을 생각인 모양이었다. 지친 신영규는 휴게실에 놓인 다섯 칸짜리 기다란 의자에 털썩 앉았다. 소주희가 그 옆에 봄날의 나비처럼 살포시 내려앉았다.

"셰프님, 어떻게 됐어요?

"모른다."

"깨어났어요? 의식은 있대요?"

"몰라."

"근데 왜 계속 반말하세요?"

"몰라요!"

이수아가 기도하듯 두 손을 모아 쥐고 안절부절못했다.

"어느 병원인지 알려주세요."

"안 돼!"

신영규는 귀에서 '윙~' 하는 이명이 들리자 인상을 찌푸렸다.

"저기, 이런 말씀 드리는 게 의미 없다는 건 알지만, 윤보선 셰프님, 절대로 남을 해칠 분이 아니에요! 그리고 절대로 자살할 분도 아니고요!"

소주희의 인간에 대한 신뢰에서 비롯된 간절한 말들이 무지하고 철없는 순진함처럼 보였다. 인간은 모두가 가면을 쓰고 살고 있다는 사실을 이 아가씨는 언제쯤 깨닫게 될까?

"저희 셰프님, 이번 일에 모든 걸 걸었어요. 가게뿐만 아니라 요리인의 생명까지도요. 그런데 독살이라니요?"

이수아가 거들었다. 그들은 눈앞의 결과보다 자신들의 이상을 더 중요하게 보고 있었다.

"당신 말이 맞아!"

신영규가 말했다.

"믿어주시는 거예요? 저희 셰프, 절대로 그럴 사람 아니거든요!"

"아니, 이런 말 의미 없다고!"

소주희와 이수아의 얼굴이 바로 어두워졌다. 아직 때가 묻지 않았다는 증거다.

이수아가 비틀거리며 벽을 붙잡았다.

"언니, 괜찮아요?"

소주희가 이수아를 부축해서 의자에 앉혔다.

"좀 쉬세요. 맙소사! 얼굴 창백한 것 좀 봐!"

말대로 이수아의 얼굴은 비정상적일 정도로 창백했다.

신영규는 난감했다. 조금 쉬고 싶었지만, 간절한 눈빛으로 앞에 앉아 있는 두 사람 때문에 쉴 수가 없었다. 차라리 차에서 쉴까 생각했지만, 밖에서 진을 치고 있는 기자들을 생각하면 그것도 불가능했다. 기자들은 하루만 지나면 다른 시체를 찾아가는 독수리 떼처럼 다른 사건을 향해 날아갈 것이다. 하지만 지금 눈앞에 있는 두 명의 소녀는 쉽게 사라질 것 같지 않았다.

그때, 그의 눈에 구원자의 모습이 보였다.

김정호 형사가 태블릿PC를 보면서 이쪽으로 걸어오고 있었다.

"정호야!"

"아, 팀장님! 참고인 조사는 다 마쳤슴둥. 어? 주희 씨, 아직 여기 있었세요?"

신영규는 벌떡 일어나서 김정호 형사를 붙잡아 자신이 앉아 있던 의자에 앉혔다.

"여기, 민원인들이 건의 사항이 있다니까, 철저하게 잘 들어! 대민봉사! 알았지?"

"네? 무슨?"

그러고 나서 어리둥절한 표정의 김 형사를 놔두고 신영규는 쿨하게 퇴장했다. 무엇보다도 혼자서 쉴 수 있는 장소가 필요했다.

"팀장님! 왜 저러시지?"

그제야 그는 자신의 눈앞에 앉아 있는 두 사람의 간절한 눈빛이 자신을 향해 있다는 사실을 깨닫고 화들짝 놀랐다.

"나한테 뭘를?"

김정호 형사를 희생양으로 삼아 시끄러운 장소를 벗어난 신영규는 건물 밖으로 나갔다. 정 안 되면 한적한 카페라도 가서 잠시 사람들을 피하고 싶었다. 경찰이라는 직업은 정신적으로 피곤한 직업이다. 끊임없이 사람들을 만나야 하지만 좋은 일은 별로 없다. 법을 어긴 사람들과 피해를 본 사람들의 하소연과 변명을 하루종일 들어야 하는 직업이다. 미치지 않고 퇴직하는 것이 신기할 정도다. 정문을 나설 때 너무 강한 불빛에 눈살을 찌푸렸다. 저녁에 가까운 시간이었지만 기세 높은 태양은 눈치 없는 부장님처럼 퇴근할 기미가 없었다. 평소보다 눈부심이 심했다. 어쩌면 새로 처방받은 약의 부작용이 아닌가 싶기도 했다.

잠깐 서서 눈을 깜빡거리고 있는데, 그의 눈앞에 반갑지 않은 것이 나타났다.

"안녕하세요. 선배님."

눈앞의 남자가 모자를 벗어서 가슴에 대고 고개를 숙였다. 김건이었다.

신영규는 대꾸하는 것도 포기하고 눈을 감았다.

"괜찮으세요. 선배님? 얼굴이 안 좋으신데요."

이상하게 눈을 뜨고 김건을 보는 것이 버거웠다.

"꺼져!"

김건이 멋쩍게 웃으며 모자를 돌려 쓴 후, 두 손가락으로 챙을 훑었다.

"그럼……."

김건은 그대로 그를 지나쳐 안으로 들어갔다.

눈꺼풀이 그의 의지에서 벗어나 멋대로 움직였다. 저절로 감긴 눈을 억지로 치켜뜨고 신영규는 경찰서 밖으로 걸어 나갔다. 어딘가 빛이 없는 곳으로 가고 싶었다.

—◦◦❀◦◦—

"네, 네, 그러니까, 저희는 증거에 따라서 수사하는 것이 원칙입니다. 불안하시더라도 저희를 믿고 기다려주시면……."

"김 형사님, 제 이야기 좀 들어주세요. 저희는 윤보선 셰프님, 믿고 있어요. 그분은 절대로 그런 일을 하실 분이 아니에요!"

"정말이에요. 저 3년 동안 셰프님하고 같이 일했어요. 정말! 그럴 분이 아니에요!"

소주희와 이수아의 끝없는 하소연에 김정호 형사는 서서히 지쳐갔다. 원래 사람이 좋아서 매몰차게 못 하는 편인데 아는 사람이 관련된 사건이라서 더욱더 뿌리치기 힘들었다.

"우리 윤보선 셰프님에 대한 일은 제가 잘 알아요. 그럼 처음부터 쭈왁~ 다 말씀드릴게요!"

"괜찮아요. 사실관계는 다 파악해뒀어요."

"히익!"

소주희가 감탄하는 얼굴로 숨넘어가는 소리를 냈다.

"다, 아시는데 또 듣고 싶으시다고요? 역시, 모범형사는 다르시다!"

"뭐이가?"

"그럼 시작합니다."

"아니, 내래 분명 다 아니까 필요 없다고 했는데? 이게
뭐이?"

김정호 형사가 당황해서 이북 사투리를 마구 쏟아내며 손
을 내저었다. 그때, 그의 눈에 복도를 걸어오는 서광이 보였다.

"오, 오! 김건! 님자! 어째 이제야 오니? 빨리 오라우!"

"안녕하세요. 늦었습니다."

김건이 모자를 벗어서 가슴에 대고 가볍게 고개를 숙였다.

"와주셔서 고마워요!"

소주희도 펄쩍 뛰어올라 김건의 팔에 매달렸다. 지금처럼
김건의 도움이 절실한 때가 없었다.

"그게 어떻게 된 거냐 하면요."

소주희가 한 맺힌 듯 눈물을 글썽이며 김건에게 전후 사
정을 쏟아놓기 시작하는 것을 보고 김 형사는 "그럼, 저는 이
만⋯⋯." 하고 속삭이며 핫바지 방귀 새듯, 슬그머니 일어나
서 부리나케 달려나갔다. "님자, 수고하라우!"

행여나 다시 잡힐까, 그는 뒤도 돌아보지 않고 화장실로 달
려갔다.

하지만 일은 그의 마음처럼 풀리지 않았다.

화장실에서 나오자마자 멋있게 모자를 쓴 채 벽에 기대어 서 있는 긴 그림자를 보고 김정호는 가슴이 철렁 내려앉았다.

"뭐이가?"

"야, 정호야! 빨리 와야지. 다들 기다리잖아?"

"내 여깄는 걸 어케 알았니?"

"행동심리학! 기본이지. 너 어려운 일 생기면 제일 먼저 피하는 데가 화장실이잖아!"

"기건 길티만."

그러면서 김건이 김 형사의 팔을 붙잡고 끌고 갔다.

"일 없어! 난 거저 좀 바빠서리."

화장실 문틀과 벽 모서리를 붙잡고 완강히 버텨봤지만, 어느새 나타난 소주희까지 가세하며 전세는 완전히 뒤집어졌다.

"아유, 김 형사님! 기다리고 있는데 왜 이렇게 늦으세요? 빨리 가요. 제가 다시 처음부터 하나하나 다 말씀드릴게요."

그 말에 김 형사는 한숨을 내쉬며 고개를 더 깊이 숙였다.

미국 보스턴에서 한국인 아버지와 프랑스계 미국인 어머니 사이에서 태어난 윤보선(크리스 윤 Chris Yun)은 미국에서 이미 성공한 셰프였다.

대학에서 화학을 전공한 그는 대학 생활 중에 프랑스 요리를 접하고 큰 감명을 받아서 대학원 진학을 포기하고 유명한 '꼬르동블루' 미국분교에 입학했다. 전통적인 프랑스 요리의 기초를 배운 뒤에 분자요리로 유명한 레스토랑에서 견습을 거쳐 삼 년 만에 주방장까지 올라갔다. 원래 머리가 좋은 데다, 대학에서 전공한 화학적 지식 때문에 새로운 인기메뉴도 많이 개발했다. 그는 서양식 분자요리에 한식을 접목해서 '퓨전한식 분자요리'를 선보여 선풍을 일으켰다. 인기 셰프로 미국 언론에도 소개되어 시선을 끌었다. 여러 식당 오너들의 러브콜을 받았지만 그는 한국으로 돌아가고 싶었다. 한국에서 자신이 재해석한 요리로 인정받고 싶었던 것이다. 그는 결국 수많은 유혹을 뿌리치고 한국으로 돌아와 자신의 가게인 '레스토랑 X'를 오픈했다.

처음에 한국 언론에서는 그를 요리계의 신선한 충격이라고 소개했다. 듣도 보도 못한 첨단요리에 화려한 퍼포먼스까지 구사하는 윤보선을 '요리의 마술사'로 극찬했다.

덕분에 각종 방송에도 출연해서 스타 셰프로 인기를 끌었다. 그의 식당은 연일 연예인과 스포츠스타 등의 유명인들로 들끓었고, 또 그들을 따라 많은 일반인도 파도처럼 몰려들었다. 기본으로 한 시간을 기다려야 하는 인기 가게가 됐고 유명인이 아니면 예약도 하기 힘들 정도였다. 하지만 호사다마(好事多魔)라고 갑자기 그의 앞길에 먹구름이 기기 시작했다.

전형적인 한국형 졸부인 건물주는 가게에 손님이 많아지자 가게 임대료를 두 배로 올렸다. 아직 계약 기간이 이 년이나 남았지만, 건물주는 한꺼번에 많은 사람이 몰려 건물이 노화한다며 안전 관리비를 요구했다. 윤보선 셰프는 미국식 마인드로 현재 임대료를 유지해야 한다고 건물주를 설득했지만, 무식한 데다 돈독만 잔뜩 오른 칠십 대 노인은 스물아홉 살짜리 애인을 고급 스포츠카에 앉혀 두고, 고장 난 레코드처럼 끝없이 '싫으면 가게 빼!'라는 말만 무한 반복했다. 그러면서도 그는 자신의 자식들 역시 미국 시민으로 좋은 나라에서 잘살고 있다며 인자한 할아버지 같은 표정을 지었다.

행정 기관에 문의했지만 언제나 돈 많은 자의 편인 정부는 이런 경우에 아무런 도움이 안 됐다. 선거철만 되면 서민을 위한 각종 공약을 내걸고 바닥에 넙죽 엎드리던 국회의원들은 당선만 되고 나면, 고급 요리집에서 권력자들을 만나느라고 코빼기도 보기 힘들었다.

이런 불합리한 행태에 화가 났지만, 윤보선은 울며 겨자 먹기로 집주인의 말대로 임대료를 올려주었고 가게를 가득 채

운 손님들을 보며 아픈 마음을 달랬다. 유명 연예인들과 스포츠스타들도 여전히 그의 가계를 찾아왔고 그들 몇몇과는 호형호제하는 사이가 되었다.

TV 방송국의 각종 프로그램에서도 그를 메인게스트로 초청했다. 그는 이제 당당히 유명인의 반열에 올라섰다.

하지만 운은 거기까지였다.

승승장구하던 그때, '파이팅 팬'이라는 요리경연 프로그램에서 기명진을 만났다.

한국에서 거의 유일한 미식 평론가인 그는, 프랑스에서 수학하고 능력을 인정받아 아시아 지역 '미슐랭가이드'의 심사위원으로 위촉될 정도의 실력가였다. 외가 쪽이 명망 있는 언론재벌 '조일미디어' 가문으로 어려서부터 좋은 음식을 먹고 자란 그는 미식에 대한 탁월한 능력과 독설적이고 직관적인 입담으로 국내 미식 평론계의 거두가 되어 있었다. 그는 특히 한식을 깎아내리는 데 열심이었고 한식의 대부분이 재료 본래의 맛을 못 느끼도록 조리한 실패작이고, 그나마 먹을 만한 것들은 다 일본의 영향을 받았다고 공공연하게 주장하고 다녔다. 때문에 많은 젊은이가 그를 '명지노센세이'라고 부르며 싫어했지만, 언론가 집안인 그는 변함없이 각종 방송에 두꺼운 얼굴을 내비치고 있었다. 대학교수 등의 지식인들과 연합

해서 만든 '한국미식아카데미'라는 미식협회의 회장을 맡은 기명진의 위치는 조금도 흔들리지 않았다.

그런 거장이 윤보선 셰프의 '퓨전한식분자요리'를 깎아내리기 시작했다. '천재요리사'라는 호칭에서 '기본기 없는 광대요리사'로 전락하는 데는 일주일도 걸리지 않았다. 언론들은 갑자기 그에 대한 태도를 손바닥 뒤집듯 바꿔버렸다. 사람들도 SNS상에서 윤보선 셰프와 그의 레스토랑에 대한 안 좋은 경험과 불만들을 쏟아내기 시작했다.

미식평론가 기명진의 독설은 더 심해졌다.

자신이 모르는 것은 절대로 인정하지 않는 독선적인 성격이 더해져 최첨단 분자요리를 표방하는 윤보선의 요리는 손님들의 호평에도 불구하고 외면받기 시작했다.

먼저 연예인들이 발길을 끊었고 그들을 따라오던 손님들이 뜸해지기 시작했다. 형 동생 하던 유명인들이 바쁘다며 전화조차 받지 않았다.

긴 줄을 서는 것이 당연했던 가게가, 가을날 경로당처럼 한산한 곳으로 변했다.

'레스토랑 X'의 경영은 갈수록 나빠졌다. 다시 미국으로 돌아갈까도 심각하게 고민했지만 이미 가게에 전 재산을 투자했기에 발을 뺄 수도 없었다. 결국 돈을 번 것은 건물주뿐이었다.

이대로 가면 모든 것을 잃게 된다. 가게를 살리기 위해서 윤보선은 기명진의 좋은 평가가 절실히 필요했다. 그 때문에 그는 자신을 대놓고 무시하는 이 오만한 사내를 자신의 가게로 초대했고, 그의 앞에서 끝없이 참고 또 참아야만 했다.

"잠깐, 지금 사건과 관계된 이야기를 해준다면서, 전부 윤보선 셰프 관계된 이야기만 하고 있잖아요?"

"네. 그러니까 이런 훌륭하신 셰프님이 독살을 하거나 누구를 해칠 리가 없다는 거죠."

"그럼, 그냥 그렇게 말하면 되잖아요?"

"아니죠. 그분이 어떤 분인지 모르면 그 말을 안 믿게 되잖아요. 그러니까 그분에 대해서 알아야죠!"

"아니, 기거이 기쪽 마음이고, 내레 시간이 읎어요."

"사건 해결하려면 모든 상황을 아셔야죠?"

"기건 기런데."

"알았어요. 그럼 제가 처음부터 다시 한번 더 말씀드릴게요!"

"뭐이가 어드레?"

"김 형사, 괜찮아! 나도 처음에는 좀 힘들었는데 네 번째부터는 재미있어지더라!"

소주희가 울먹이는 목소리로 김건에게 전화를 했을 때도 소주희는 사건 자체보다 윤보선이 얼마나 훌륭한 사람인지를 끊임없이 이야기했었다.

김정호 형사는 우중충하게 비가 오려는 하늘을 쳐다보았다.

─◦✧◦─

벽을 울리는 시끄러운 소리에 신영규는 놀라서 눈을 떴다.

굵은 빗방울이 호전적인 원주민의 북소리처럼 작은 카페의 쇼윈도를 두들기고 있었다. 하루에도 몇 번씩 내리다가 그치기를 반복하는 소나기가 뜨거운 아스팔트에 부딪혀서 안개처럼 하얗게 부서지며 흩어졌다. 굽혔던 허리를 펴며 손목시계를 쳐다보았다. 한 시간 가까이 흘렀는데도 피로는 조금도 풀리지 않았다. 오히려 불편한 자세 때문에 몸 여기저기가 쑤시고 아팠다.

목을 돌려보고 뻐근한 어깨를 두드려봐도 통증은 가시지 않았다.

이빨이 강가의 이끼 낀 돌멩이처럼 미끈거렸다.

앞 테이블에 놔둔 갓 내렸던 뜨거운 커피는 이미 거의 모든 열에너지를 잃고 미지근하게 식어 있었다. 종이 잔을 들어 차가운 커피를 한 모금 마셨다. 뜨거운 커피를 즐기는 그였기에 이런 커피는 외도와도 같았지만, 잠을 깨기 위한 약으로 삼아 억지로 꿀꺽 삼켰다.

차가운 커피가 그의 머리를 후려치듯 잠을 깨웠다.

안개처럼 뿌연 머릿속에서 사건의 갈피를 잡으려고 애썼다. 너무 쉬운 사건이지만 뭔가 어색한 부분이 있다! 그는 자신이 빠뜨린 것이 무엇인지를 되짚어보다가 뭔가를 떠올렸다. 그리고 곧바로 전화기를 꺼내 들었다.

"정호야!"

"아이고, 팀장님!"

김 형사의 목소리는 흡사 지옥에서 부처를 만난 사람 같았다.

"국과수(국립과학수사대) 연락 왔어?"

"왔습니다!"

"현장에 독이 나온 곳 있나?"

"그게, 없었답니다. 독이 있던 곳은 음식물과 식기, 수저뿐입니다."

"그 외에는?"

"아니요. 없었답니다."

신영규가 고개를 갸우뚱했다.

"그럼 윤보선은 왜 쓰러진 거지? 두 번이나 몸 수색을 했고 수갑도 차고 있었으니까 스스로 독을 먹지는 못했을 텐데?"

"맞습니다. 그리고 과학수사대 친구 말이 윤보선 셰프나 주방 쪽에서는 일체 독 반응이 없었답니다."

"이해가 안 된다. 그럼 독은 어디서 나온 거야?"

신영규가 고개를 갸웃거릴 때, 김 형사의 옆에서 그들의 대화를 듣고 있던 김건도 고개를 갸웃거리고 있었다.

"그럼, 과학수사대 연락해서 증거물 목록 받고, 그중에 독이 있는 것이 뭔지 물어봐라."

"네? 기거이 정말입네까? 내래 당장 가갔시오!"

"뭐? 아니, 그냥 전화로 물어봐!"

"사건에 관계된 중요한 증거라고요? 알갔시오. 지금 날래 갑네다!"

"뭐래? 그냥 전화하라고! 전화를!"

"기럼요, 기럼요! 바로 가야디요. 암!"

소주희의 지루한 이야기를 세 번째 듣고 있던 김 형사가 자리에서 벗어나려고 하는 짓을 신영규는 알지 못했다. 김 형사는 인사를 하는 둥 마는 둥 하고 통화를 하는 척하며 부리나케 밖으로 달려 나갔다.

"뭐야, 이거?"

전화를 끊은 신영규는 다시 복숭아에게 연락했다.

"복숭아!"

"이런, 미네랄! 복숭아입니다!"

"나은정인가? 피해자 여친 있잖아? 퇴원했어?"

"네. 나중에 경찰서에서 미팅할 겁니다."

"그 여자 네가 맡아라. 알지?"

"넵. 압니다! 그런데 팀장님."

"뭐?"

"김 선배, 언제까지 조사에서 빼실 겁니까?"

신영규는 순간 멈칫했다. 김정호는 우수한 형사다. 하지만
그는 치명적인 약점이 있었다. 여자, 특히 젊고 매력적인 여자
앞에서는 오금을 못 편다. 그 습관을 고쳐보려고 몇 번이나
새로운 방법을 시도해봤지만, 소용이 없었다. 그래서 지금은
아예, 여자는 복숭아가, 남자는 김정호가 전담하는 분업 스타
일로 정착되었다.

"알았다. 생각 중이야."

"스케줄 맞추는 것도 힘듭니다."

신영규도 알고 있었다. 계속 이런 식으로 갈 수는 없다.

"됐고, 나온 김에 기명진 아파트 갔다가 들어간다."

"넵."

"기명진하고 윤보선, 통화 내역은 신청했지?"

"네, 했습니다."

"빨리 받아서 분석해."

"넵!"

신영규는 전화를 끊고 자리에서 일어났다. 허리에서 우두둑 소리가 났다.

"안녕히 가세요."

혼자서 가게를 지키던 알바 소녀의 배웅을 받으며, 그는 비 내리는 거리로 천천히 걸어 나갔다.

※

김건과 소주희, 이수아는 근처의 국밥집으로 자리를 옮겼다. 신기한 것은 대한민국의 모든 경찰서 근처에는 반드시 맛있는 국밥집이 있다는 사실이다. 순댓국이나 설렁탕집도 있지만, 이상하게도 경찰서 주변에는 꼭, 맛있는 국밥집이 있다. 어쩌면 솜씨 좋은 사람들은 일정 기간 경찰서 근처에서 장사를 해야 한다는, 우리가 모르는 불문율이 있는지도 모른다.

요리를 준비할 때부터 사고가 생긴 이후로도 아무것도 먹지 못했다는 두 사람을 위해서 김건은 국밥 세 그릇과 한우 수육을 주문했다. 전통-패스트푸드라는 별명답게, 주문한 지 얼마 되지 않아서 두툼하게 썰어진 소고기 수육과 간장소스가 나왔고, 바로 각종 반찬과 김이 모락모락 피어오르는 설렁탕 세 그릇이 올라왔다. 소주희는 곧바로 소금과 고추 등을 넣고 밥을 말기 시작했고, 김건은 김치를 얹은 밥을 한술 가득 입에 넣었지만 이수아는 식욕이 없는지 고개를 떨구고 울고만 있었다.

"언니, 좀 먹어요. 그러다가 진짜 쓰러져요."

하지만 소주희의 걱정스런 충고에도 이수아는 숟가락을 들 생각이 없어 보였다.

"안 되겠어. 나 셰프 보러 병원에 좀 가봐야겠어."

"저도 갈 거예요. 그래도 그전에 좀 먹어야죠."

"안 먹혀! 그냥 갈게."

"지금은 가셔도 못 만납니다."

두 사람의 실랑이를 지켜보던 김건이 입에 넣은 수육을 꿀꺽 삼키며 말했다.

"형사상 중요 참고인이라서 면회가 안 됩니다. 경찰관이 지키고 있어요."

일어나려던 이수아와 말리던 소주희가 동시에 털썩 주저

앉았다.

"입맛이 없으면 우선 이거라도 드세요."

김건이 이수아 앞으로 물김치를 밀어주었다.

"이 집 물김치, 진짜 맛있어요. 한 모금만 마시면, 여름철 집 나갔던 입맛도 그냥!"

이런 호들갑스러운 말에 이수아도 못 이기는 척, 숟가락으로 물김치를 한입 떠 마셨다. 그러고는 입맛을 다시면서 아예 사발을 통째로 들고 마시기 시작했다. 말 그대로 살얼음이 동동 뜬 짭쪼름한 국물에 열무의 단맛이 더해져서 갈증이 단번에 날아가는 느낌이었다.

"맛있죠? 그렇다니까요. 사실은 사람들이 이 집에 이거 먹으러 와요!"

"정말 맛있네요."

발그레한 얼굴로 살짝 웃는 이수아를 보고 소주희는 김건을 다시 보았다. 처음 만났을 때부터 느낀 거지만, 이 사람은 어려운 사람들을 배려하는 넓은 마음을 가졌다는 생각이 들었다.

식사를 마친 그들은 뭉그적거리지 않고 곧바로 카페로 자리를 옮겼다.

각자의 음료를 받고 자리에 앉자마자 김건이 물었다.

"그럼, 그날 있었던 일을 한 번만 더 말씀해주시겠어요? 빠진 것 없이, 자세히."

⊰✦⊱

'조용한 아침' 아파트는 인사동과 낙원시장의 중간쯤에 있었다. 이 아파트는 원래 외국인을 대상으로 한 호텔식 서비스가 적용되는 아파트로 알려져 있고, 한국 국가대표 축구팀의 감독을 맡았던 외국인 감독이 머물렀던 곳으로 더 유명해졌다. 평당 이억에 가까운 높은 가격 때문에 보통사람은 쳐다보지도 못한다는 곳의 펜트하우스가 기명진의 집이었다.

신영규의 은색 포르셰가 주차장에 멈춰 서자 관리원이 곧바로 달려와서 허리를 구부렸다. 사람에게 하는 것이 아니라 고급 스포츠카에 인사하는 모양새였다. 관리인의 안내대로 넓은 주차공간에 차를 세운 뒤에 신영규는 차에서 내렸다. 눈부심이 가시지 않아서 선글라스를 쓴 채로, 손에는 갈색 가죽장갑을 낀 채로 그는 천천히 안으로 걸어 들어갔다.

정문을 통과하자마자 나타나는 메인홀에 들어서자, 오성급 호텔 같은 으리으리한 로비가 나타났다. 여기저기에 대형 깃발과 배너가 걸려 있는 모습이 마치 나치의 요새 같았다. 귀에 무선 리시버를 끼고 있는 스포츠머리의 덩치 큰 보안요원이 몸집에 어울리지 않는 나긋나긋한 목소리로 물었다.

"어떻게 오셨습니까?"

최고급 양복에 고가의 손목시계를 차고, 비싼 선글라스를 쓰고 있는 신영규를 보고도 처음부터 외부인 취급하는 것을 보니, 보안요원들은 모든 입주자의 얼굴을 다 외우고 있는 것이 분명했다. 그는 대답 대신 경찰수첩을 꺼내 보였다.

"잠시만 기다려주세요."

보안요원은 당황한 얼굴로 데스크에 가더니 급히 어딘가로 전화했다. 귀에 있는 리시버는 통신장비가 아닌 모양이었다. 어쩌면 천 원 숍에서 산 코스프레 세트인지도 모른다.

프런트에 있던 다른 직원이 신영규를 흘끗 보고는, 성실한 미소를 있는 힘껏 더 크게 지어 보였다.

신영규는 안주머니에서 은단을 꺼내서 입에 털어 넣었다. 한쪽 벽에 붙은 안내 포스터에 '시거클럽' 포스터가 붙어 있었다. 포스터 중앙에 나무로 만든 인디언 상을 중심으로 몇 명의 동·서양 남자들이 시가를 손에 들고 서 있었다. 미국에서는 담배 가게에 나무로 만든 인디언 목상을 세워두는 경우가 많았다. 초기 정착민들이 인디언과 담배를 거래했던 역사로 인해 지금까지도 담배 가게에 인디언 목상을 상징적으로 세워두는 것이다. 부유한 이들이 모여 사는 이 호텔식 아파트에 이런 사교 클럽까지 있다는 사실이 흥미로웠다. 그냥 보고 넘어가려던 중에 신영규의 눈에 한 사람의 얼굴이 들어왔다.

"기명진?"

인디언을 중심으로 서 있는 사람들 중 이번 사건의 피해자 기명진의 얼굴이 있었다. 신영규는 살짝 인상을 찌푸렸다. 기명진은 미식평론가다. 그의 직업은 음식을 맛보고 평가하는 것이고 그의 말 한마디에 많은 사람이 흥하고 망한다. 그런 사람이 평소에 일반 담배보다 훨씬 향이 강한 시가를 피운다니, 믿기 어려울 정도로 직업의식이 없는 행동이었다. 프랑스의 미식 평론가들은 담배는 물론이고 평소에 술이나 초콜릿 같은 자극적인 음식도 잘 먹지 않는다고 했다. 자신의 혀를 항상 미식을 위해서 준비해두어야 한다고 여기는 탓이었다.

프런트 안쪽의 문이 열리며 책임자로 보이는 사십 대 남자가 걸어 나왔다. 그는 다른 직원들처럼 친절한 표정도 없이 바로 신영규를 쏘아보았다. 익숙한 표정에 실소가 터져 나왔다.

"무슨 일입니까?"

보통은 자기 신분과 이름부터 밝히는데 이 사람은 그런 것도 없이 따지고 들었다. 신영규도 쿨하게 자기소개는 생략했다.

"기명진 씨 아시죠?"

"네, 여기 펜트하우스 입주자신데요."

"그분이 사고를 당하셔서요. 여기 일주일치 CCTV가 필요합니다."

"영장…… 있으신가요?"

"아뇨."

대답하며 가볍게 코웃음을 쳤다.

"영장은 본격적으로 수사할 때 필요한 거고, 지금은 단순한 수사협조, '요청'입니다."

신영규가 '요청'이라는 단어에 강점을 찍었다.

책임자처럼 보이는 남자는 굳은 표정을 풀지 않았다. 신영규가 태연하게 말을 이었다.

"싫으시면 안 보여주셔도 됩니다. 그냥 영장 받아오죠. 그럼, 여기 전체 컴퓨터, 하드 다 압수하고 여기 계신 분들도 다 경찰서 방문하셔야 합니다."

프런트 직원들이 불안한 표정으로 눈빛을 주고받았다.

이 일을 시작하고 나서 알게 된 사실이 있다. 의외로 많은 한국인이 군인이나 경찰 같은 공권력에 저항한다는 사실이다. 사람들은 공권력에 저항하는 것이 참된 민주시민의 기본 자세라고 믿는 것 같았다. 그래서 대한민국의 공무원은 편하지 않다.

"협박인가요?"

남자의 목소리가 살짝 갈라졌다.

"공권력을 어떻게 집행하는지 그 절차를 알려드리는 것뿐입니다. 아직 휴가 안 가셨죠? 이런 데서 경찰서 간다고 시간 빼줄 리는 없고, 그냥 조사받을 때 연차 쓰시면 되겠네."

남자는 여전히 신영규를 노려보고 있었지만 이미 저항 의지를 상실한 것 같았다.

"흐음!"

길게 콧김을 내뿜고는 옆의 직원에게 말했다.

"보여드려!"

"협조, 감사합니다."

신영규가 건성으로 인사했다.

"이쪽으로 오시죠."

남자가 프런트 뒤쪽의 문을 열어주자 신영규는 무표정한 얼굴로 안으로 들어갔다. 그의 눈이 다시 한번 시가클럽 포스터를 훑었다. 기명진은 그 안에서 환하게 웃고 있었다.

나은정은 퇴근 시간을 한 시간쯤 남겨둔 시간에 경찰서로 찾아왔다. 창백한 얼굴이 당장에라도 쓰러질 것처럼 보였다. 복승아는 그녀를 조사실로 안내하고 같이 안으로 들어갔다.

"오시느라고 수고하셨어요."

"아뇨, 더 빨리 오려고 했지만 다른 검사를 하느라고 좀 늦었어요."

"다른 검사요?"

나은정이 잠시 머뭇거리더니 목에 감은 스카프를 풀었다. 목 아래쪽에 길게 이어진 수술자국이 드러났다.

"제가 지병이 있어서요. 갑상선 암."

"아!"

복승아는 한동안 무슨 말을 해야 할지 몰랐다. 그녀는 어린 시절, 어머니를 암으로 잃었다. 그래서 암에 걸린 사람들에 어떤 동질감 같은 것을 느끼게 되었다. 현대 의학에서는 갑상선 암을 그렇게 심각하게 보지 않는다. 하지만 암은 암이다. 언제든지 죽음에 이를 수 있다.

"그것 참…… 힘드시겠네요."

"아니요. 다행히 조기에 발견했고, 수술도 잘 됐어요. 그런데 최근에 재발한 것 같다는 말을 들어서 다시 검사했어요."

"힘드시면 다음에 다시 약속을 잡으셔도 되는데요."

"아니요. 빨리하고 싶어요."

"알겠습니다."

"그럼, 먼저 본인 확인부터 하겠습니다. 나은정 씨 본인 맞으시죠?"

"네, 맞아요."

"오늘 희생되신 기명진 씨하고는 어떤 관계였나요?"

"약혼자였습니다."

"약혼자요? 그럼, 정식으로 청혼을 하셨나요?"

"네. 저한테는 조금 서프라이즈였는데요. 암 수술하던 날이었어요."

지난날을 회상하며 나은정은 살짝 미소를 지었다.

"명진이 오빠가 평소에 조금 무뚝뚝하거든요. 그런데 제가 암 수술하러 들어갈 때 와서 위로해줬어요. 그리고 수술 끝나고 눈을 떠보니, 눈앞에 다이아몬드 반지가 있었죠. 그리고 저한테 '우리 같이 살까?'라고 했죠."

"네."

복숭아는 고개를 끄덕이며 살짝 설레는 마음을 다잡았다. 사실, 여자라면 누구나 달콤한 러브스토리에 두근거리기 마련이지만 이 안에서 자신은 여자일 수 없었다.

"그이의 사회적인 지위 때문에 대놓고 약혼식은 못 올렸지만 그건 상관없었어요."

나은정의 태도에서 복숭아는 기묘한 위화감을 느꼈다. 정말 그 이야기대로라면 분명 미소를 지을 만한 아름다운 추억이지만, 눈앞에서 약혼자가 죽는 것을 목격한 여자가 과거를 떠올리며 미소를 짓는 것이 이상했다. 마치, 현재와 과거를 따로 분리해서 생각하는 느낌이었다.

"하지만, 이제…… 오빠가 없네요!"

그리고 그런 의심이 들려는 순간 타이밍 좋게 눈물을 흘리기 시작했다.

복숭아는 티슈를 건네주었다.

"죄송합니다."

한동안 흐느끼던 나은정이 눈물을 닦으며 사과했다. 복숭아는 그녀가 진정하기를 기다렸다가 다시 질문했다.

"모든 정황이나 증거로 보면 윤보선 셰프가 기명진 씨를 독살했다고 의심하게 되는데요. 혹시, 무슨 원한 관계 같은 게 있나요?"

"윤보선 셰프는 삼 년 전쯤 한국으로 와 셰프로서 이름을 날리기 시작했어요. 그러다가 얼마 전에 오빠하고는 무슨 TV 요리경연대회에서 참가자하고 심사위원으로 만났어요. 거기서 셰프가 분자요리를 만들었는데 오빠가 혹평을 했대요. 그래서 결승에서 떨어졌죠. 그때부터 사이가 안 좋았던 거 같아요."

"그랬군요."

충분히 원한을 가질 만한 상황이다. 사람들은 이런 것보다 훨씬 작은 원한으로 이웃과 친구를 죽인다. 농약을 타서 다른 할머니들을 집단 중독사시킨 사건에서 사십 년이 넘도록 친분을 유지했던 이웃을 죽이려고 한 이유가 고작 화투를 치다가 말싸움을 벌인 것이었다지 않은가?

"그럼, 오늘 가게에 초대한 이유가 뭡니까?"

"윤 셰프가 초대했어요. 오빠가 미슐랭스타 한국 심사위원이거든요. 그래서 오빠를 초대해서 심사를 받고 싶다고 했어요. 그 사람이 딴마음 먹은 줄도 모르고 오빠는."

눈물을 훔치는 나은정에게 복승아는 곽 티슈를 통째로 밀어주었다.

그 외에 사건이 일어난 당시 상황을 자세히 들었지만 소주희와 이수아의 진술과 어긋나는 점은 없었다. 나은정이 피곤해하자 복승아는 이만 끝내자고 말했다.

"오늘은 여기까지 하시죠. 혹시라도 수사상 다시 질문할 수도 있으니까, 당분간은 서울을 벗어나시면 안 됩니다."

"네. 오빠 억울함, 꼭 풀어주세요."

"걱정 마세요. 범인은 반드시 잡힐 겁니다."

대답하는 복승아도 이미 범인으로 누구를 가리키는지 다 알고 있었다.

그 유력한 용의자는 지금 병원에 누워 있다.

"아, 가시기 전에 기명진 씨 통화 내역 좀 확인해주시겠어요?"

"네. 그럴게요."

나은정은 창백한 얼굴로 고개를 끄덕였다.

—◈—

신영규가 포르셰를 운전해서 지하주차장의 코너를 돌아서 내려가려는 순간에 랜드로버 한 대가 미친 듯한 속도로 스쳐 지나갔다. 김정호와 통화를 하던 신영규는 급정거를 하고 말았다.

"뭐야?!"

"왜 그러십니까?"

"저거 누구야? 그 기명진, 동행 아냐?"

그의 옆을 스치고 지나간 사람은 분명 나은정이었다. 그녀의 랜드로버가 무서운 속도로 입구를 빠져나갔다. 분명 기명진이 죽자 충격으로 기절해서 실려 갔다던 사람이었다.

"조금 전에 인터뷰 마치고 나갔습니다. 뭔 문제 있습니까?"

"운전을 너무 험하게 해서."

"상심해서 그렇겠죠?"

"아니, 웃고 있었다!"

"좀, 이상한 부분이 있어요."

김건이 미간을 찌푸리며 말했다. 깊은 생각에 잠길 때 그의 표정이었다.

"뭐가요?"

"윤보선 셰프가 그만하겠다고 했을 때 오히려 격려하면서 계속하라고 했다고요?"

"네. 그랬어요. 조금 감동했는걸요."

"그게 이상하네요."

이번에는 소주희가 고개를 갸우뚱했다. 자기가 보기에 전혀 이상하지 않은 부분을 의심하는 김건이 이해가 안 됐다.

"기명진 씨의 의도가 뭘까요?"

"네?"

"윤 셰프 가게에 온 의도요. 그게 뭐였을까요?"

"그거야, 미슐랭스타 심사하려고 온 거잖아요?"

"그런가요? 기명진 씨가 공정한 사람이라고 했나요?"

"음, 자기주장이 강하고 편향되긴 했지만, 심사는 공정한 편이었던 것 같아요. 자기가 싫어하는 셰프라도 실력만 있으면 점수를 잘 줬으니까요."

"그렇군요. 그럼 더 이상하네요."

"뭐가요?"

"기명진 씨가 윤 셰프한테 안 좋은 감정이 있었나요?"

"사이가 좋지는 않았죠. 특히 윤 셰프는 방송에서 일방적으로 당했으니까 감정이 좋을 수는 없을 거예요."

"그런데 왜 하필 그런 사람을 불렀나요?"

"한국에서 미슐랭스타 심사위원은 그 사람이 유일해요. 셰프도 다른 방법이 없었을 거예요."

"원래 미슐랭 심사는 비밀 시스템 아닌가요? 따로 초대하는 일은 없다고 들었는데?"

"맞아요. 이번은 정식 심사가 아니라 셰프가 자신의 불명예를 씻고 싶어서 개인적으로 초대한 거였어요. 자신이 그렇게 실력 없는 셰프는 아니다, 뭐 이런 걸 보여주고 싶었던 거죠."

"기명진 씨가 윤보선 셰프한테 어떤 감정을 가지고 있었는지는 잘 모릅니다. 어쨌든 가게로 왔고 심사에 응했죠. 하지만 처음부터 마음에 안 들었습니다. 그렇죠?"

"네. 처음에 가져갔던 와인하고 전채가 영 어울리지 않는다면서 지적을 받았어요. 그리고 두 번째 치즈플래터를 내갔는데 식사 전에 지방이 많은 치즈를 먹으면 메인에 영향을 준다고 다시 태클을 걸었죠."

"맞습니다. 요약하자면 약속 시간보다 한 시간이나 빨리 와서 일부러 셰프를 당황하게 만들고 서빙된 음식에 두 번이나 퇴짜를 놓았죠. 여기까지만 보면, 처음부터 공정하게 심사할 마음은 없었던 것 같네요."

이수아와 소주희가 동의했다.

"좀 과하게 트집을 잡는 것 같긴 했어요."

"셰프도 원래 침착한 편인데 그날은 안절부절못하더라고요."

"그럼, 기명진 씨한테 당했다고 봐야겠네요. 요리, 특히 프랑스 요리는 타이밍의 예술이라고 하죠. 모든 음식이 최상의 온도와 맛을 내기 위해서 반드시 적절한 시간에 서빙되어야 하는데, 그 타이밍을 기명진 씨가 빼앗아버린 거죠. 그러니까 윤보선 셰프는 자기 가게에서도 당황할 수밖에 없었고요. 그럼, 다시 처음 질문으로 돌아갈까요? 과연 기명진 씨의 의도는 뭐였을까요?"

"지금 생각해보니까, 윤보선 셰프를 망신주려고 했던 거 같아요."

"제 생각도 그래요."

"그럼, 셰프가 함정에 빠진 걸 수도 있나요?"

이수아가 답답하다는 표정으로 물었지만 김건은 고개를 저었다.

"아직은 정보가 너무 부족해요. 내일쯤 경찰 쪽에 물어봐야겠어요."

"김 형사님?"

"아니면, 누구겠어요?"

"아, 우리 셰프님! 어떻게 하지?"

이수아가 양손으로 얼굴을 가렸다.

"난, 아무것도 못 해주고."

"수아 씨. 걱정 마세요. 정말 윤보선 씨가 죄가 없다면 꼭 풀려날 겁니다. 제가 최선을 다해서 돕겠습니다."

"탐정이시면, 저희가 수고비를 드려야 되는 거 아니에요?"

이수아의 걱정 섞인 물음에 김건이 빙긋 웃었다.

"아, 그건 걱정 마세요. 저는 경찰청과 계약한 수사 컨설턴트입니다. 따로 돈을 주실 필요는 없어요."

"걱정 말아요. 언니! 이 아저씨가 보기엔 그래도 정말 실력

있는 분이에요."

김건의 말에 소주희도 덧붙였다.

"주희 씨. 언제나 느끼는 거지만, 칭찬 속에 뼈가 있네요."

"그래야 방심 안 하죠."

소주희가 커피를 마시며 태연한 얼굴로 말했다.

───※───

늦은 밤, 이미 대부분의 직원이 퇴근했지만, 몇몇 사무실의 불은 꺼지지 않았다.

신영규와 김정호, 복승아 형사가 수사회의를 하고 있었다.

"통화기록, 조사했어?"

"네. 기명진 씨, 최근 한 달치 통화기록을 봤습니다. 대부분이 업무적인 통화였고 사적……인 통화도 많이 있었습니다."

"사적인 건 뭐야?"

"주로 여자들인데요, 정말 다양한 여자들이 있었습니다."

"기명진 씨, 그쪽으로 소문이 안 좋습니다. 자기 지위를 이용해서 요식업 계통에서 일하는 여자들 만나서 스폰서 해주는 거로 유명하죠."

"미네랄! 남자들은 하나같이."

복숭아가 고개를 절레절레 흔들었다.

"그건 됐고, 복! 나은정한테 확인해봤어?"

"네. 특이한 사항은 없답니다."

"나은정, 태도는 어때?"

"태도요?"

"자기 약혼자가 바람피운 흔적을 보고 어떻게 행동했냐고."

"담담하던데요."

"담담해?"

"능력 있는 남자한테 여자가 붙는 건, 꽃에 나비가 붙는 것하고 같다더라고요."

"오, 그거 말이 된다."

김 형사가 말했다.

"말이 되긴, 미네랄!"

"복승아!"

신영규가 그녀의 말을 끊었다.

"다음, 윤보선 통화 내역은?"

"확인했습니다. 별로 특이한 건 없고요, 미국으로 전화를 자주 하더라고요."

"그 사람, 어머니가 미국 사람이라고 했지?"

"네. 그리고 몇 가지, 최근 상황을 알게 된 게 있습니다."

"뭐?"

"몇 개월 전만 해도 유명인들하고 자주 통화를 했는데, 최근에는 윤보선이 전화를 해도 친했던 사람들이 받지를 않았더라고요."

"가게 사정이 안 좋았나 보네요. 연예인들, 냉정하잖아요?"

"그럼, 정리해보자. 윤보선은 잘 나가다가 방송에서 기명진에게 당하고 인기를 잃었다. 그래서 기명진을 가게로 불러서 독살했다. 이렇게 되나?"

"그게 맞는 것 같습니다."

"현재로는 그렇게 보입니다."

동료들의 동의에도 불구하고 신영규는 뭔가 찜찜하다는 생각을 버릴 수가 없었다. '레스토랑 X'는 인테리어도 잘 되어 있었고 손님도 많은 편이었다. 아무리 화가 났다고 해도 굳이 자기 식당에서 초대손님을 독살할 이유가 있을까? 그건 사회적인 자살이나 마찬가지다.

"윤보선은 어때?"

"아직 중환자실에 있습니다."

김 형사가 대답했다.

"경관들 배치했지?"

"두 명이 지키고 있습니다."

"그래. 그런데 말이야……."

신영규가 고개를 갸우뚱했다.

"젊은 친구 이름이 왜 윤보선이지?"

"그러게 말입니다."

"옛날 이름인데."

"김정호는 요즘 이름입니까?"

"내 이름이 어디가 어때서?"

"조선 시대 이름인데?"

"그만해라!"

신영규가 두 사람의 티키타카를 막았다. 이 둘은 항상 싸우는 것 같으면서 묘하게 호흡이 좋았다.

"CCTV 분석은?"

"식당 것은 다했고 확인 마쳤습니다. 목격자들 진술, 일치합니다. 기명진 아파트는 이제 하려고 합니다."

김 형사가 대답했다.

"그거, 내일 해."

"정말입네까? 그럼, 이만 퇴……."

신영규의 말에 김정호가 감동했다.

"그래, 보고서 먼저 쓰고, 열두 시 넘어서 시작해."

"아, 자정 열두 시. 그것도 내일이긴 하네요. 하하."

김정호가 영혼 없는 웃음으로 응수했다.

"그래, 좀 쉬었다가 내일 바로 해."

신영규는 배려 깊은 말을 던지고 쿨하게 자기 자리로 갔다.

—⚜—

"어제 뉴스 보셨어요?"

만나자마자 소주희가 울 것 같은 표정으로 신문을 흔들며 말했다. 소주희가 신문을 들고 있는 것도 신기한 일이고 요즘에 종이 신문을 보는 것도 신기한 일이었다. 오전 아홉 시를 지난 시간이었지만 두 사람은 일찍부터 만나기로 했다.

"못 봤어요? 전부다 그 얘기뿐이에요."

김건이 고개를 끄덕였다.

"봤습니다."

테이블 위에 신문을 던지듯이 펼쳐놓은 소주희 덕분에 기사가 선명하게 눈에 들어왔다.

음식 평론가 기명진 사망!

주간 조일에 '행복한 맛여행'이라는 음식 평론을 연재하는 저명 음식 평론가 기명진 씨가 어제 사망했다. 기씨는 최근 방송가에 자주 나오는 모 셰프의 식당에서 식사 중 사망한 것으로 알려졌다. 사망원인은 아직 밝혀지지 않았지만, 경찰의 수사가 이어진 것으로 볼 때 자연사가 아닐 가능성이 높다. 더 특이한 것은 기명진 씨의 사망사건을 수사하는 주체가 관할 경찰서가 아닌 본청 광역수사대라는 점이다. 한편, 위 셰프 역시 독극물에 중독되어 병원에 입원했으며 현재 경찰의 감시하에 중환자실에 입원 중이다.

"다행히 윤보선 씨 이름은 안 나왔네요."

"여기 좀 보세요."

소주희가 스마트폰을 꺼내서 인터넷포털 기사를 보여주었다.

인기 셰프 윤보선, 독극물 중독으로 중태

최근 몇 년간 방송가에서 인기를 누린 셰프 윤보선 씨가 어제 독극물에 중독되어 모 병원에 입원했다. 집중치료실에서 나와 현재 중환자실에 입원 중인 윤보선 씨는 각종 요리 프로그램에 출연해서 예능감을 보여왔다. 윤보선 씨는 아버지가 한국인, 어머니가 미국인 혼혈로 훤칠한 키와 잘생긴 외모로 아이돌 못지않은 인기를 누리고 있었다. 과거 요리 대결에서 결승까지 올라서 첨단요리인 분자요리를 선보였다가 심사위원장을 맡았던 기명진 씨의 독설로 최하점수를 받아서 탈락해서 아쉬움을 더했다.

"흠, 적어도 기명진 씨와의 연관성은 안 나오네요."

소주희가 한숨을 쉬며 다른 기사를 보여주었다.

'윤보선 셰프, 음식평론가 기명진 씨 독살의혹!'

"아."

김건은 입을 다물었다.

"댓글이 만 개가 넘어요!"

소주희가 기사 아래 달린 수많은 댓글을 보여주었다. 거의 대부분이 윤보선 셰프에 대한 비난 댓글이었다.

'미친 거 아님? 음식 만드는 셰프가 평론가를 독살해?'

'사형에 처해야 됨. 국민청원 가즈아!'

'실망이네요. 키 크고 잘생겨서 좋아했는데 인간성이 쓰레기네'

'내 그럴 줄 알았지. 이런 인간은 능지처참해서 남대문에 목을 걸어놔야 함'

"음!"

김건이 입을 더 굳게 다물었다. 이제 윤보선 셰프는 살인자로 낙인이 찍혀버렸다.

"우리 셸, 어떡하죠?"

"글쎄요. 힘들겠지만 우선 누명을 벗어야겠죠."

"어떻게요?"

"진짜 범인이 누구인지를 알아야 합니다. 그렇게 하려면 우선 진짜 의도가 뭔지를 알아야겠죠."

김건이 앞에 있는 종이를 집어 들고 이리저리 접기 시작했다. 종이접기는 긴 마름모꼴로 변했다.

"이거, C.O.T인가요?"

"아, 기억하시네요."

김건은 마름모꼴의 왼쪽 오른쪽 양 끝에 각각 하나씩의 점을 찍고 각각 두 개의 선으로 점을 연결했다.

"이 각각의 점은 윤보선 셰프와 기명진 씨입니다. 이건 사건이 일어나기 전까지 두 사람의 의도를 말하는 거죠."

김건이 다시 종이를 접으며 말을 이어나갔다.

"첫 번째, 기명진 씨가 공정하게 심사하러 왔다. 그랬다면 정시에 왔을 거고, 동행하는 손님이 있으면 미리 양해를 구했겠죠. 하지만 둘 다 아니었으니 이건 패스."

"두 번째, 기명진 씨가 처음부터 셰프를 함정에 빠뜨리려고 했다면, 늦게 온 것도, 손님을 데리고 온 것도 이해가 됩니다. 하지만 그렇다면……."

그의 손이 계속 종이를 접어 나갔다.

"만약, 셰프를 평가절하하는 게 목적이라면, 셰프가 오늘 그만하자고 말했을 때 그대로 나가면 되는 거였습니다. 사실상 항복한 거나 마찬가지니까요. 그럼 그대로 식당을 나가면 끝나는 거겠죠. 기명진 씨는 주간지에 미식 칼럼을 연재하고 있었습니다. 그러니까 그 칼럼에서 '윤보선 셰프의 식당에 갔다가 형편없는 대접을 받았다.'라고 쓰기만 하면 끝나는 거였죠. 그런데, 그는 윤 셰프가 여기까지만 하겠다고 했을 때, 갑자기 그를 격려합니다. 마치, 지금까지의 행동이 다 속 깊은 배려였던 것처럼 말했죠. 그리고 이런 제안까지 합니다. 지금까지는 심사에 넣지 않겠다. 메인만 보자! 이 순간, 이미 그는 공정함을 잃었습니다. 즉, 그 심사를 계속함으로써 그는 명분도 잃고, 심사위원으로서의 공정함도 잃었죠. 이해가 안 됩니다. 그는 명백히 다른 의도를 가지고 있었어요. 이렇게까지 하면서 뭘 하려고 했던 걸까요?"

그가 다 만든 종이접기를 양손으로 펼치자, 학이 날개를 펼친 모습이 되었다.

양 날개 끝에 기명진과 윤보선의 이름이 적혀 있었다.

"가장 중요한 두 사람의 의도는 완전히 다릅니다."

"어떻게요?"

"만약, 윤보선 셰프의 의도가 기명진 씨를 죽이는 거라면 그건, 사회적인 자살을 의미합니다. 본인도 셰프로서 식당을 유지할 수 없다는 것을 잘 알고 있죠. 그럼, 옆에서 봤던 주희 씨 생각은 어때요? 윤 셰프가 주변을 정리하거나 빚을 져서 아주 어려운 상태였나요?"

"아뇨? 셰프는 식당 인테리어도 새로 하고 분점을 계획하고 있었어요. 홈쇼핑에서 새로운 사업도 진행하고 있었고요."

"그럼 앞뒤가 안 맞네요. 사업을 확장할 준비를 하던 사람이 자기 식당에서 평론가를 독살한다?"

"그럼요. 안 맞죠. 그리고 우리 셸이 평소에 바퀴벌레도 무서워할 정도로 순둥이거든요. 벌레 나오면 저하고 수아 언니가 때려잡았죠."

"그래요? 주희 씨가요?"

"저, 벌레 좋아해요. 아니, 정확히 말하면 벌레 죽이는 느낌이 좋아요. 그 바삭하면서 터지는 손맛이 너무."

"오케이, 거기까지! 너무 많이 알면 뒷감당이 안 되겠네요."

김건이 양손을 내저으며 말했다.

"다음은 기명진 씨입니다. 이미 성공한 저명인사고 흔히 말하면 재벌 가문의 일원으로 금수저를 물고 태어난 사람이죠. 그런 사람이 태도를 바꿔가면서 반드시 메인요리를 먹겠다고 했어요. 앞서 말한 것처럼 앞뒤가 전혀 안 맞습니다."

그때 김건의 스타텍 전화기가 부르르 몸을 떨기 시작했다. 소주희가 장난감을 보는 어린아이 같은 얼굴로 오래된 전화기를 쳐다보았다. 아직까지 이 전화기를 쓰고 있다는 사실이 그저 놀랍고 신기했다.

"여보세요? 응, 그래. 그래!"

김건이 소주희에게 눈짓으로 양해를 구하고 통화를 하며 옆으로 갔다. 그리고 얼마 후 통화를 마쳤는지 다시 돌아왔다.

"방금, 경찰 측에서 지금까지의 정보를 얻었습니다."

"김 형사님이죠?"

"아니면 누구겠어요."

"그럴 줄 알았어요."

"어쨌든, 아직은 정보가 부족합니다. 주희 씨. 혹시, 제가 모르는 뭔가를 아는 게 있나요?"

"그게……"

잠시 망설이던 소주희가 이내 입을 열었다.

"어제 수아 언니가 있어서 말을 못 했지만, 수아 언니하고 기명진 씨 사이에 뭔가 일이 있었던 것 같아요."

"일이요?"

"네. 보통은 중요한 손님이 오시면 주방팀이 나가서 인사를 하는데, 셰프만 나가고 수아 언니는 안 나가더라고요. 나중에 메인 서빙할 때, 나가기는 했지만 기명진 씨가 아는 척하고, 수아 언니는 좀 불편해했어요."

"아, 그래요? 그 이유는 모르나요?"

"잘 모르지만 셰프하고도 뭔가가 있는 것 같았어요. 셰프하고 수아 언니는 2년 차 커플인데 평소에 셰프 편애가 너무 심해서 직원들이 불만이 많아요. 일할 때도 그냥 꿀이 떨어지거든요. 평소에는 오히려 수아 언니가 무뚝뚝하고 셰프가 애교를 부리는데, 어제는 셰프가 언니한테 너무 쌀쌀맞더라고요. 꼭 화난 것처럼."

"흠, 그래요. 그럼, 기명진 씨, 이수아 씨 사이에 무슨 일이 있었고 그걸 윤 셰프도 알았다고 보는 게 맞겠네요. 이건 중요한 동기가 될 수도 있어요."

김건이 접은 종이학을 내려놓고 자리에서 일어났다.

"어디 가는 거예요?"

"사건 현장으로 가봐야죠!"

"거긴 출입금지인데?"

"저는 수사 컨설턴트예요. 허가받았습니다."

따라 일어서는 소주희의 눈에 양 날개 끝에 서로 다른 이름이 써진 그 종이학이 유난히 눈에 들어왔다. 두 사람의 이름이 쓰인 검은 점은 양쪽으로 완전히 나뉘어 있었다.

'레스토랑 X'의 주차장은 한산했다. 신영규는 아무도 없는 텅 빈 주차장에 비스듬히 차를 세웠다. 똑바로 세우면 차 두 대가 충분히 주차할 수 있는 공간이었다. 복승아와 김정호가 탄 차는 이미 도착해 있었다. 독물반응 검사를 마친 현장을 다시 둘러보기 위해서였다. 신영규의 차 소리에 두 사람은 고개를 갸우뚱했다. 평소 같으면 먼저 와도 훨씬 먼저 왔을 신영규가 가장 늦게 왔기 때문이다. 그런데도 문을 열고 한참 만에 할머니처럼 천천히 차에서 내린 신영규는, 모든 안내문을 읽고 지나가는 독일인 관광객 같은 모습으로 느긋하게 안으로 걸어 들어갔다.

폴리스라인으로 출입이 통제된 식당은 코끼리 계곡의 무덤처럼 황량하고 쓸쓸했다. 어둡게 가라앉은 실내는 곰팡이 포자가 날아다닐 것 같은 눅눅하고 끈끈한 공기와 알 수 없는 향신료 냄새로 가득 차 있었다. 살인현장을 둘러보던 두 형사는 팀장을 보고 몸을 일으켰다.

"어이, 복숭아! 국과수에서 연락 왔나?"

"아. 새신발! 복숭이라니까! 그거 김 선배 담당입니다!"

복숭아가 퉁명스럽게 대답했다. 이렇게 예쁜 얼굴로 이렇게 뚱할 수 있다는 것이 신기했다.

갑자기 신영규가 '큭큭' 웃었다. 복숭아와 김정호가 놀라서 서로를 쳐다봤다.

"새신발! 큭큭큭. 아, 절묘하다!"

"내가 뭐 잘못했어요?"

복숭아가 김정호에게 조심스럽게 물었다.

"모르갔어. 하지만 팀장님이 요즘 좀 이상하시다야!"

그 이상한 팀장이 이번에는 김정호 형사에게 물었다.

"야, 김! 국과수 연락 왔어?"

"네, 왔습네다."

"아, 재미없는 놈! 너는 뭐 신발! 이런 거 없냐? 인간이 왜 이렇게 밋밋해?"

"아니, 언제는 까불지 말고 진지하게 하래더니?"

김정호가 나지막하게 투덜거렸다.

"읊어봐!"

"네. 어디 보자."

"큭큭큭!"

또다시 신영규가 웃기 시작했다.

"어디 보자? 야, 무슨 복덕방 영감님도 아니고."

김정호가 도움을 바라는 눈길로 복승아를 쳐다봤다. 복승아가 '그냥해요!'라며 눈짓했다.

"어디 보…… 아니, 국과수에서 연락이 왔습니다. 어…… 식당 전체 독물반응 검사를 완료했는데 모두 안전하다는 결과가 나왔답니다."

"안전?"

신영규가 쯧 하고 혀를 찼다.

"네. 그쪽에서 말하길, 사이안화칼륨은 '슈크루트 가르니'라는 음식물 속에서만 검출됐답니다. 치사량이 넘는 독이 나왔고요, 그 정도면 성인 몇십 명을 죽이고도 남을 '량'이랍니다. 아, 그리고 윤보선 얼굴을 조사해보니까 얼굴 전체에 사이안화칼륨이 얇게 도포되어 있었답니다."

신영규가 고개를 끄덕였다.

"얼굴 전체에 도포됐다? 어쨌든 윤보선한테서 독이 나왔다, 이거지?"

"뭐 대충 알잖습니까? 사이안화칼륨이 기명진의 사망원인! 윤보선도 같은 독에 중독."

복승아가 말했다.

"그래. 바로 그게 포인트야!"

복승아와 김정호의 시선이 일제히 팀장을 향했다. 신영규의 표정이 원래대로의 날카로움 모드로 돌아와 있었다.

"지금 가장 유력한 범인은 윤보선이야. 셰프 윤보선과 기명진은 사이가 안 좋았어. 미국에서는 잘 나가던 윤보선도 한국에 와서 이 평론가 때문에 고생 좀 했지. 이 정도면 동기는 충분해. 하지만 그 범인이 피해자와 같은 독에 당해서 쓰러졌어. 이게 무슨 뜻일까?"

복승아가 팔짱을 낀 채 자신의 추측을 말했다.

"자살 아닙니까?"

"그럼 그냥 먹으면 그만이지 굳이 얼굴 전체에 뿌릴 필요가 있었을까?"

김정호가 눈을 크게 뜨고 반론을 제기했다.

"그건 그런데."

"내 생각은 이래. 아까 물을 마시다 생각난 건데."

신영규가 레스토랑 간이 주방에 있던 잔을 꺼내 마시는 시늉을 했다.

"물을 마실 때 충분히 주의를 기울이면 입술에 거의 묻히지 않고 마실 수 있어. 여자들은 화장 때문에 그런 게 익숙하지."

"물론 예외도 있다." 하고 말한 김 형사가 복 형사를 슬쩍 보자, '이런 십장생!'이라고 중얼거리고 있었다.

"하지만 남자들은 보통 물을 벌컥벌컥 마시지. 윤보선도 그랬어. 입 주변을 물로 적시면서 급하게 마셨거든. 그런데 얼굴 전체에 고루 사이안화칼륨이 도포되어 있었다고 생각해봐."

"얼굴에 묻은 사이안화칼륨과 물…… 아!"

"병에 들어 있던 물이 입술하고 얼굴에 묻은 사이안화칼륨을 씻어내서 입안으로 들어간 거야. 윤보선은 그걸 마시고 쓰러진 거고."

복 형사가 알겠다는 듯 손뼉을 쳤다.

"그래서 윤보선이 아직 죽질 않았던 거군요. 사이안화칼륨 치사량은 0.20g 정도죠. 얼굴에 살짝 도포된 정도로는 치사량에 달하지 못했을 테니까!"

"사이안화칼륨을 먹고 안 죽었다면 양이 적었다고밖에 볼 수 없지."

김 형사와 복 형사 모두 수긍했다는 듯 고개를 끄덕였다.

"하지만 문제는 바로 이거야. 왜 윤보선의 얼굴에 사이안화 칼륨이 묻었을까?"

신영규가 기명진과 나은정이 앉아 있던 테이블을 한 바퀴 빙 돌았다. 노란 테이프를 두른 의자는 뒤집힌 채 아직도 그 때의 사건을 말해주듯 제자리를 찾지 못하고 있었다.

"사이안화칼륨이란 건 고운 입자로 되어 있어서 잘못하면 공중에 퍼질 수도 있어. 독을 쓴 사람도 그 특성을 충분히 이해하지 못하면 다루기가 쉽지 않았겠지."

"취급 부주의?"

김 형사가 대답했다.

"그래, 취급 부주의! 아마 급하게 음식에 독을 넣다가 실수 로 날린 가루가 얼굴에 붙었겠지."

"기거이, 기렇같지, 고럼!"

김정호 형사가 고개를 크게 끄덕였다.

"저도 그게 가장 타당하다고 생각합니다!"

복승아 형사도 동의했다.

"윤보선 그놈! 결국엔 천벌을 받은 거네요. 독으로 남 죽이 더니 자기도 독으로."

"그렇게 되나? 독으로 흥한 자 독으로 망한다."

"이걸로 한 건 해결입니다!"

"사건 종결하자. 윤보선을 범인으로 기소해!"

"네!"

"넵!"

"아니, 그건 아닌 것 같은데요?"

두 형사의 대답이 끝나기도 전에, 입구 쪽에서 날카로운 목소리가 세 사람 사이로 파고들었다. 뒤를 돌아본 형사들의 앞에 남녀 한 쌍이 나타났다.

김건과 소주희였다.

"우리 셰프가 왜 범인이에요? 말도 안 되는 소리 하지 마세요!"

미간에 잔뜩 주름을 잡은 소주희가 흥분해서 빨개진 얼굴로 소리쳤다.

신영규가 그 모습을 보고 '킁' 하고 코웃음을 쳤다. 평소와 달리 비웃음이 아니었다.

"난 또, 언제 나오나 했다. 킄킄킄!"

이번에는 김건과 소주희가 놀란 얼굴로 서로를 쳐다보았다.

신영규는 분위기가 싸한 것을 깨닫고 급히 얼굴에서 웃음을 지웠다. 그 약을 먹은 뒤로 감정을 조절하는 것이 어려왔다.

"이건 끝난 사건이야. 나중에 뉴스나 봐~"

신영규가 소주희를 무시하고 지나쳐갔다. 김 형사와 복 형사가 두 사람의 눈치를 살피며 뒤를 따랐다. 김건이 신영규의 어깨에 손을 대며 제지했다.

"남의 말 안 듣는 건 여전하시네요."

"말 같은 말만 듣지!"

신영규가 김건의 손을 쳐내고 어깨를 툭툭 털었다.

"왜 온 거냐? 민간인 출입금진데."

신영규가 폴리스라인을 가리키며 물었다.

"저는 수사자문 자격으로 왔습니다. 서장님 부탁으로요."

김건의 대답에 신영규가 다시 코웃음을 쳤다.

"왜, 경찰 흉내라도 내게?"

김건이 모자챙을 훑으며 살짝 웃었다.

"제가 할 일을 하러 온 겁니다."

"그럼, 뭐 마음대로 둘러봐. 하지만 정보 같은 건 기대하지 말고. 알았지?"

신영규가 레스토랑 입구를 향해 걸음을 옮겼다.

"저는 선배님을 만나러 왔습니다."

"뭐? 나를 왜?"

"범인이 사이안화칼륨을 넣은 건 음식이 아니기 때문이죠!"

신영규의 걸음이 우뚝 멈춰 섰다. 의심이 가득한 눈초리가 김건을 향했다.

"뭐?"

"음식에서 사이안화칼륨을 검출하는 건 금방 되겠죠. 확인해보시면 금방 알게 될 겁니다."

"그러니까 그걸 어떻게 알았냐고."

"윤보선의 얼굴에 사이안화칼륨이 묻었기 때문입니다."

"그게 뭐?"

"프랑수아한테 슈크루트를 만드는 법을 물어봤습니다. 맨 마지막에 와인을 넣어서 마무리한다더군요. 주희 씨, 맞나요?"

"네, 셰프도 그날 타진을 열고 와인을 부었어요."

"아, 그렇군요. 그럼 와인은 어떤 걸 넣었나요?"

"알자스지방의 와인인데 이름이…… 알텐베르크 드 베르크하임!"

"화이트와인이죠?"

"네, 슈크루트 가르니는 화이트와인, 특히 리슬링와인을 넣어 만들었을 때 더 맛있다고 해요."

"고맙습니다."

김건이 소주희에게 미소를 지어 보였다. 신영규는 왠지 기분이 나빠졌다.

"그때 같이 있던 사람은 조사했나요?"

"고럼, 다 조사했지. 나은정하고 이수아, 둘 다 아무 문제 없던데?"

김 형사가 대답하다가 신영규의 날카로운 눈빛에 고개를 움츠렸다.

"그건…… 이상한데?"

고개를 갸우뚱하는 김건에게 신영규가 쏘아붙였다.

"시간 낭비하지 말고 네 '문제생물론'으로 그냥 뚝딱 풀어 버리지?"

"문제 유기체설은!"

김건이 정정했다.

"약점이 있습니다."

"그래? 무슨 약점?"

"정보가 충분히 모이지 않으면 제대로 기능하지 못합니다. 이전에 문제 유기체설을 같이 연구하던 선생님 덕분에 알게 됐죠."

"흥, 학교 있을 때 말이지?"

신영규가 비웃듯 '학교'라는 말을 강조했다.

"흠!"

김건이 헛기침을 하며 살짝 소주희의 눈치를 봤다. 소주희는 아무것도 모르는 얼굴이었다.

"하지만 적어도 윤보선 셰프가 살인자가 아니라는 사실은 알았습니다. 그러니까 몇 가지만 더 알려주시면⋯⋯."

"문제생물론⋯⋯ 큭큭큭!"

신영규가 다시 '큭큭'대기 시작했다. 자기가 한 말이 재미있어서였다.

김건이 다시 그의 앞으로 다가섰다.

"정보는 안 주셔도 좋습니다. 대신 시간을 조금만 주세요."

"응? 그렇게 해주면 내가 얻는 게 뭐지?"

"그렇게 해주시면⋯⋯."

김건이 신영규의 눈을 똑바로 바라보며 말했다.

"제가 학교에 가야 했던 진짜 이유를 가르쳐드리죠."

순간, 신영규의 눈빛이 흔들렸지만 금방 얼음 같은 냉정함을 되찾았다.

"학교야 네가 나쁜 놈이라서 간 거지!"

"선배님은 이전에 자주 이렇게 말씀하셨죠. 이 세상에서 가장 큰 잘못은 힘이 없는 거다."

"그런데?"

"바꿔서 말하면 죄가 없어도 힘이 없으면 당한다는 말이죠."

"그래서?"

"저는 힘이 없던 게 아닙니다. 상대적으로 저보다 더 큰 힘이 작용했을 뿐이죠."

신영규가 김건의 눈을 빤히 쳐다보았다. 예전에 알던 눈빛이 아니었다. 도대체 이놈이 누구인지 알 수 없다는 사실이 더 기분 나빴다.

"저 사람들 말하는 학교가 어느 대학교예요?"

소주희가 복승아에게 넌지시 물었다.

"대학이 아니에요."

"그럼 어딘데요?"

"어른들이 모여서 인생 공부하는 곳! 어디겠어요?"

"네? 그럼!"

소주희가 놀란 토끼처럼 눈을 동그랗게 떴다.

김건이 신영규에게 한 발 더 바짝 다가서며 나지막이 말했다.

"질문에 대답해주시면 그 힘이 뭐였는지 알려드리죠."

신영규는 김건의 눈빛에서 설박한 뭔가를 느꼈다. 단순히

이 사건에만 국한된 것이 아닌, 두 사람 사이에만 통하는 좀 더 근본적인 무엇이 있었다. 신영규가 김건의 어깨를 거칠게 밀어냈다. 김건은 뒤로 밀리는 듯하더니 금방 중심을 잡았다. 마치 오뚝이 같았다.

"오 분 준다!"

신영규가 양복의 주름을 펴며 말했다.

"그 안에 다 읊어!"

"감사합니다."

김건의 미소를 무시하고 신영규가 손목에 찬 값비싼 시계를 들여다보았다.

"먼저 소주희 씨가 들었다는 쿵쿵 소리. 그게 뭐였는지 아십니까?"

"그 소리가 뭐?"

"주희 씨가 신고하러 밖으로 나간 시간에 레스토랑 안에 있던 사람은 이수아, 윤보선, 이미 시체가 된 기명진뿐이었습니다. 이수아는 기명진과 나은정이 있던 홀에서 대기하고 있었다니, 그 소음을 만든 건 윤보선밖에 없습니다. 그는 뭘 했던 걸까요?"

"윤보선은 주방에서 식재료들을 폐기 처분하고 있었어. 뭐, 증거를 인멸하려던 거겠지."

"그런가요?"

"그런 행동을 한 건 윤보선이 범인이기 때문이야. 뭐, 그건 나중에 조사해보면 알겠지."

"그럼 주방에서 독이 나왔나요?"

신영규의 미간이 꿈틀하고 움직였다. 김정호와 복승아의 표정도 변했다. 조금 전 국과수 검사에서 주방에서는 독이 안 나왔다는 사실을 알고 있었기 때문이다.

"제 생각은 좀 다릅니다."

김건이 윤보선이 서 있던 간이 주방으로 다가갔다.

"어쩌면 그게 바로 윤 셰프가 결백하다는 증거일지도 모르죠."

"네 생각은 중요하지 않아. 중요한 건 증거하고 결과야!"

김건이 테이블 위에 있던 종이 한 장을 집어 들고 앞뒤로 돌려서 보여주었다. 마술사 같은 동작이었다.

"만약 윤보선 셰프가 범인이라면, 그는 독이 있는 위치를 알고 있어야 합니다. 그러니까 증거를 없애려고 했다면 간단히 독이 든 용기를 가지고 밖으로 도망치거나 폐기하면 되는 거죠."

"흐음."

신영규도 그것을 의아하게 생각했었다. 하지만 그는 그런 내색을 하지 않았다.

"범인의 입장에서 자신의 알리바이를 만들려면 먼저 증거를 없애는 것이 가장 중요하죠."

"윤보선이 범인인 건 분명한 사실이야!"

"셰프는 아니에요. 요리하는 사람이 자기 식당에서 독으로 다른 사람을 죽이다뇨? 상식적으로 생각할 수도 없는 일이잖아요!"

소주희가 항의했지만, 신영규는 들은 척도 하지 않았다.

"주희 씨가 경찰과 119에 연락할 때, 그는 독을 들고 밖으로 나가서 증거를 없앨 수 있었어요. 하지만 그러는 대신 주방으로 달려가 식재료와 주방 도구들을 부수기 시작했습니다. 마치, 독이 어디에 있는지 모르지만, 그걸 없애려고 노력했다는 느낌이 더 강하죠."

김건이 테이블 위에서 재빠른 손놀림으로 종이를 접기 시작했다.

"기명진 씨는 음식들을 맛보고 중독사했습니다. 그건 틀림없는 사실이죠. 그렇다면 윤보선 씨는 왜 중독이 됐을까요? 그리고, 똑같이 음식을 맛본 이수아 씨는 왜 중독이 안 됐을까요?"

신영규가 오른손 검지로 자신의 손목시계를 두드리며 시간이 없다는 시늉을 했지만 김건은 종이접기에만 열중했다.

"가장 중요한 것은 과정에 있습니다."

그러면서 그가 완성해서 집어 든 것은 종이비행기였다

신영규가 한심하다는 듯 코웃음을 쳤다.

"자, 시간 없다! 왜 범인이 독을 넣은 것이 음식이 아니라고 한 거냐?"

김건이 완성된 종이비행기를 집어 들더니 수평을 확인했다.

"이번 사건에서 가장 중요한 부분은 시간의 연결입니다."

"뭐?"

"메인을 내가기 직전, 요리가 충분히 익었는지 확인하기 위해서 이수아 씨는 타진의 뚜껑을 열고 음식을 맛봤습니다. 다음, 윤보선 씨도 맛을 봤죠. 만약 그 시점에서 윤보선 셰프가 미리 독을 넣었다면 두 사람도 영향을 받았어야 합니다. 하지만 이상하게도 이수아 씨는 멀쩡하고 음식이 테이블로 옮겨진 시점에서 기명진 씨와 윤보선 셰프만 중독됐습니다. 어째서 이런 일이 생겼을까요?"

신영규가 고개를 돌려 팀원들을 보았다. 조금 전까지 그들도 가지고 있던 의문과 일치했다.

"또 한 가지 이해가 안 되는 것은 의도입니다."

"의도? 그게 뭐?"

"윤보선 셰프는 성공한 요리사고 사업도 확장일로였어요. 그가 기명진을 초대한 이유는 단 한 가지입니다. 미슐랭스타를 받기 위해서 조언을 얻으려고 한 거죠. 사업을 더 키우기 위해서요. 그런 사람이 초대한 사람을 독살한다? 앞뒤가 안 맞습니다."

"그럼, 범인이 윤보선이 아니면, 기명진이 자살이라도 했다는 거냐?"

신영규가 코웃음을 치며 물었다.

"사실은 그럴 가능성도 있습니다."

김건이 곧바로 말을 받았다.

"그날, 기명진 씨는 흐름에 맞지 않는 행동을 했습니다."

"흐름에 맞지 않는다?"

"그는 그날, 고의로 일찍 나타났고 전채요리부터 흠을 잡기 시작했습니다. 서빙을 보던 주희 씨가 참기 힘들 만큼 이것저것 트집을 잡았죠. 그런데 그러던 사람이…… 견디다 못한 윤보선 셰프가 다음에 다시 초대하겠다고 하자, 갑자기 태도를 바꿔서 메인을 맛보겠다고 합니다. 기명진 씨가 일반적인 의도를 가졌다면 그의 행동에는 두 가지 패턴이 있을 겁니다."

김건이 계속 말을 이어나갔지만, 왠지 신영규는 그냥 듣고만 있었다. 다른 형사들은 신영규의 무반응을 불안하게 지켜보았다.

"첫 번째는 윤보선 셰프를 아주 싫어하는 경우입니다. 그는 일부러 약속 시간보다 훨씬 일찍 와서 조리의 타이밍을 빼앗아서 주방에 혼선을 주었습니다. 그리고 가져온 모든 음식에 트집을 잡았죠. 이럴 경우, 윤보선 셰프가 포기선언을 했을 때, 그대로 돌아가면 됩니다. 그리고 자신이 연재하던 칼럼이나 SNS에 윤 셰프의 실패를 그대로 올리기만 하면 되는 거였죠."

김건은 살짝 눈치를 보고 다시 말을 이어나갔다.

"두 번째는 기명진 씨가 개인적인 감정이 없이 순수한 심사위원의 의도만 가지고 있는 경우입니다. 그럴 경우, 그는 평소처럼 약속 시간에 맞춰서 가게로 왔을 것이고, 순서에 따라 음식을 받고 그것에 대해 평한 뒤에 돌아갔을 것입니다. 그리고 자신이 느낀 대로 발표하면 되는 겁니다. 하지만 그날, 기명진 씨는 흐름에 맞지 않는 행동을 합니다. 그리고 그 결과는 아시는 대로입니다."

아무도 다른 의견을 말하지 않았다. 김건의 말대로 그날 피해자의 행동은 확실히 이상했다.

"그래서, 말하고 싶은 게 뭐야?"

김건이 안주머니에서 만년필을 꺼내서 종이비행기의 머리

에 검은 점을 찍고 윤보선이라고 쓴 다음, 몸통을 따라서 꼬리까지 쭈욱 내려갔다.

소주희가 낮은 목소리로 "아! C.O.T다!" 하고 말했다. 신영규의 미간이 꿈틀하고 움직였다.

두 사람이 파트너였던 시절, 김건은 언제나 저 수사기법을 가지고 범인을 유추해내곤 했었다.

"C.O.T가 뭐예요?"

복승아가 묻자 김정호가 대답했다.

"저건 김건의 독자적 이론인데, 문제를 하나의 생명체로 보고, 그 문제를 살리기 위한 조건과 죽이는 조건을 비교해서 모순점을 찾는 방법이야."

선을 모두 이은 뒤에 김건이 종이비행기를 들어 보였다.

"이것이 윤보선 씨의 의도입니다. 처음부터 그의 목적은 하나였고, 마지막까지 거기에 맞춰서 행동했습니다."

이어서 그는 종이비행기의 머리에 두 번째 검은 점을 찍고 기명진이라고 쓴 다음, 몸통을 따라서 선을 긋다가 한쪽 날개 옆으로 선을 그어서 날개 중간쯤에 점을 찍었다.

"저는 기명진 씨의 돌출행동에 그의 진짜 의도가 숨어 있다고 믿습니다. 그리고 그 의도의 결과로 그가 사망했다고 생각합니다."

그리고 그는 다시 그 선을 이어서 종이비행기의 꼬리 끝까지 이어나갔다.

"즉, 현재까지의 정보를 놓고 보면, 이 사건에서 '이레귤러(irregular)'는 윤보선 씨가 아니라 오히려 기명진 씨라고 생각합니다."

"억측이다! 어디에도 기명진이 위험인자라는 증거는 없다!"

"인정합니다."

김건이 순순히 수긍했다.

"모든 것은 추론에 불과합니다. 범행에 사용된 사이안화칼륨이 발견되기 전까지 확실한 건 아무것도 없겠죠."

그런데 김건이 다시 펜을 들어 종이비행기 머리에 세 번째 점을 찍었다.

"저는 여기에 또 다른 의도가 개입했을 수 있다는 가능성을 제시합니다."

"뭐?"

형사들 모두가 의외의 제안에 놀랐다. 사건은 간단하고 명료하다. 이렇게 복잡하게 생각하지 않아도 윤보선이 범인이라는 사실은 연못 속의 잉어만큼 명확하다. 하지만 지금 김건은 고의로 그 연못을 마구 파헤치면서 진짜 범인은 이 바닥 아래 있다며 흙탕물을 만들고 있다.

"간단합니다. 이 두 사람의 의도가 누군가의 죽음으로 이어지지 않기 때문입니다!"

세 번째 점에서 선을 그려내려 간 김건은 반대쪽 날개 끝에 점을 찍고 다시 그 선을 종이비행기의 꼬리까지 이어나갔다.

"만약, 이 두 사람이 범인이 아니라면, 진짜 범인은 완전범죄를 노리고 있겠죠. 처음부터, 이 두 사람의 의도를 잘 알고 있었고, 그것을 이용해서 자신의 목적을 이루려는 사람! 그 사람이 바로 이 사건에서 가장 위험한 '이레귤러'입니다!"

김건의 펜이 종이비행기 머리에 그려진 세 번째 점에 알파벳 'i'를 적어넣고 물음표를 그렸다.

"헛소리 잘 들었다. 하지만, 우리는 증거에 따라 수사하고 절차에 따라 범인을 잡는다."

이 새로운 의혹 제기는 신영규가 가지고 있던 범인에 대한 확신을 흔들었다. 꽤 강렬한 지적 자극을 받은 신영규의 머리는 사건을 처음부터 다시 검토하고 있었다. 요리에 독을 넣었다는 전제하에 범인을 윤보선으로 특정했지만, 김건의 말대로라면 프레임 자체가 달라진다. 그럼 범인은?

"지금 단계에서는 잘 모르겠지만 증거가 나오면……."

김건이 입을 열자마자 신영규가 손으로 오리 입을 만들어 주둥이를 닫았다. 그것이 무슨 뜻인지 잘 아는 김건은 쓴웃

음을 지으며 종이비행기를 앞쪽으로 날렸다. 중심이 안 맞았는지 비행기는 그리 오래 날지 못하고 옆으로 떨어져 땅에 처박혔다.

"이런!"

김건이 아쉽다는 표정을 지었다.

"시간 다 됐지?"

신영규가 비꼬는 투로 물었다.

"제 질문에 답을 안 주셨는데요."

"시간을 준다고 했지, 답을 준다고는 안 했어!"

"아!"

김건이 한 방 먹었다는 얼굴로 입을 다물었다.

"자, 그럼 누가 너를 학교로 보냈는지나 말해!"

"아, 그거요?

장난기 가득한 얼굴로 김건이 말했다.

"나중에 알려드리죠."

"뭐?"

"지금 알려드린다고는 안 했잖아요?"

신영규가 으르릉거리다가 코웃음을 치고는 빙글 몸을 돌려 레스토랑 입구를 빠져나갔다. 김 형사와 복 형사도 그 뒤를 따라붙었다.

"운전 조심해!"

신영규가 비 내리는 도로를 노려보며 말했다.

"난 과속할 것 같다!"

"팀장님!"

경찰서에서 기명진의 아파트 경비실에서 얻어온 CCTV를 분석하던 김정호 형사가 급하게 신영규를 찾았다. 뒤쪽의 낡은 소파에 누워있던 신영규가 긴 다리를 차올리며 벌떡 일어났다.

"이거 좀 보시라요!"

김 형사가 가리키는 화면에는 고급 아파트의 럭셔리한 프런트 로비를 비추고 있었다. 그 로비로 기명진과 여자 한 명이 같이 들어오고 있었다. 거들먹거리며 걷는 기명진 옆에서 여자는 조심스러운 표정으로 주변을 살피고 있었다.

"이거, 이수아 아냐?"

"맞습네다!"

화면의 여인은 이수아가 틀림없었다. 기명진이 그녀의 어깨를 감싸며 엘리베이터로 이끌었다.

"그럼 뭐야? 이수아가 기명진하고 내연관계였다?"

"길티요. 그리고 이것 좀 보시라요!"

김 형사가 가리키는 화면 구석을 신영규가 자세히 들여다보았다. 화면 구석, 로비로 다급하게 들어온 남자가 조금 전 기명진과 이수아가 사라진 방향을 노려보고 있었다.

"이게 누구야?"

신영규가 눈을 가늘게 뜨고 화면을 노려봤다.

"윤보선? 이거, 너무 뻔한데?"

"기명진에 대한 원한인가요?"

"처음에 개인적으로 모욕을 당한 것에다가 여자를 빼앗긴 것. 이 정도면 살해 동기로 충분하다!"

"이거 빼도 박도 못하겠는데요?"

김정호 형사가 무겁게 한숨을 내쉬었다.

"왜 네가 실망하냐?"

"아, 내래 저 아재비 팬이었단 말입니다!"

이수아를 조사실로 안내하는 김정호 형사의 마음은 편하지 않았다.

윤보선 셰프에게 조금이라도 도움을 주고 싶어서 전화를 받자마자 달려온 사람이었다. 하지만 정작 이수아 본인이 사건의 주요 참고인이 되었다는 사실을 알려야 하는 그의 입장이, 기대에 가득 찬 두 눈과 만나면서 천근만근 무거워졌다.

"복! 너도 준비해!"

"네."

심란한 김 형사의 마음을 눈치챈 신영규가 복 형사에게 언질을 주었다. 김정호는 여자 앞에만 서면 특히 마음이 약해졌다.

"이번이 두 번째죠?"

흘끗 카메라를 보며 김 형사가 물었다. 이번에도 실패하면 안 된다는 강박에 자기도 모르게 인상이 찌푸려졌다.

"네."

대답하는 이수아의 얼굴이 이상하게 창백했다.

"이상한데?"

화면으로 지켜보던 복승아가 살짝 고개를 갸우뚱했다.

"지난번 조사받으실 때, 분명히 빠뜨리는 거 없이 다 말씀하시라고 했고, 본인도 그렇게 하셨죠?"

"네."

"정말, 빠짐없이 다 말했나요?"

이수아가 조금 머뭇거렸다. 김 형사는 그 표정을 보고 지금이 치고 나갈 타이밍이라고 판단했다.

"기명진 씨하고 무슨 관계였어요?"

이번에도 실패하면 안 된다! 여자라도 자신은 충분히 강하게 나갈 수 있다는 사실을 보여주려는 결심이 그의 시야를 좁게 만들었다.

"무슨 관계라뇨?"

"윤보선 씨하고 연인 사이라고 하셨죠?"

"네."

이수아의 목소리가 불안으로 떨렸다.

"그럼 이건 뭡니까?"

김 형사가 태블릿PC의 동영상을 보여줬다. 기명진이 살던 아파트에서 가져온 동영상이었다. 동영상 속에서 이수아는 기명진과 같이 아파트 로비로 들어섰고, 기명진이 어깨에 팔을 두르자 주변을 두리번거리며 그와 함께 엘리베이터로 가고 있었다.

"이건!"

이수아는 크게 놀랐다. 창백했던 얼굴이 더 창백해졌다.

"윤보선 씨하고 사귀는 동시에 기명진 씨하고도 사귄 겁니까? 양다리예요?"

"아니에요. 그런 게 아니라."

이수아가 울먹거렸다.

"기명진 씨 찾아간 건, 부탁하러 간 거예요. 오빠한테 한 번만 더 기회를 달라고요!"

"부탁요?"

"오빠가 요리대회에서 기명진 씨 때문에 떨어진 다음, 많이 힘들어했어요. 네티즌들도 기명진 씨를 욕했지만, 변한 건 없었어요. 그 사람한테 다시 한번 기회를 달라며 가게로 초대했지만 들은 척도 안 했어요. 그래서 제가 직접 찾아갔어요."

"부탁하러 가요? 그럼, 그날 처음 만났다는 거예요?"

"네. 저 쉬는 날, 기명진 씨 아파트 근처에서 기다리다가 만나서 부탁했어요. 오빠한테 한 번만 더 기회를 달라고요. 저한테 안에 들어가서 이야기하자고 해서 따라간 것뿐이에요."

"그 말을 어떻게 믿어요? 그것뿐이면, 왜 지난번에 이야기
안 했어요?"

김 형사가 호통을 쳤다. 이제 기회를 잡았다고 생각했다.

"이걸 봐요. 의심이 가요? 안 가요?"

김 형사가 태블릿PC의 화면을 두드리며 다그쳤다. 그 덕분
에 멈춰있던 화면이 다시 움직였다.

"아, 그게 아니라."

억울하다는 표정의 이수아가 뭐라고 항변하려다가 태블릿
PC의 동영상을 다시 보았다. 엘리베이터로 두 사람이 올라간
뒤, 구석에 있던 사람 그림자가 나타나서 한참 동안 두 사람
이 사라진 방향을 보고 있었다.

"아, 오빠가!"

이수아가 놀라서 말을 잇지 못했다. 그녀가 숨을 못 쉬고
컥컥거렸지만, 김정호 형사는 오히려 그것을 자신의 말이 먹
히는 증거라고 판단했다.

화면에서 보고 있던 복승아가 외쳤다.

"좀 이상합니다!"

신영규도 눈치챘다.

"들어가 봐!"

복숭아가 재빨리 달려 나갔다.

"당신이 바람피우는 현장에 윤보선 씨가 있었어요. 결국은
이거 때문에 윤보선 씨가 기명진 씨를 죽인 거 아닙니까? 당
신 때문에?"

"아니에요!"

이수아가 힘을 쥐어짜며 벌떡 일어섰다.

"저는 바람피운 적 없어요. 저는……."

갑자기 그녀의 두 눈이 풀리며 그대로 옆으로 쓰러졌다.

"어?"

김정호 형사가 놀라서 벌떡 일어났다. 그 순간, 복승아와
신영규가 달려 들어왔다.

"뭐이가?"

"이 사람 임신 중이에요!"

이수아에게 달려가 상태를 살피던 복승아가 외쳤다.

"팀장님! 하혈합니다!"

이수아의 바지 아래쪽이 붉은 피로 물들었다.

"어? 이거이, 어드러케."

김 형사가 충격으로 굳어버렸다.

신영규가 바로 휴대폰으로 119를 불렀다.

경찰서 앞에 서 있던 구급차에 이수아를 옮겨 실은 구급대원이 복승아에게 감사를 표했다. 그녀가 즉시 조치를 취해서 다행히 이수아의 상태가 호전되었다. 복승아는 구급대원들에게 이수아의 상태를 설명했다. 신영규와 김정호는 입구에 서서 그 모습을 지켜보고 있었다. 김정호 형사는 유난히 더 풀이 죽어 있었다.

"그거 아냐? 복승아 원래 의대생이었단다. 프랑스에서."

"몰랐습니다."

고개를 숙인 김 형사가 모기 날갯짓 같은 목소리로 대답했다.

"가족이 억울한 일 당해서 바로잡으려고 의대 공부 관두고 경찰시험 봤단다. 저, 욕하는 습관도 그래서 생긴 거고."

"기랬구만요."

"만약에 우리가 일을 더 잘해서 세상에 억울한 사람이 없었다면, 저 친구도 아마 외국에서 그대로 의사로 살고 있었을지 몰라."

"네."

"그런데 우리 일이 그렇다. 웃는 얼굴로 고분고분 말하면 우리는 일을 못 해. 사람들 억울한 걸 풀어주려면 우리가 먼저 사람들을 억울하게 만들어야 한다. 나쁜 짓 한 놈들은 그냥 선량한 시민 얼굴로 살고 싶어 하거든. 그 사람들을 흔들고 윽박지르고 겁을 줘야 진짜 얼굴이 나오는 거다."

무서운 신 팀장이 조곤조곤 이야기하는 것이 어색했다. 꽤 오랜 시간 같이 있었지만 실수할 때마다 따끔하게 혼이 났다. 이제 금방 쇠몽둥이 같은 손이 올라오고, 솥뚜껑 같은 구둣발이 올라올 것이다. 아니나 다를까? 신영규가 손을 들어 올렸다. 자기도 모르게 움찔하고 몸을 사렸다. 하지만 그 손은 김정호의 어깨를 두들겼다.

"넌 잘못한 거 없다. 잘한 건 아니지만, 해야 될 일을 한 거야."

의외의 반응에 김 형사는 깜짝 놀랐다.

"네."

대답하는 그의 눈에 눈물이 핑 돌았다.

"감사합니다."

손으로 살짝 눈물을 훔쳤다.

구급차를 보내고 돌아온 복숭아가 그 모습을 보고 한마디 했다.

"어? 이런 미네랄! 우십니까?"

"일없어! 울긴 누가?"

김 형사는 허둥지둥 몸을 돌려서 안으로 들어갔다.

"또 화장실 가겠죠?"

"아니면 어디겠냐?"

복승아의 물음에 신영규가 대답했다.

경찰서 사무실에서는 두 번째 수사회의가 진행되고 있었다.

"정호! 독이 들어 있는 물건 리스트 받았나?"

"네. 받았습네다."

"뭐야?"

"우선, 피해자가 먹고 죽은 메인요리하고, 식기, 접시가 있습니다. 그리고 피해자 앞에 있던 냅킨에서도 나왔습니다."

"그게 다야?"

"네. 더는 없습니다."

"그게 다라…… 이상한데?"

김정호와 복승아 형사의 보고를 받은 신영규가 굳은 표정으로 말했다.

"정리해보자. CCTV 분석 결과, 기명진과 이수아가 같이 엘리베이터를 타는 모습을 윤보선도 보고 있었다."

"맞습니다."

"표면상으로 이 사건은 애인이 바람을 피우는 현장을 목격한 윤보선이 기명진을 독살한 거다. 이렇게 보면 윤보선이 왜 사업이 잘되던 시점에 자기 식당에서 기명진을 살해했는지 이해가 된다. 하지만……."

신영규는 굳은 표정을 풀지 않았다.

"아직도 이해가 안 되는 점이 많아. 첫째, 주방에서 독이 발견되지 않았다. 가게 안 CCTV를 확인해봤겠지만, 주방에서 독을 넣은 흔적은 없다. 그리고 과학수사대도 주방에서는 독이 발견되지 않았다고 했다. 독이 발견된 곳은 유일하게 메인요리인 '슈크루트 가르니'뿐이다. 만약 지금처럼 윤보선이 가해자라면 증거물인 독이 나와야 하고, 그 독을 어떻게 음식에 넣었는지 밝혀야 한다."

미간을 찌푸린 채 신영규가 복승아에게 물었다.

"기명진이 죽은 다음, 윤보선은 그릇에 담긴 메인요리를 가스토치로 태워버리고 바로 주방으로 갔지?"

"네. 주방으로 가서 무거운 주물 프라이팬으로 주방 도구와 식재료들을 부수기 시작했습니다."

"뭔가를 버리거나, 밖으로 나간 적은 없고?"

"없습니다. 경찰이 올 때까지 계속 부수기만 했습니다."

"이게 이해가 안 된다. 독을 버리거나 처분할 시간이 없었다는 뜻인데, 피해자가 독살되어서 죽었다? 더구나 본인도 중독됐다!"

다들 생각에 잠겨서 한동안 침묵이 흘렀다.

"증거물이 발견되지 않으면 기소가 힘들다. 만약 윤보선이 모든 것을 자백하고 증거를 없앴다고 스스로 말한다면 해결되겠지만."

"그 사람, 아직도 중환자실에 있습니다. 의식이 회복 안 된 사람에게 그런 것을 기대할 수는 없죠."

복승아가 말했다.

"거저, 조금 전에 김건하고 통화를 했습니다. 무슨 말을 좀 전해달라던데요."

김정호 형사가 조심스럽게 김건 이야기를 꺼냈다. 신영규가 김건을 싫어하는 것을 잘 알기 때문에 눈치를 보면서 조심스럽게 말을 이어나갔다. 과연 신영규가 살짝 인상을 찌푸렸다.

하지만 그는 호통 대신 '쯧' 하고 혀를 차는 것이 고작이었다.

"무슨 말?"

"두 사람의 의도가 다르다고 한 거 말입니다."

"의도?"

"네. 원래 의도는 윤보선은 순수하게 음식으로 심사를 받고, 기명진은 심사를 하는 것이었습니다. 그런데 기명진은 처음부터 일찍 나타나고 동행까지 같이 왔죠. 처음부터 공정하게 심사할 마음이 없었는데, 꼭 메인을 맛보겠다고 고집을 부렸답니다. 이 사건은 처음부터 기명진이 정상에서 벗어난 일뤠귤러라고 했었죠."

김 형사가 '일뤠귤러' 하고 발음하자 복숭아가 피식 웃었다.

"왜?"

"이레귤러! '일레귤'이 아니라 '이레귤'."

"그거이 기거지!"

두 사람이 티키타가를 시작하자 신영규는 미간을 찌푸린 채 손으로 오리입을 만들어서 주둥이를 닫았다. 잠시 정적이 흘렀다.

"그래서?"

"어쩌면 독을 쓴 건 윤보선이 아니라 기명진일지도 모른다는 말도 했습니다."

"그건 말이 안 된다. 잘 나가는 사람이 왜 자살하지?"

"저도 그렇게 물었습니다. 그런데 김건이 이렇게 말하더라고요. 자살을 하려던 게 아니라 독살을 당하려던 것처럼 보이려고 한 게 진짜 의도가 아닐까?"

"독살당하려던 것처럼 보인다?"

"네. 그러면서 냅킨을 한 번 보라는 말도 했습니다."

"냅킨? 왜?"

"'음식 외에 피해자가 가장 자연스럽게 소량의 독을 입에 넣을 방법이 뭐가 있을까요? 아마도 식기류 아니면 냅킨 등이 겠죠. 다른 사람 눈이 있으니 뻔히 보이게 독을 쓸 수는 없었을 테고 가장 자연스러운 방법은 아마도 냅킨에 독을 묻혀서 입에 가져다 대는 방법을 썼을 겁니다, 라던데요.'"

김정호 형사가 김건의 말투를 흉내 내며 말했다. 그 모습을 보고 복숭아는 억지로 웃음을 참았다.

"독이 들어 있는 목록에 냅킨도 있었죠?"

복숭아 형사가 물었다.

"그렇지."

김 형사가 대답하며 신영규의 눈치를 보았다.

"알았다. 참고하자."

신영규가 의외로 쿨하게 넘어가는 바람에 다들 깜짝 놀랐다.

"다른 의견 없어?"

"아, 이번 사건 피해자가 '레메게톤'에 관여했다고 하셨잖습니까? 그건 확인된 겁니까?"

복 형사가 물었다.

"그래, 기명진이 프랑스 유학 시절에 그 조직에 가입했었다."

"그럼, 이 사람도 지난번 죽은 김성기 전 장관이나 윤범 교수하고 아는 사이라는 뜻이죠?"

"그렇지. 이상한 건, 그 당시 레메게톤에 관련됐던 사람들이 하나씩 죽어간다는 거다."

"그렇게 보면 윤범 교수도 위험한 것 아닙니까?"

"가능성이 없는 건 아니다."

"호위라도 붙여야 하는 거 아닙니까?"

"그건 우리 일이 아니다. 지금 하는 것만 집중해."

"넵!"

"여기까지!"

회의를 마치고 휴게실로 향한 일행은 자판기에서 커피를 뽑아 각자 한 잔씩 손에 쥐었다. 산더미 같은 설탕으로 걸쭉해진 커피가 지친 몸에 부자연스러운 활력을 불어넣었다.

"어, 좋다!"

김정호 형사가 큰 눈을 더 크게 뜨며 머리를 흔들었다.

언제나 바쁜 대한민국 직장인들이 그나마 한숨 돌릴 수 있는 유일한 시간이었다.

문득, TV로 눈길을 주던 신영규가 고개를 갸우뚱했다.

"저거 누구야?"

TV 화면에 토론 프로그램이 나오고 있었다.

'2020년 대한민국의 성인지 감수성'이라는 타이틀 아래로 몇 명의 남성과 여성이 토론을 벌이는 중이었다. 그중 한 남자의 얼굴이 눈에 익었다.

"아, 저 사람요? 요즘 완전 떴습니다. '남성들의 철저한 권리를 요구하는 연대'라고, 줄여서 '철권연대'라는 모임의 대표랍니다."

그는 바로 소설가 유치한이었다.

"그럼, '남자들의 철저한 권리를 요구하는 연대' 회장이신 '유치한' 회장님께 질문드리겠습니다."

사회를 맡은 안경 쓴 여자 아나운서가 물었다. 페미니스트로 유명한 사람이었다.

"지금 대표로 계신 모임은 남성들의 권리를 찾기 위한 모임이라고 들었습니다. 맞습니까?"

"네. 그렇습니다."

단정한 양복 차림의 유치한이 대답했다.

"한국은 오랫동안 여성의 권리를 무시해온 대표적인 여혐 국가입니다. 사회의 권력 대부분을 남자들이 장악해왔는데 아직도 남성들의 권리를 위해 일한다는 건 어불성설(語不成 說) 아닌가요?"

사회자가 아니라 반대 패널 같은 질문이었다. 그러고 보니 토론의 구성원이 좀 이상했다. 사회자 외에 여권운동가인 여성 패널과 생물학 교수라는 남성 패널 두 명이 있었고, 반대쪽엔 유치한 외에 중립적인 태도를 보이는 나이 든 남자 연예인 한 명뿐이었다. 평소에도 그는 말이 느리고 어눌해서 '고구만(고구마 만 개)'이라는 별명으로 불렸다. 더구나 방청객은 거의 다 여성이었다. 공정한 토론을 위한 프로그램이 아니라 '공개처형'처럼 보였다.

"한국이 여혐국가라는 표현이 어불성설이네요."

그의 대답에 패널과 방청석의 모든 여성과 그들을 편드는 남성들이 발끈했다.

"사실이 그렇잖아!"

"한국에서 여성들이 얼마나 힘든지 알아욧?"

"남자 주제에 무슨 망발이야?"

한차례 폭풍이 지나갔지만 유치한은 미소를 잃지 않았다.

"많은 분이 동의하지 않으시네요. 한국이 여혐국가라는 말이 불편하신가요?"

사회자가 다시 질문했다.

"불편하지 않습니다. 우리는 자유국가에서 살고 있습니다. 누구나 자기 의견을 말할 권리가 있죠."

너무나 태연한 유치한의 태도에 오히려 다른 패널들이 기가 막힌다는 표정을 지었다.

"단체 이름부터 유치해요. 철권연대? 남철권연대? 본인 이름이 유치한이라서 그런가?"

여성 패널이 인신공격성의 수준 낮은 질문을 했다.

"아, 그건……."

유치한이 대답하려는데 사회자가 말을 가로챘다.

"지금 질문을 정리하면, 회장님이 대표로 계신 모임의 진정성이 보이지 않는다는 뜻 같습니다."

"알겠습니다."

유치한이 고개를 끄덕였다.

"이름은 그냥 이름입니다. 편의상 붙인 것뿐이죠. 나중에 '철권연대2' 같은 것으로 바뀔지도 모릅니다."

그의 대답에 패널과 사회자가 다시 발끈했다. 문제가 생기자 이름을 바꾼 여초사이트를 비꼰 것에 다시 분노의 파도가 일었다.

"그럼, 이것도 미러링인가요?"

다른 패널이 비웃듯 묻자 유치한이 웃으며 "아닙니다."라고 대답했다.

"저희 모임은 이 사회를 위해서 일하다가 다친 분들의 권리를 찾기 위해서 시작된 모임입니다. 군 복무 중 사고로 의가사 제대를 했는데 보상을 못 받은 분이나, 소방관으로 일하다가 사고로 퇴직하신 분들의 보상을 도와드리던 모임이죠."

"그런 일을 당한 사람 중에 남자만 있는 건 아니죠!"

여성 패널이 날카롭게 쏘아올렸다.

"물론입니다. 저희가 도와드린 분들 중에는 여군 하사관으로 특수부대에서 재직하다가 다치셨던 분도 계십니다. 그리고 119구급대로 일하다가 다치신 여성분도 있습니다. 그런데, 그런 여성들을 돕는 건 그쪽 분들이 하실 일 아닌가요?"

순간, 스튜디오에 정적이 흘렀다.

"그럼, 왜 이름을 그렇게 지었어요? 철권연대? 무슨 깡패 집단도 아니고."

자칭 남성페미니스트로 유명한 생물학 교수가 나무라는 투로 물었다.

"철권연대는 말씀드린 대로 철저한 권리를 요구하는 모임입니다. 저희가 진짜 깡패 집단이었다면 과연 교수님이 이렇게 말씀하셨을까요?"

"뭐요?"

생물학 교수가 발끈했지만 유치한의 쏘아보는 눈길과 마주치자 슬그머니 시선을 피했다.

"남성들의 철저한 권리를 요구한다면 결국 우리 여성들의 권리를 빼앗겠다는 것으로 보이는데요. 결국, 남성 위주의 사회를 계속 지켜나가겠다는 의도 아닌가요?"

다른 패널도 곧바로 공격에 가세했다. 유치한은 다시 미소를 지어 보였다.

"천만에요. 저희는 이 사회를 남성, 여성의 파이 싸움으로 보지 않습니다. 사실, 저는 철권연대 회장으로서 여성들이 자신의 권리를 찾기 위해 싸우는 것을 찬성하고 지지합니다."

다시 한번 스튜디오에 정적이 감돌았다. 카메라 뒤에 서 있던 작가들과 PD도 당황하기는 마찬가지였다. 이렇게 되면 안 된다! 유치한은 약한 여성을 억압하는 남성연대의 회장으로서 시종일관 공격받다가 화를 내거나 굴복해야 그들이 원하는 그림이 완성된다. 하지만 그의 말에 백전노장 패널들도 당황한 기색이 역력했다.

"그럼, 왜 남성의 권리를 위해 싸운다고 한 겁니까?"

"말씀드린 그대로입니다. 이 사회에서 착취당하고 소외된 사람들을 돕는 것이 목표입니다. 그런 사람들 중에 남성이 많을 뿐입니다."

"바로 그게 문제죠. 결국 이 사회에서 남성들이 대부분의 좋은 직업을 차지했으니까 그런 거 아닌가요? 그러면서 경찰공무원이나 교직원에 여성이 많아지니까 그건 또 비판이나 하고……."

페미니스트 소설가가 비꼬듯 말했지만 유치한은 흔들리지 않았다.

"저희가 처음 시작한 일은 퇴역군인들을 돕는 것이었습니다. 월남전에서 고엽제 후유증으로 평생을 고생했는데도 정부에서 아무런 보상을 하지 않았죠. 이분들이 대부분 남자라서 그런 이름을 붙인 겁니다."

유치한의 대답에 패널들은 다시 침묵에 빠졌다. 그는 계속 말을 이었다.

"저희는 경찰공무원이나 교직원 등의 직종에서 남녀성별이나 여성 고위공직자의 숫자 등엔 관심이 없습니다. 여러분은 원하시는 대로 주장하시고, 꼭 목표를 이루시기를 기원합니다."

"그냥 그거요? 아무 저항도 없이?"

"왜 저항이 필요합니까? 할 수 있으면 하면 되는 거지요. 자유국가 아닙니까?"

여기저기서 웅성거리는 소리가 들렸다. 도대체 이 사람의 의도를 알 수가 없었다.

"그럼 당신들 원하는 게 뭐요?"

"아, 좋은 질문입니다!"

유치한이 웃으며 말했다.

"저희는 모든 사람에게 일한 만큼 정당한 대가가 돌아가기를 요구합니다. 따라서 저희 모임엔 남녀 구분 없이 참여 가능합니다. 다만 굳이 남성이라고 명명한 이유는 특히 남성들이 착취를 많이 당해왔기 때문입니다."

"남자가 착취하면 했지, 무슨 착취를 당해요?"

남자 교수가 빼액 소리를 질렀다.

"모든 남자가 한편은 아닙니다. 이 사회는 권력을 가진 소수가 권력이 없는 다수를 착취하는 구조로 되어 있습니다. 과거에는 특히 심했죠."

"요즘 사회에 무슨 착취가 있다고?"

"모든 대한민국 남성들은 군대를 갑니다."

유치한의 대답에 모두가 그의 의도를 알아차렸다.

"결국 그 말 아닌가요? 여자도 군대에 가라! 역시나 그 문제군요?"

"네? 여자가 왜 군대에 가나요?"

유치한이 어리둥절한 표정으로 되묻자, 패널들도 어리둥절해서 서로를 쳐다보았다.

"자, 정리해보겠습니다. 유치한 회장님께서는 남자가 착취를 당하는 대표적 사례로 군대를 예로 드셨습니다. 이 말은 즉, 남성만 군대에 가는 것은 억울하니까 여성도 같이 군복무를 해야 한다. 이런 뜻인가요?"

"말씀드렸잖습니까? 여성이 왜 군대에 가야 합니까? 그건 지금 시점에서 적절한 논의도 아니고 실현 가능하지도 않습니다."

"그럼 그런 말은 왜 한 거야?"

교수가 다시 버럭 소리를 질렀다가 유치한과 눈이 마주치자 목을 움츠렸다.

"우선 말씀드려야 할 것이 있습니다. 남자와 여자는 서로 적이 아닙니다."

유치한이 청중을 둘러보며 말했다.

"우리는 아메바가 아니에요. 우리가 남성과 여성으로 존재하는 데엔 이유가 있는 겁니다. 인간은 서로 보완하고 도와주는 데 존재 가치가 있습니다."

담당 PD는 이상하게 변한 토론회 대신, 유치한이라는 사람에 주목했다. 그녀는 카메라맨에게 유치한을 클로즈업하라고 신호했다.

"현대사회에선 이전처럼 여성들에게 희생과 봉사만 강요하는 일은 절대 있을 수 없을 겁니다. 이제 우리는 양성평등의 시대로 접어들었습니다. 저희 철권연대는 여성들이 자기 권리를 찾고자 하는 모든 노력에 찬성합니다. 동시에 저희는 새 시대에 맞는 남성들의 권리를 주장합니다. 과거 민주정부나 독재정부, 민족주의자나 친일세력 할 것 없이 정권을 잡기만 하면 으레 하던 일이 있습니다. 바로 남성들을 군대로 보내서 거의 무보수로 착취한 것이죠. 위정자들은 언제나 이렇게 말했습니다. 국가를 위해서 하는 희생이라고요. 그럼, 똑같이 국가를 위해서 희생하는데 대통령이나 국회의원들은 왜 월급을 그렇게 많이 받습니까?"

모든 사람이 유치한의 말에 빠져들고 있었다.

"저희 주장은 간단합니다. 대한민국 건국부터 지금까지, 대한민국을 위해 복무했던 모든 남성에게 최저 임금에 준하는 정당한 임금을 지급하십시오."

스튜디오는 토론회장이 아니라 유치한 한 사람의 정견 발표회장이 되어버렸다. PD는 온몸에 소름이 돋았다. 자신은 지금 새로운 스타의 탄생을 직접 목격하고 있었다.

"다시 한번 말씀드립니다. 저희 철권연대의 적은 여성이 아닙니다. 군이 저희의 적을 꼽으라면 바로 지금까지 우리를 착취해온 역대 모든 정권과 비겁한 정치가들입니다. 우리는 우리의 요구가 수용될 때까지, 결코, 멈추지, 않을, 것이고 남성들에게 불리한 어떤 정책도 좌시하지 않을 것입니다."

주먹을 불끈 쥐고 카메라를 노려보며 외치는 유치한의 눈에 굳은 의지가 불타올랐다.

아무도 말을 꺼내지 않았다. 그만큼 유치한의 연설은 충격적이었다. 그는 다른 의미로 청중들의 마음을 휘어잡고 있었다. PD의 사인을 받은 사회자가 당황해서 입을 열었다.

"아! 네…… 철권연대, 유치한 회장님의 말씀 잘 들었습니다. 말씀하실 분 계세요?"

사회자가 발언을 유도했지만 패널 중 유치한의 미소 띤 얼굴을 보고 입을 여는 사람은 아무도 없었다.

"저 사람, 요즘 엄청 유명합니다."

"흥!"

신영규가 콧방귀를 뀌었다.

"실현 불가능한 목표군!"

"예?"

"지금까지 대한민국에서 군복무한 모든 남자에게 돈을 준다면 이 나라는 바로 파산이다."

"그것도 그렇겠슴다."

"정부에서도 저런 인간을 위험요소로 인식하겠지."

신영규가 마지막 남은 커피를 마시고 재활용 쓰레기 홀더에 종이컵을 넣는 순간 그의 최신 스마트폰이 부르르 떨었다. 화면을 보니 오종환 교수였다.

"교수님, 어쩐 일이세요?"

"피해자 소지품에서 이상한 게 나왔어."

"네?"

"어쩌면 사건의 흐름 자체를 바꿀 증거인지도 몰라."

"무슨 증거인데요?"

"대량의 독이 나왔네."

"네?"

"피해자를 죽인 독과 백 퍼센트 같은 독이야!"

최근에는 어디서나 '그' 시선을 느낀다.

지난번의 경찰들은 아니다. 어쩌면 다른 팀인지도 모른다.

탐정은 아니다. 예전, 선배가 자살했을 때, 선배의 엄마는 탐정들을 고용해서 몇 달이나 그녀를 미행시켰다. 그들은 경찰과 다르다. 귀찮지만 위협적이지는 않다.

하지만 이들은 다르다. 일부러 자신을 감추려고 하지 않는 당당함에서 권력의 냄새가 났다.

운동을 마치고 간단하게 토스트로 늦은 점심을 때울 때도 그들은 그곳에 있었다. 마치 지구의 주변을 공전하는 달처럼 적정거리를 유지하면서 그녀 주변을 맴돌고 있었다.

강하라는 일부러 여러 개의 대중교통을 바꿔가며 이용했다. 지하철 2호선에서 3호선으로 갈아탄 뒤에 다시 버스를 타고 다섯 정거장을 지나서 내렸다. 하지만 그들은 한결같이 끈질기게 그녀를 따라왔다. 고개만 돌리면 버스 뒤를 끈질기게 따라오는 검은색 자동차가 보였다. 영화에서는 미행하는 사람들이 자동차를 바꾸거나 하며 목표의 의심을 피하곤 했지만, 이들은 그런 노력조차 하지 않았다. 이 정도면 미행이 아니라 위협이었다.

버스에서 내리자마자 검은 자동차도 멈춰 섰다.

버스 승차장 근처에서 어떤 남자가 전단지를 나눠주고 있었다.

"찰권연대입니다. 꼭 좀 읽어보세요!"

요즘 많이 보이는 단체였다. 시위에 참가하는 사람들이 모두 갓을 쓰고 도포를 입고 있는 것이 특이했다. 그들은 이것을 민주주의의 상징이라고 주장했다. 조선 왕조는 전 세계에 유래가 없는 민주왕조였고, 왕의 독재에 목숨을 걸고 반대하던 백성들이 입었던 것이 바로 갓과 도포였다는 이유였다.

전단지를 바라보는 강하라 뒤쪽에 검은 승용차가 멈춰 서 있었다. 코팅이 진하게 되어 있어서 안을 볼 수 없었지만, 그 시선은 느낄 수 있었다.

그들을 애써 무시하며 천천히 언덕길로 올라갔다.

그 끝에는 중세 건축양식으로 지은 웅장한 성당이 있었다. 거대한 용이 살 것 같은 로코코양식의 화려한 지붕이 하늘을 가리고 있었다.

안으로 들어간 강하라는 머리에 미사보를 쓰고 좌석에 앉았다. 신을 믿지는 않았지만, 그녀는 이곳에 오는 것이 좋았다. 마음이 편해진다. 엄마는 그녀를 정상인으로 만들기 위해서 자주 이곳으로 데리고 왔었다. 옆에 앉은 엄마가 간절하게 기도하는 모습을 보노라면 그 정성이 느껴져서 함부로 행동하지 않도록 마음을 다잡는 계기가 되었다. 어쩌면 이것이 종교의 진짜 힘인지도 모른다는 생각이 들었다. 두 손을 모으고 눈을 감았다. 그리고 지금까지 있었던 일들을 되돌아보았다.

최근 가장 난감했던 일은 역시, 그 경찰을 만난 일이었다. 그는 강하라가 김성기 교수를 죽였다고 믿고 수사를 했다. 그리고 그녀의 과거를 파헤치기까지 했다. 사실 이해를 못 하는 것은 아니다. 만약 그녀가 그 형사의 입장이었다면 역시 같은 의심을 했을 것이다. 타고난 사이코패스, 자신을 도우려던 심리상담사를 스토킹했고 살해 협박까지 했다. 이런 괴물이 그대로 자라 어른이 되면 더 엄청난 짓을 저지를 것이다, 라는 합리적 의심은 누구나 할 수 있다. 하지만 그들이 모르는 사실이 있었다. 강하라의 부모님은 진심으로 그녀를 사랑했고 올바른 길로 인도하려고 최선을 다했다. 악마 같은 할아버지의 영향에서 벗어나도록 온 힘을 다해 도왔고 결국 해냈다. '그일'이 끝난 직후 할아버지는 모습을 감췄다. 그리고 두 번 다시 가족 앞에 나타나지 않았다. 엄마는 어린 딸의 앞날을 위해서 강하라로 이름을 바꾸었다. 모든 나쁜 일은 쌍둥이였던 강하루가 한 일이었고 그녀는 어렸을 때 죽었다. 이제 그녀는 착한 강하라로 다시 태어났다. 그날부터 하라는 감정을 이해하려고 노력했고 신중하게 행동했다. 덕분에 그녀는 서서히 정상적인 아이처럼 보이게 되었다.

하지만 현실은 그녀를 가만두지 않았다. 이상하게도 그녀는 주변 사람들의 죽음과 계속 연결되었다. 실제로 그녀가 살해 의도를 가지고 죽인 사람은 한 명도 없었다. 하지만 그런 일이 있을 때마다 그녀는 사람들의 의심을 샀다. 엄마는 암으로 세상을 떠나기 전까지 단 한 번도 하라를 의심하지 않았다.

"엄마는 너 믿어. 잘 할 수 있지?"

마지막 순간에도 강하라의 손을 자신의 볼에 대고 엄마는 말했다. 그 손을 타고 흐르던 눈물의 뜨거움이 지금도 느껴졌다.

그녀의 옆에 노인 한 명이 와서 앉았다. 그에게서 알코올 같은 소독약 냄새가 났다.

단순히 소독하려는 것이 아니라, 냄새를 지우려고 애쓴 것처럼 냄새가 진했다.

"겨우 만났네요."

노인의 얼굴이었지만 젊은이의 목소리였다.

그 목소리를 기억한다. 며칠 전, 갑자기 모르는 번호로 전화가 걸려왔다. 또 대출이나 투자권유, 아니면 조선족의 보이스 피싱이라고 생각하며 전화를 받았다.

"강……하라 씨?"

상대방이 흥분한 목소리로 물었다.

"그런데요?"

"진짜 강하라 씨예요? 우와, 이거!"

이삼십 대보다는 차분하고 오십 대보다는 힘이 있는 남자의 목소리. 그는 마치 스타와 통화하는 팬이나 중학교 때 짝사랑하던 소녀와 통화하는 사람처럼 흥분하고 있었다.

"너무 반갑습니다. 진짜 너무 반가워요."

신종 사기수법인가? 하는 의심에 전화를 끊으려다가 호기심에 '어디시죠?' 하고 물었다.

"아, 죄송합니다. 말로만 듣던 분, 목소리를 들으니까 너무 반가워서요."

남자는 스토커처럼 행동하고 있었다. 살짝 조심스러워졌다.

"네. 용건이 뭐죠?"

"나중에, 뵙고 말씀드리죠."

"네?"

"그럼……."

남자는 자신이 하고 싶은 말만 하고 일방적으로 전화를 끊었다.

그의 말대로 이번에는 진짜 눈앞에 나타났다.

강하라는 살짝 얼굴을 찌푸렸다. 편해지려고 온 곳에서 누군가를 만나는 것이 싫었다.

"마흔⋯⋯둘?"

강하라가 고개도 돌리지 않고 말했다.

남자가 놀란 얼굴로 그녀를 쳐다보았다.

"그게⋯⋯ 보이나요?"

"그냥, 들려요."

어린 시절부터 강하라는 냄새와 소리에 민감했다. 사람들은 감정에 따라서 다른 냄새가 난다.

"듣던 대로네요."

"누가 말했죠?"

"그건⋯⋯."

성당문이 열리며 남자 하나가 안으로 들어왔다. 무표정한 얼굴이었다. 신의 집에 들어오는 사람의 표정이 아니었다. 간절함도 익숙함도 없다. 그냥 일하는 사람의 얼굴이었다. 순간적으로 검은색 승용차를 떠올렸다.

이상하게 노인이 더 긴장해서 급히 모자로 얼굴을 가렸다.

"오늘은 안 되겠네요. 나중에 다시 뵙죠."

노인은 기도하는 자세로 고개를 숙이며 성호를 그었다.

"'그분'은 하라 씨한테 아주 큰 기대를 하고 계십니다. 그럼 다음에."

노인이 서둘러 일어났다.

"누구시죠?"

강하라가 기도하던 자세 그대로 고개도 돌리지 않고 물었다.

"이런! 제 소개를 하지 않았군요. 저는 샘이라고 합니다."

말을 마친 사십 대 노인은 모자로 얼굴을 가리고 다리를 절룩거리며 밖으로 나갔다. 성당 안으로 들어온 무표정한 남자는 날카로운 눈으로 뭔가를 찾다가, 강하라를 발견하고는 시선을 고정한 채 조용히 뒤쪽 벽에 등을 붙이고 섰다. 그녀는 코를 실룩거렸다. 조금 전까지 여기 있던 남자의 냄새가 뇌리에 박혔다. 그의 감정은 일반인과 달랐다. 흥분과 기쁨, 그리고 그 훨씬 아래에 깔려 있는 피 냄새. '놈은 살인자다!'

조용히 눈을 감고 기도했다. 어둠 속에서 자신을 보고 있는 무표정한 남자의 시선이 느껴졌다.

최근에는 어디서나 '그' 시선을 느낀다.

신영규는 은색 포르쉐를 몰고 있었다. 그 옆에는 언제나처럼 김정호 형사가 앉아 있었다. 악당을 물리치러 달려가는 배

남성 철권연대 소개

'철권연대'는 '철저한 권리를 요구하는 모임'의 약자입니다.

소외 받고 착취당하는 모든 남성의 해방을 목표로 합니다.

여성은 우리의 적이 아닙니다.

우리의 주적은 남성의 노동력을 착취하고 생명을 경시하는 정권과 수구세력입니다.

'철권연대'는 피해자들에게 가능한 모든 법적, 경제적 자원을 제공합니다.

남성은 더 이상 착취와 희생의 대상이 되어서는 안 됩니다.

'철권연대'는 부당한 법체계와 강제적 시스템의 희생자들을 구제하고 사회 전반의 개혁을 추구합니다.

싸움은 우리가 합니다. 당신은 가정을 지키세요.

트맨과 로빈처럼 두 사람이 같이 움직이는 것은 자연스러운 일이었다. 딱 한 가지 자연스럽지 않은 게 있었다. 운전대를 잡은 신영규가 평소처럼 속도를 내지 않았다는 점이다. 그는 계속 눈을 깜빡거리면서 동네 마실 나가는 할머니처럼 천천히 차를 몰았다. 하얗게 부서지는 햇살에 눈이 부셔서 빨리 가기 어려웠지만 이상하게 평소와 달리 짜증이 나지 않았다. 김 형사가 답답하다는 표정으로 그를 쳐다보았다.

"팀장님, 빨리 가야 되는 거 아입니까?"

"빨리 가고 있어."

"지금 시속 육십 키롭니다."

말을 하자마자 뒤쪽에 있던 차가 클랙슨을 울리며 앞질러 갔다.

"도로 규정 속도야!"

"다른 차들, 다 우리 두 배로 달립니다."

"저놈들이 과속이야."

대답하는 신영규도 느끼고 있었다. 그 약을 먹은 다음부터 긴장이 풀어졌다. 화를 내고 싶은 마음도 없었고 느긋해진 느낌이다. 어쩌면 약 효과가 아니라, 이게 자신의 본래 성격이 아닌가 하는 생각도 들었다.

"뒤 차 사람들, 무슨 보복 운전하는 줄 알았습니다."

"알았어. 그럼 좀 빨리 가보자."

신영규는 마음을 다잡고 액셀러레이터를 밟았다. 은색 포르쉐가 속도를 올려서 시속 육십오 킬로미터가 되었다. 신영규는 '됐지?' 하는 표정으로 동료를 보고 씨익 웃었다. 그 모습을 본 김정호 형사는 기겁을 하고 창으로 달라붙었다. 확실히 요즘 신영규는 정상이 아니었다. 웃음 비슷한 것은 먹이를 앞에 둔 늑대의 그것뿐이던 사람이 갑자기 이런 친절한 미소를 짓곤 한다. 너무 놀라서 온몸에 소름이 돋을 지경이다. 김형사는 말도 못 하고 어색한 웃음으로 되받았다. 은색 포르쉐는 고속화도로에서 뒤로 긴 차량의 행렬을 이끌며 느릿느릿 목적지를 향해 달려갔다. 그 모습이 마치 식후 산책 중인 한가한 은색 달팽이처럼 보였다.

국립과학수사연구소에 도착하자마자 김정호 형사는 차에서 번개처럼 뛰어내렸다. 하지만 신영규는 느릿느릿 문을 열고 차에서 내린 다음, 길게 기지개를 켰다. 현관문으로 달려 들어가던 김 형사가 뒤를 돌아보고는 맥이 빠져 얼핏 동작을 멈췄다. 신영규가 손을 눈 위에 대어 차양을 만들더니 느긋하게 먼 산을 바라보고 있었기 때문이다.

"팀장님, 안 들어가세요?"

"응, 들어가. 금방 따라갈게."

"지금 급하다고 하셨잖습까?"

"그랬지."

"그런데 지금 뭐하십니까?"

"사람 참, 뭘 그렇게 서둘러?"

신영규는 늘어지게 하품을 하며 느릿느릿 걸어갔다. 김 형사는 아무래도 이상하다는 듯 절레절레 고개를 흔들며 그 뒤를 따라갔다.

사무실 안에는 오종환 박사가 다른 중년 남자와 뭔가를 의논하고 있었다.

"안녕하십니까?"

"어서 와! 여기 잘 알지? 지금 실세. 채명신 원장."

"잘 알죠. 안녕하세요?"

오종환 박사의 옆에 있는 사람은 현 국과수 원장인 채명신 박사였다.

"우리 많이 봤쥬?"

채명신 원장이 구수한 충청도 사투리로 대답했다.

"이 친구는 내 후배 중에 가장 뛰어난 사람이야. 그러니까 원장까지 했지."

"후배가 아니라 제자지요. 우리 선생님 강의 들으면서 공부했으니깨."

"이 친구, 돈 잘 버는 성형외과로 가라고 해도 한사코 여기 붙어 있었어. 그래서 성공했지."

"성공했으믄 마누라가 왜 그렇게 바가지를 긁어요. 참나."

이 말에 갑자기 신영규가 키득키득 웃기 시작했다. 그 모습을 본 오종환 박사가 깜짝 놀랐다.

"아니, 내가 살다 살다 이 친구 웃는 건 또 처음 보네."

그 말에 신영규도 자신이 이상한 것을 눈치채고 웃음을 멈췄다. 모든 것이 이상했다. 마치 마음속에 두르고 있던 철갑옷이 모두 벗겨진 느낌이었다.

"그런데 그게 무슨 말입니까? 피해자 소지품에 독이 있었다고요?"

"그래, 이거야."

책상 위에 놓인 지퍼백 속에 파란색 만년필이 들어 있었다. 핸드메이드 제품 같은 독특한 문양이 새겨진 고급 만년필이었다. 위쪽에 새 문양이 있었는데 옆모습인지 한쪽 날개와 왼쪽 눈만 보였다. 새는 전체적으로 파란색이었고 몸통 끝 쪽에 빨간색 털이 있었다. 자개 같은 소재를 하나하나 공들여 박은 고급 수제품이었다. 신영규는 지퍼백 채로 들어서 펜을 살펴보았지만, 초점이 잘 안 맞아서 보기 힘들었다. 김 형사에게 신호하자 바로 휴대폰을 꺼내서 앞뒤로 돌려가며 자세히 사진을 찍었다.

"사용한 흔적이 있나요?"

"있지. 여기 만년필 촉을 보면 최근에 흘러나온 흔적이 있어. 카트리지에 들어 있는 독도 조금 빠져나갔고."

"피해자가 죽은 독과 같은 독인가요?"

"그래. 사이안화칼륨. 일명 청산가리를 액화시킨 거야. 절대 시중에서 쉽게 구할 수 있는 물건이 아니야. 더 재미있는 건······ 여기를 봐."

오 박사가 만년필의 앞쪽을 가리켰다. 그곳에 물방울 모양의 버튼 같은 것이 달려 있었다.

"고무로 만든 독 사출 버튼이야."

"신기하네요."

"독을 뿜는 만년필이요? 아니, 이거 북한 간첩들이 가지고 있는 거, 그거 아니에요?"

채 박사의 말에 김정호 형사가 불안한 듯 주변 눈치를 살폈다.

"그럼, 피해자는 자기가 가지고 있던 독 때문에 죽은 게 확실하다는 거죠?"

신영규가 분위기를 바꾸려는 듯, 서둘러 질문했다.

"그게 말이야, 맞으면서도 아니기도 해."

"그게 무슨 뜻이죠?"

"안을 봤는데 말이야."

오종환 박사가 비닐장갑을 끼고 지퍼백에서 만년필을 꺼냈다. 나사를 돌리듯 만년필의 뚜껑 부분을 분리하자, 투명한 액으로 가득 찬 잉크카트리지가 드러났다.

"여기를 잘 보라고!"

오 박사가 가리키는 잉크카트리지는 거의 끝부분까지 액체가 가득 차 있었다. 아주 조금 남은 공간에 거품이 방울져 있었다.

"거의 사용하지 않았어. 최근에 아주 적은 양만 쓴 것 같네. 현장에서는 한 명이 죽고 다른 한 명은 중환자실에 갔다는데 맹독이라지만 두 명에게 피해를 주기엔 양이 너무 적어."

"이 정도 양이면 사람은 어떻게 됩니까?"

"센 독이니까 데미지를 입겠지. 하지만 아무리 봐도 죽을 양은 아니야. 우리 채 원장 생각은 어때?"

"동의해유. 그런데 이 만년필 아무리 봐도 보통 솜씨가 아니유. 진짜 예술품처럼 만들었쥬?"

신영규의 머릿속에 뭔가가 떠올랐다. 오종환 박사도 알아차렸는지 그를 보며 고개를 끄덕였다.

"그래, 일전에 말했던 독 예술가. 기억하지?"

"독 예술가? 그건 또 뭐래유?"

"요즘 신 팀장이 쫓는 범죄자야. 자기만의 독을 사용하는 살인마."

"하이고, 별놈이 다 있네. 일하기 힘들겄어. 아주."

"힘들긴유. 잡으면 되지유."

신영규가 농담을 던지며 빙긋 웃자 다들 놀라서 서로를 쳐다보았다.

"생전 안 그러던 친구가 농담을 다 하네. 저 친구, 어디 아픈가?"

오 박사가 김정호 형사에게 넌지시 물었다.

"네. 어제부터 조금…… 곧 좋아지실 겁니다."

"잘 지켜봐. 경찰, 스트레스 많은 직업이야. 내 이 일 하면서 맛 간 사람 여럿 봤어."

"네. 알겠습니다."

그제야 자신을 향한 사람들의 시선을 의식한 신영규는 얼굴의 웃음을 지우고 다시 선글라스를 썼다.

"만년필 말고 독이 나온 곳이 없나요?"

"없어. 피해자가 죽은 다음에 셰프가 주방으로 가서 독을 폐기했을 순 있겠지. 하지만 과학수사대가 모든 주방을 이 잡듯이 뒤졌어도 독은 없었어. 현재 독이 발견된 곳은 메인요리가 들었던 냄비와 접시. 피해자가 입을 닦은 냅킨. 그리고 이 만년필뿐이야."

"냅킨이요?"

신영규와 김 형사의 눈길이 교차했다. 김건이 했던 말이 떠올라서였다.

'음식 외에 피해자가 가장 자연스럽게 소량의 독을 입에 넣을 수 있는 도구가 뭐 있을까요? 아마도 식기류 아니면 냅킨 등이겠죠. 다른 사람 눈이 있었으니 뻔히 보이게 독을 쓸 수는 없었을 테고 가장 자연스러운 방법은 아마 냅킨에 독을 묻혀서 입에 가져다 대는 방법이었을 겁니다.'

신영규의 휴대폰이 울렸다. 복승아였다.

"팀장님, 새로운 사실이 나왔습니다."

"뭔데?"

"나은정이 기명진하고 이미 혼인한 사이랍니다."

"뭐? 그냥 약혼자라고만 했잖아?"

"나은정이 자치센터로 가서 혼자서 신고한 것 같습니다. 이 주일 전이라는데요."

"나은정 불러!"

나은정이 다시 경찰서로 찾아왔다. 두 번째라서 적응이 됐는지 이전보다는 여유로워 보였고, 경찰들에게 인사를 건네는 모습도 자연스러웠다. 하지만 담당 형사들의 표정은 그렇지 않았다. 그녀는 자신을 대하는 그들의 태도가 달라진 것을 직감했다. 조사실로 안내하는 형사들에게서 차가운 냉기가 흘러나왔다.

조사실로 들어서자마자 복승아가 나은정을 노려보며 이름을 불렀다.

"나은정 씨."

지난번과는 다른 날카로운 눈빛에 팽팽한 긴장감이 느껴졌지만, 나은정은 살짝 양쪽 입꼬리를 끌어올렸다.

"지난번에 분명히 기명진 씨와의 관계를 모두 말했다고 하셨는데, 다른 점이 있네요."

"뭐가요? 저는 빠진 것 없이 다 말씀드렸는데요?"

나은정이 차분하게 대답했다.

"이전에 분명히 약혼자라고 하셨지만, 나중에 조사해보니이미 혼인신고를 하셨더라고요."

"아, 그거요? 맞아요. 사실, 저희 혼인신고는 벌써 했어요."

"네? 그럼."

"법적으로는 부부라고 말씀을 드려야겠네요."

"왜 지난번에는 그 이야길 안 하셨죠?"

"아직 정식으로 결혼식을 올린 게 아니라서요. 뭐, 문제가
되나요?"

"많은 것이 달라지죠. 기명진 씨는 상당한 재산가라고 알
려져 있는데, 그 재산을 상속받을 권리를 가지게 된 거잖
아요."

"그건 그렇군요. 그런데 그게 왜 문제죠?"

"재산 때문이죠."

"네?"

"돈은 가장 큰 살해 동기가 되거든요."

복 형사가 노려보며 말했다.

"나은정 씨는 이제 용의자가 됐습니다!"

"단지 결혼했다는 이유 하나로요? 어이가 없네요."

"어이가 없는 건 이거죠."

복승아가 태블릿PC를 꺼내서 동영상을 재생시켰다.

"나은정 씨가 혼인신고를 한 주민자치센터의 CCTV 영상
입니다. 혼자 가셨죠?"

"네. 저희 둘 다 바빠서 시간이 안 맞았어요. 그래서 저 혼

자 간 거죠. 이게 죄가 되나요?"

"이 자체는 죄가 아니죠. 그 시점이 사건 발생 일주일 전이죠?"

"말씀드린 대로 오빠가 시간이 없어서 저 혼자 간 거예요."

"증명하실 수 있나요?"

"뭘요?"

"기명진 씨가 사전에 알았다는 증거요. 문자나 통화녹음이나."

"이상하네요?"

"네?"

"그걸 왜 제가 증명해야 돼죠?"

"본인이 죄가 없다는 걸 밝히고 싶지 않으세요?"

"아까 말씀하셨잖아요? 저도 용의자라고. 그럼 제 죄를 밝히는 게 그쪽 일 아니에요?"

복승아는 대답 대신 나은정을 노려봤지만 상대방은 여전히 미소를 띠고 앉아 있었다. 이 여자는 여성스러운 외모 속에 정치인 같은 뻔뻔함을 가지고 있었다.

"무죄를 입증하시는 게 나은정 씨한테 도움이 됩니다."

"저는 도와드렸어요. 오빠의 억울함을 밝혀주실 동업자라고 생각했기 때문에요. 하지만 형사님이 일방적으로 저를 용의자로 만드셨죠. 그 순간부터, 그러니까 지금 이 시간부터 저는 수사에 협력하지 않을 생각입니다. 저 자신을 보호해야 하니까요."

"강제수사를 할 수도 있어요."

"필요하면 그렇게 하세요. 하지만 이걸 잘 기억하세요. 그쪽이 말하는 증거가 없다고 해서 나한테 죄가 있다는 증거는 아니에요. 결정적인 증거가 없으면 죄는 입증이 안 되는 거죠."

복승아는 억지로 화를 참고 있었다. 처음에 보여주던 약혼자를 잃은 가련한 여인 같은 표정은 어디에도 없었다.

"더 하실 말씀이 있나요? 미팅이 있어서 가봐야 하는데. 아니면 변호사 부를까요?"

복승아는 더 이상 말해봤자 아무 의미가 없다고 판단했다.

"가시죠. 하지만 멀리 가지 마세요. 조만간 다시 부를 겁니다. 영장 들고."

"그러세요. 그럼."

나은정이 가볍게 목례하고 일어나서 조사실 밖으로 나갔다.

"이런, 된장!"

복승아가 폴더를 벽으로 집어 던졌다.

푸른 하늘 아래로 안개 같은 희뿌연 미세먼지들이 산들바람에 흩날리며 즐겁게 춤을 추는 화창한 오후였다. 박물관에나 가야 볼 수 있는 낡은 폭스바겐이 덜덜거리며 힘겹게 마포의 언덕길을 올라가고 있었다.

"아니, 이거 뭐야? 벌써 오일 갈 때가 됐나?"

김건은 투덜거리며 매일매일 꾸준히 늙어가는 애마의 계기판을 손가락으로 두들겼다.

최근 들어 차의 상태가 눈에 띄게 안 좋아졌다. 이미 오래전에 단종된 차라서 부품조달도 힘들었다. 간신히 부품을 발견해도 비상식적으로 가격이 비쌌다. 항상 가는 리스토어 전문가 덕분에 아직까지는 그럭저럭 굴러가지만 언제 퍼져서 멈춰서도 이상하지 않을 상황이었다. 전문가도 경고했다.

'한 번만 더 퍼지면 그때는 진짜 끝이야. 나도 더는 손 못써.'

불안한 마음에 조심스럽게 기어를 바꿔가며 언덕길을 오르던 김건은 언덕 끝에 서 있는 유리건물을 보고서야 조금 마음을 놓았다.

〈조일미술관〉

주차장에 조심스럽게 차를 세운 김건은 옆에 서 있는 멋진 랜드로버를 보고 감탄했다.

"이야, 신형이네. 멋지다!"

그러고는 곧 미안하다는 표정으로 자신의 구형 폭스바겐 지붕을 손으로 두드리며 "너도 멋있어!"라고 말했다.

미술관 정원에는 거대한 조형물이 서 있었다. 여러 개의 조각으로 쪼개진 남자와 여러 조각으로 쪼개진 여자가 서로를 향해 옆으로 몸을 기울여서 카드를 셔플하는 것처럼 같이 섞여 들어가는 모양이었다. 제목은 〈어젯밤〉이었다. 김건은 고개를 갸우뚱한 채, 한동안 그 조형물을 쳐다보았다. 그리고 뭔가를 깨달은 듯 고개를 끄덕끄덕하더니 몸을 돌려 건물 밖 이곳저곳을 돌아다니기 시작했다. 걸음으로 거리를 재기도 하고, 층수를 세기도 하면서 멀리 떨어져서 이웃이나 주변의 다른 건물과 비교하는 등 한동안 혼자 부산을 떨더니, 천천히 모자를 고쳐 쓰며 건물 안으로 들어갔다.

"어떻게 오셨습니까?"

어두운 회색 정장 차림의 젊은 여성이 숲속의 작은 새 같은 밝은 목소리로 물었다. 인사 대신에 용건을 먼저 묻는 것이 재미있었다. 이 사람은 웃는 얼굴로 방문객을 밀어내려 하고 있었다.

"아, 전시 좀 보러 왔습니다."

"네?"

그녀는 당황한 표정으로 누군가를 찾았다. 긴 트렌치코트에 중절모를 쓰고 있는 김건의 모습이 평범해 보이지 않아서 놀랐을지도 모른다. 여자의 눈길을 따라가니 그 끝에 키가 크고 다부지게 생긴 남자 보안요원이 보였다.

"혼자 오셨습니까?"

남자가 부드러우면서도 위압적인 낮은 목소리로 물었다.

"네."

김건이 웃으며 대답했다.

"예약은 하셨나요?"

"아니요."

"저희는 예약제로 운영하는 곳입니다. 예약하지 않으면 입장할 수 없습니다."

"그래요? 혹시 여기가 재벌가 돈세탁 장소라서 일반에게 개방을 안 하는 게 아니고요?"

김건의 당돌한 물음에 보안요원과 안내인의 얼굴이 순식간에 굳어버렸다.

"무슨 그런 말씀을? 일반인도 당연히 관람하실 수 있습니다."

뒤쪽에서 여성의 낮은 목소리가 들려왔다. 김건은 얼른 고개를 돌렸다. 감색 원피스에 하늘색 정장 상의를 어깨에 걸친 세련된 여성이 서 있었다. 목에는 노란색 스카프를 두르고 있었다.

"저희 목적은 대중과 미술을 공유하는 것입니다."

김건이 머릿속에서 지난 기사를 검색해보았다.

'프랑스 유학파 출신의 여성 미술관장. 나은정 관장.'

삼 년 전에 신문에 실렸던 '대한민국을 이끄는 여성들'이라는 코너의 제목이었다.

"민지 씨. 안내해드려요."

그때의 사진에는 목에 두른 스카프가 없었다.

"그럼, 즐거운 시간 보내세요."

인사를 하고 돌아서는 나은정의 모습은 우아하고 도도했다. 소주회가 묘사했던 것처럼 남자 친구를 따라와서 온갖 교태를 부렸다는 경박한 모습과는 거리가 있어서 김건은 고개를 갸우뚱했다.

"관람은 다음에 할게요. 실은 관장님을 뵈러 왔습니다."

"저를요?"

나은정이 눈을 가늘게 뜨고 김건을 쳐다보았다.

"저는 이런 사람입니다."

김건이 내민 명함을 받아든 나은정이 물었다.

"민간조사원, 김건 선생님? 그럼 탐정인가요?"

"그렇습니다. 지금은 경찰에서 수사 컨설턴트로 일하고 있습니다."

"그래요?"

나은정이 살짝 미소를 지어 보였다. 재미있다는 표정이었다.

조금 전 경찰서에 다녀왔는데 바로 탐정이 찾아오다니, 짜증이 날 만도 한데 의외의 반응이었다.

"제 사무실로 가시죠."

빠르지도 느리지도 않은 적절한 속도로 앞장서서 걷는 여자의 뒷모습에는 단 일 그램의 두려움도 주저함도 없었다. 그 지나칠 정도의 자신감이 어디서 왔는지 김건은 이해하기 어려웠다. 나은정이 엘리베이터 앞에 서자 기다렸다는 듯 문이 열렸다.

"타세요."

그녀의 말에 김건은 얼른 따라서 올라탔다. 부드러운 크림색 카펫이 깔린 엘리베이터의 문이 소리 없이 닫혔다. 아무도 버튼을 누르지 않았는데도 엘리베이터가 조용히 움직였다. 잠시 후 움직임이 멎더니 이번에도 소리 없이 문이 열렸다. SF 영화에나 나올 법한 첨단기술을 사용하는 듯싶었다.

"이런 건 처음 타보네요. 인공지능인가요?"

"요즘은 어디나 있잖아요?"

"저는 처음 타보는데요."

"그러세요?"

나은정의 한쪽 입꼬리가 살짝 올라갔다.

"보안상 필요해서 설치한 엘리베이터예요."

"버튼도 안 눌렀는데?"

"이거요."

나은정이 목에 걸고 있는 카드를 들어 보였다.

"이 카드가 없는 사람은 엘리베이터를 탈 수 없어요. 엘리베이터는 기본적으로 직원이 활동 가능한 범위로만 움직여요. 보안 때문에 설치한 거예요."

"아, 그런가요? 그 카드가 있으면 지하층도 갈 수 있나요?"

"아니요. 이 카드로는 안 돼요. 지하층은 보관실이라서 특수 허가증이 있어야 합니다."

"복잡하네요."

엘리베이터가 도착한 곳은 사 층이었다.

"삼 층까지가 전시실이고, 사 층은 사무층입니다."

관장실은 엘리베이터에서 내려 안쪽으로 길게 뻗은 복도의 끝에 있었다. 복도 좌우로 몇 개의 사무공간이 있는 유리문이 늘어서 있었고 안쪽에 일하고 있는 사람들의 실루엣이 어른거렸다.

나은정은 앞장서서 사무실로 들어갔다. 익숙한 몸놀림으로 관장실 문 앞의 센서에 손가락을 가져다 대자 "승인됐습니다." 하는 건조한 목소리와 함께 문이 열렸다.

"보안이 아주 잘 되어 있네요."

김건이 감탄하며 말했다.

"미술관은 항상 도난 위험이 있어요. 어디나 이 정도는 할걸요?"

"그렇군요."

김건이 미소로 동의했다.

"문이 열렸습니다."

건조한 여자의 목소리와 함께 문이 열리며 드넓은 관장실이 모습을 드러냈다. 너무 넓어서 한눈에 다 안 들어올 정도였다.

"엄청나네요."

"여긴 제 개인 작업실을 겸하고 있어요. 그래서 좀 넓게 만들었어요."

"아, 네."

그 말대로 사무실의 한쪽 공간은 불투명한 유리 벽으로 막혀 있었다. 살짝 보이는 안쪽은 깨끗한 테이블 주변으로 여러 개의 캔버스나 이젤 등이 여럿, 서 있었다.

—그림을 그린다고 했는데 작업실은 물감 하나 없이 깨끗했어. 거긴 작업공간이 아니라 다른 용도로 쓰는 게 분명해.

"그림도 그리시나요?"

"전공은 미학이었는데 어릴 때부터 그렸어요."

"다재다능하시군요."

나은정은 사무실 한가운데 있는 일 인용 소파에 앉아서 다리를 꼬았다.

"음료, 드릴까요?"

"저는 괜찮습니다."

나은정은 인터폰을 누르려던 손을 다시 내렸다.

김건은 자리에 앉는 대신 사무실 이곳저곳을 둘러보며 연달아서 감탄사를 내뱉었다.

"우와! 제 사무실 네 배는 되겠어요. 이 책장은 마호가니인가요?"

"참나무예요."

"그렇군요. 정말 고급스럽네요."

나무를 자세히 들여다보던 김건이 다시 물었다.

"관장님을 아주 신뢰하시나 봅니다."

"네?"

"회사 사주들이요. 관장님을 아주 많이 신뢰하시나 봐요."

"그러니까 제가 여기 있겠죠?"

대답하는 나은정이 살짝 표정을 찌푸렸다.

"용건이 뭐죠?"

그녀는 더 이상 참지 못하고 날카롭게 물었다.

"제가 다음 일정이 있어서요."

"아, 죄송합니다."

김건이 허둥지둥 소파로 와서 털썩 앉았다. 모자를 벗어서 테이블에 올려놓고는 고급소파에 등을 기대며 다시 감탄했다.

"이거 정말 좋네요. 그동안 앉아보았던 소파 중에 쿠션감이 최곱니다!"

나은정의 표정이 굳어졌다.

눈앞에 있는 남자의 태도에 조금씩 인내심이 바닥을 드러내는 중이었다.

"여기도 수장고가 있죠?"

"네?"

"미술품 보관하는 수장고요."

나은정은 어이없다는 표정으로 눈앞의 남자를 쳐다봤다. 시대에 어울리지 않게 긴 바바리코트와 중절모까지 쓰고 있는 남자는, 도대체 무슨 생각을 하는지 종잡을 수가 없었다.

"네. 당연히 수장고는 있죠."

"소장 중인 미술품 수가 굉장한가 봅니다. 수장고가 지하 삼 층까지 있는 걸 보면요."

"지하 삼 층요? 아니요. 저희는 그냥 지하에 하나만."

"예전 신문기사를 봤습니다."

김건이 손가락으로 자신의 관자놀이를 누르며 말했다.

"조일미술관 개관에 관련된 기사였죠. 지상 사 층, 지하 삼 층의 규모이고 지하층은 모두 수장고라고 나와 있었죠."

"아."

나은정은 쓸데없이 부정하려고 노력하지 않았다. 상대가 이미 공부를 하고 왔다면 굳이 애써서 부정할 필요는 없다고 생각했다.

"면적이 천육백 제곱미터인 대구 미술관이 지하에 세 개의 수장고를 가지고 있습니다. 보유한 미술품은 천여 점 정도죠. 세 개의 수장고가 있는데 모두 지하 일 층에 있습니다. 그런데 그것보다 규모가 작은 이곳이 수장고로 지하층 두 개를 쓴다면 안에 있는 미술품 수도 많다는 뜻이겠죠."

눈앞의 남자는 태연한 얼굴로 정곡을 찌르는 말을 계속했다.

"여기 미술품은 몇 점이나 되나요?"

"저희도 천 점 정도예요."

"네. 신문에서 봤습니다. 하지만 수장고의 규모로 보면 단순 계산만으로도 그 두 배는 되어야 하지 않나요?"

"자세한 것은 기밀 사항이라서 말씀드릴 수가 없어요. 저희 미술관에 수장고가 많은 이유는 화재와 도난 등으로부터 작품 손실을 방지하기 위해서 다른 곳보다 더 엄중한 보안을 적용하고 있기 때문입니다."

"아, 제가 알고 싶은 건……."

"죄송하지만, 그 이상은 기밀 사항이라서 알려드릴 수가 없어요."

칼처럼 선을 긋는 나은정의 말에 김건이 머쓱해서 물러났다. 그녀는 태연한 얼굴로 백에서 립스틱을 꺼내 들고 입술에 바르기 시작했다. 김건이 그 모습을 보고 살짝 미소를 지었다. 중요한 손님 앞에서 화장을 하는 것은 실례다. 나은정은 김건 앞에서 일부러 화장을 고치면서 상대를 무시하고 있다는 인상을 주고 있었다.

"아직 용건을 말씀 안 하셨는데요."

"아 그랬나요. 실례했습니다."

김건이 사과했다.

"우선, 기명진 씨 일로 심려가 크셨겠습니다. 깊은 위로의 말씀 드립니다."

"감사합니다."

차분하면서 통속적인 인사가 오고 갔다.

"상은 잘 치르셨나요?"

"아직 사체를 돌려받지 못했어요. 사건 정리되면 가족장으로 조용히 치르기로 했어요."

"아, 그렇군요. 아직 경찰에서 조사 중인가 봅니다."

"수사 컨설턴트라면서 모르셨나요?"

"알고는 있었습니다."

"그런데 왜 물어보셨어요?"

"관장님이 너무 침착하셔서요."

"네?"

또 한 번 의외의 대답에 립스틱을 바르던 나은정의 손이 멈칫했다.

"오해하셨다면 죄송합니다. 일반적으로는 가족 관련 사건을 수사 중인 경우면 수사상황을 먼저 궁금해하는 경우가 많습니다. 하지만 관장님은 처음부터 수사상황에 관심이 없으셨죠. 용건이 뭐냐고 물으셨습니다."

"아, 그거요. 그건……"

나은정이 립스틱을 다시 백 속에 던져 넣었다.

"조금 전에 경찰서에 다녀왔어요. 경찰이 저도 용의선상에 올렸다더군요. 그래서 탐정님도 저를 탐문하러 오신 줄 알았죠."

"탐문이요? 에이, 아닙니다."

김건이 과장된 표정으로 양손을 내저었다.

"저는 경찰의 수사를 도울 뿐입니다. 제가 알고 싶었던 건 관장님의 '환경'입니다."

"환경요?"

"네. 아시다시피 살인사건에서 동기는 가장 중요한 요소입니다. 원한, 복수, 경제적 이유 등 여러 가지 동기가 있을 수 있죠. 하지만 제가 보기에는 관장님의 주변엔 그런 요소들이 안 보이네요."

"그런가요? 전문가시니까 잘, 알겠죠."

나은정이 담담한 얼굴로 말했다. 하지만 입꼬리가 살짝 올라가 있었다.

"한 가지,"

"네?"

김건이 손가락을 세워 보이며 물었다.

"경찰은 기명진 씨의 여자관계가 복잡하다는 사실에 주목하고 있습니다. 평소에 문제가 없으셨나요?"

나은정이 살짝 웃었다.

"그건 처음부터 알고 있었어요. 제가 이십 대 초반에 처음 오빠를 만났는데, 그 사람 그때부터 여자 좋아했어요. 젊고, 잘생기고, 돈 많고……. 여자들이 그냥 안 뒀죠. 동양 여자나 서양 여자나."

"그걸 알면서 약혼하셨다는 말씀인가요?"

"이해가 안 될 거예요. 돈 많은 사람들, 일반인은 절대 이해 못 하는 개념들을 가지고 살아요. 같이 있으려면 있는 그대로 받아들여야 해요. 저도 그랬거든요."

"그렇군요. 잘 알겠습니다."

김건이 고개를 끄덕였다.

"그럼 복잡한 여자관계로 인한 원한도 동기가 아니겠군요."

"어떤 의미에서 우리 관계가 오히려 더 가족적일 수도 있어요."

"그래요?"

"공통의 이익을 위해서 작은 일은 서로 모르는 체하니까요. 각자의 이익을 지키면서 더 큰 틀에서 가족을 유지하는 거라고 보면 돼요."

"어렵네요."

"누구나 그 입장이 되어보기 전에는 모르는 거죠. 포인트는, 제 입장에선 오빠가 살아 있는 게 더 이익이었어요."

"아, 네."

김건이 동의하듯 고개를 움직였다.

"관장님은 살인동기가 별로 없네요. 잘 알겠습니다. 그럼."

김건이 엉거주춤, 자리에서 일어났다.

"시간 내주셔서 감사합니다."

그의 갑작스런 행동에 나은정은 두 눈을 동그랗게 떴다. 여기까지 와서 별다른 말도 없이 갑자기 일어난다? 이 사람의 의도를 알 수가 없었다.

"아! 한 가지만 더 여쭤볼게요."

모자를 집어 들던 김건이 나은정의 두 눈을 빤히 보며 말했다.

"네?"

"혹시, '레메게톤'이라고 들어보셨나요?"

나은정은 머릿속이 버퍼링되는 것처럼 그대로 굳어버렸다.

그러나 내색은 하지 않고 억지로 얼굴만 찡그렸다.

"레메게톤이요? 들어본 적 없는데……, 그게 뭐죠?"

"예전에 프랑스에 있던 예술가들 모임이라고 들었습니다. 돌아가신 기명진 씨하고 프랑스 유학 중에 만나셨다고 했죠? 기명진 씨가 그 모임에 가입했다고 들어서요. 혹시, 들어보신 적 없나요?"

"처음 듣는 일인데요?"

나은정은 김건을 향한 시선을 유지한 채로 백 속에 손을 넣어 뭔가를 꺼내 들었다. 립스틱이었다.

"아, 그래요? 알겠습니다."

김건이 긴 다리를 펴며 몸을 일으켰다.

"벌써 가시게요? 조용한 데서 식사라도."

나은정이 억지로 미소를 지으며 권했지만 김건은 미소를 지으며 고개를 저었다.

"아니요. 괜찮습니다."

그리고는 영화배우처럼 멋있게 모자를 쓰며 말했다.

"제가 다음 일정이 있어서."

말을 마친 그는 멋있게 문 쪽으로 걸어갔다. 하지만 손잡이가 없는 문 앞에서 어쩔 줄 몰라 하며 한참 머뭇거렸다. 결국 나은정이 와서 문을 열어주어야 했다.

"감사합니다. 엘리베이터는 됐습니다. 그냥 계단으로."

김건이 멋쩍게 웃으며 말했다.

"제가 걷는 걸 좋아해서요."

지하철역 근처의 작은 공원에 은은한 불빛이 사방을 비추는 작은 푸드트럭이 서 있다. 정겨운 불빛에 지나가던 사람들이 자기도 모르게 이끌려 다가가면, 잘생긴 프랑스인 셰프가 웃는 얼굴로 그들을 맞이한다. 주인장의 모습에 놀라고 저렴한 요리 가격에 다시 한번 놀라며 음식을 주문한 뒤, 그 독특한 감성에 취해 있노라면, 어느새 자기 앞에 놓인 따끈한 요리접시를 맞게 된다. 그리고 그 따뜻하고 맛있는 음식에 마지막으로 놀라며 감탄사를 연발하게 된다. 분위기에 취하고, 셰프의 미소에 취하고, 맛있는 음식에 취한 채 꿈같은 밤을 맞이한다. 하지만 이렇게 몽롱한 시간을 보내고 있노라면 잘생긴 셰프가 다가와 미안한 얼굴로 이제 문 닫을 시간이라고 말한다. 자정 전에 무도회장을 떠나는 신데렐라처럼, 아쉬움을 가득 안고 자리에서 일어나 집으로 향하다가 문득 뒤돌아보면 어느새 트럭은 사라지고 없다. 나중에 집에 와서도 문득문득 떠오르는 황홀한 식당. 하지만 다시 그곳에 가도 그 멋진 푸드트럭은 그 자리에 없다. 마치 모든 것이 환상 같은 식당. 단꿈을 꾸었다고 생각하며 아쉬운 발걸음을 돌리지만 어디선가 풍겨오는 고소한 냄새. 포근한 불빛은 돌아서면 바로 앞에 있을 것 같다. 그 것은 오감을 자극하는 달콤한 꿈이다.

누군가가 신데렐라 포장마차 팬카페에 올린 글을 소주희 가 큰소리로 읽고 있었다.

"와우!"

프랑수아가 감탄했다.

"너무 과분한 평가네요."

"하지만 여기가 환상적인 식당이라는 건 사실이죠."

김건이 말했다.

"셰프 이야기나 음식 이야기도 맞죠."

소주희도 말을 보탰다.

"아이러니네요. 저는 그렇게 여유 있는 상황이 아닌데."

"아!"

김건이 고개를 끄덕였다.

"그 뒤로 알게 된 건 없나요? 드래곤이나 기사들이나."

프랑수아가 고개를 저었다.

"아니요. 아무것도 없어요. 저도 걱정이 되네요. 이대로 아 무것도 모른 채 끝나는 게 아닌지……."

"뭘 걱정해요. 닥치는 대로 하면 되는 거죠!"

소주희가 말했다.

"만약 아무 일 없으면, 프랑수아! 맘 편하게 그냥 한국에서 식당 열어요."

소주희의 긍정적인 말에 프랑수아와 김건도 저절로 웃음이 나왔다.

"그렇네요. 프랑수아. 단골도 많잖아요?"

"정말 그랬으면 좋겠네요."

그들이 대화하는 중에 두 사람의 그림자가 이쪽으로 다가오고 있었다.

김정호와 복승아 형사였다.

"여어!"

김건이 손을 들어 반갑게 맞이했다. 김정호 형사도 손을 마주 들었지만, 옆의 복승아는 이미 술에 취했는지 비틀대며 뭔가 불만을 뱉어내고 있었다. 테이블에 앉은 두 사람에게 프랑수아가 푸드트럭 모양 메뉴판을 들고 다가갔다.

"안녕하세요. 좋은 밤이죠."

"아, 네!"

"오늘은 날씨가 추워서 따뜻한 스프를 준비했습니다."

"아, 그거 주시고 혹시 요기할 만한 거 있으면 좀 주세요. 이 친구 술만 마셔서."

"알겠습니다."

프랑수아가 웃으면서 주방으로 들어갔다.

"으! 그 여자! 분명히 뭐가 있어!"

복승아는 낮에 있었던 나은정과의 만남 때문에 아직도 분을 삭이지 못하고 있었다.

"그만해. 잊어버려!"

김정호가 그녀를 달래주었다.

"아 이런, ABC! 어떻게 잊어? 그런 인간을!"

"그런데 이상하긴 해."

"뭐가요?"

"나은정 말이야. 끝까지 숨길 수도 있었어. 그런데 갑자기 태도를 바꿔서 복 형사를 도발했지. 자기한테 불리할 텐데 왜 그랬을까?"

김건이 그 말을 듣고 고개를 돌렸다.

"오늘 나은정 씨가 관장으로 있는 미술관에 다녀왔어."

"조일미술관?"

"그래."

"만나봤어?"

"만났지. 아주 인상적이던데?"

"어드러케?"

"어쩌면 그 사람, 극단적인 위험중독인지도 몰라."

"위험중독? 그게 뭔데요?"

복숭아가 혀 꼬인 소리로 물었다.

"일부러 위험한 상황을 즐기는 사람들이 있어. 그 사람들은 일부러 죽을 수도 있는 위험한 스포츠를 즐기거나 일부러 실수해서 스스로를 위험한 상황에 처하게 만들곤 하지. 그런 상황을 즐기는 거야."

"위험중독? 왜 그런 짓을 하는데?"

"방어기제 때문이야. 익스트림스포츠를 즐기는 사람들 심리를 연구했는데 위험에 처하는 순간 방어기제로 호르몬이 분비되니까 거기에 중독되는 거지. 한번 중독되면 계속 그런 상황을 만들려고 노력하게 되는 거고."

"그럼 네 말은 나은정이라는 사람이 위험중독이라서, 단지 그 이유로 스스로를 위험에 빠뜨리려고 우리를 자극했다. 이 말인 거이니?"

"뭐, 그럴 가능성도 있다는 거지."

"야, 그거 완전 싸이코패스잖아?"

"이상한 건 또 있어. 나은정이라는 사람의 태도야."

"태도?"

"그래. 오늘 미술관에서 만난 나은정은 차분하고 자신감

넘치는 전문가였어. 단순히 남자친구 빽으로 지위를 얻은 것이 아니라 진짜 능력이 있는 사람처럼 보였지."

김건의 설명에 복숭아가 불쑥 끼어들었다.

"맞아요! 그 사람, 경찰서에서도 조금도 기 안 죽고 당당했어요."

"그래. 그런데 그게 왜?"

"캐릭터가 완전히 틀려."

"캐릭터?"

"응, 그날 레스토랑에 나타난 나은정은 다른 사람의 시선을 무시하고 남친에게 교태를 부리는 천박한 여성이었어. 주희 씨, 어때요?"

"맞아요. 그날, 나은정 씨는 제 존재는 무시하고 계속 기명진 씨한테 달라붙어서 애교를 부렸어요."

"뭐, 그럴 수도 있잖아? 약혼자랑 같이 있으면 여자들 그런 모습도 있잖아?"

"단둘만 있었다면 그렇지. 하지만 다른 사람들과 같이 있는 자리에서, 더구나 초대받아 간 자리에서 그런 행동을 보인 건 이상하지. 무슨 의도가 있는 것 같아."

"의도? 무슨 의도?"

김형사의 물음에 김건이 고개를 갸우뚱했다.

"글쎄? 그걸 지금부터 알아내야지?"

"아, 답답하구나. 이 사건, 쉬운 것 같은데 엄청 복잡해! 얼핏 보면 윤보선이 연인 때문에 기명진을 독살, 끝! 이거거든. 그런데 윤보선은 독을 가지고 있지 않았어!"

"그거 봐요! 우리 셰프는 절대 독으로 사람 죽이고 그럴 사람이 아니라니까!"

소주희가 흥분해서 끼어들었다.

"우리는 증거로만 수사해요. 지금까지 가장 유력한 용의자는 윤보선 씨고요."

복승아가 대신 말했다.

"그런데, 이름이 왜 윤보선이에요? 너무 올드한데?"

"아, 그거 모르시는구나. 우리 셰프, 미국 이름은 크리스예요. 크리스 윤(Chris Yun). 그런데 한국 이름 지을 때, 자기 고향인 보스턴(Boston)으로 이름을 지었대요. 그래서 윤보선!"

"아, 보스턴이라서 보선!"

사람들이 고개를 끄덕였다.

"참! 저, 오늘 수아 언니 병문안 다녀왔는데요."

"아, 수아 씨 몸은 어때요?"

"다행히 수아 언니 몸은 괜찮대요. 그런데 아기가……."

"아!"

"아이고!"

사람들이 탄식했다. 특히 당사자인 김정호 형사의 얼굴은 완전히 사색이 되었다.

"다행히 무사하대요!"

소주희의 말에 모두 놀랐다.

"거 말을 왜 그렇게 합네까?"

"놀랐잖아요!"

"의사 선생님 말씀이, 처음에 응급처치를 한 사람이 아주 잘했대요. 아니었으면 큰일 났을 거래요."

"복 형사, 고마워. 내래 이 은혜는⋯⋯."

김 형사가 두 손으로 복승아의 손을 잡으며 말했다.

"아이고, 별일 아니에요. 그냥 배운 대로 한 것뿐인데 뭘. 그런데 언제까지 잡고 있을 거야?"

김 형사가 얼른 잡았던 손을 놓았다. 그 모습을 가만히 지켜보던 소주희가 번쩍 손을 들었다.

"질문 있는데요. 김 형사님!"

"저요? 무슨 질문요?"

"저기. 항상 북한 사투리 쓰시던데, 웃기려고 그러시는 거예요? 왜 그러신 거예요?"

"아, 이거요. 그냥 제 말투입니다. 고향 말투요."

"고향요? 그럼?"

"아, 아직 모르셨구만기래. 난 또 김건, 이 동무가 벌써 다 말한 줄 알았는데."

"그런 걸 함부로 말할 수 있나? 네 프라이버시인데."

"하여튼, 뭘 대단한 거라고. 좋습니다. 제가 말씀드리죠. 저는 고향이 이북입니다."

"뭐라고요?"

"그럼?"

"저는 탈북자입니다!"

"정말요?"

복승아와 김건을 제외한 다른 사람들이 모두 놀라서 김정호를 쳐다봤다.

"농이 아닙니다. 정말로 탈북자입니다. 제가 이래 봬도, 탈북자 출신 형사 1호입니다."

"대박!"

"울랄라!"

소주희와 프랑수아가 동시에 말했다.

"뭐, 사정을 말하자면 이렇습네다. 저는 어렸을 때부터 컴퓨터 신동이라는 말을 듣고 영재교육을 받았습니다. 열다섯 살부터는 해커팀에서 활동했지요. 전 세계를 상대로 은행에서 돈을 훔치고 비밀 정보를 캐내는 게 우리 임무였습니다. 어린 나이에 그게 조국을 위하는 거라고 생각했지요. 그런데 컴퓨터로 정보를 빼내오면서 남조선, 한국에 대한 것들을 접하니까 이게 신기하더란 말입니다. 미국이나 일본, 유럽 잘사는 건 알았지만 같은 동포인 남조선이 이렇게 잘사는 건 몰랐지요. 저는 일찍 부모님을 여의고 친척도 없이 기숙사에서 혼자 살고 있었는데, 남조선 드라마나 영화 보는 재미에 밤을 꼴딱 새우기를 밥 먹듯이 했었지요. 이 나라가 점점 좋아지더란 말입니다. 그 마음이 나날이 커지면서 한국으로 가려는 마음도 커졌습니다. 그때 북한도 탈북자들이 생기면서 신경을 많이 쓰던 시기였죠. 탈북하다 잡히면 그냥 공개처형을 당했어요. 무서웠지요. 하지만 그래도 저는 한국으로 가고 싶었습니다. 그냥 조용히 참고 기다렸습니다. 그러다가 기회가 왔죠. 중국으로 단기유학할 기회가 생긴 겁니다. 말이 유학이지. 사실은 반년 동안 중국에 가서 중국 해커들과 교류하면서 기술을 발전시키라는 거였죠. 저는 이것을 다시 못 올 기회라고 생각했습니다. 그래서 최대한 말을 잘 들으면서 기다리다가 마침내 중국으로 갔습니다. 저희가 간 곳은 중국의 칭다오 근처였어요. 저는 기회를 봐서 탈출했고 운 좋게 한국 사람을 만나서 탈출에 성공했습니다. 지금도 잊을 수 없는 순간은, 그 한국분이 저를 숨겨주신 곳에 중국 공안이 들어온 겁니다. 그 공안하고 눈이 딱 마주쳤을 때, 저는 이제 죽었구나, 하고 생각했죠. 그런데 그 사람이 그냥 나가는 겁니다. 알고 보니까, 그 한국분이 그 사람한테 돈을 준 겁니다. 얼마인지는 말씀 안 하셨지만, 큰돈인 게 분명합니다. 저는 그분께 목숨을 빚졌습니다."

"아, 그래서 돈을 그렇게 아끼는구나."

복승아가 중얼거렸다.

"저는 모을 수 있을 만큼 돈을 모을 겁니다. 나중에 저 같은 상황에 처한 사람들을 도울 수 있게요."

모두가 숙연해졌다. 김정호 형사가 북한 출신이라는 것도, 그런 어려움을 겪었다는 사실도 처음 알았다.

"여러분은 여기서 태어나 이런 자유가 당연한 거라서, 이게 얼마나 소중한 건지 모릅니다. 하지만 저한테는 여기 있는 일 분, 일 초가 귀하고 아깝습니다. 여기 있는 게 너무 좋아서, 꼭 술에 취해서 살아가는 느낌입니다. 기분이 너무 좋습니다."

"그런데 왜 경찰이 된 거예요?"

"저를 구해주신 분이 전직 경찰 출신이었어요. 저는 기회가 없겠습니까, 하고 물었더니 그분이 말씀하셨죠. 한국에서는 하고 싶은 거 다 할 수 있다고, 열심히만 하면 된다고. 그래서 한국 오면 경찰을 해보고 싶었습니다. 그런데 죽어라 공부해서 형사가 됐는데 아무도 저하고 같이 일하려고 안 했습니다. 여기, 김건이 처음이었어요."

"뭔 소리야. 네가 일을 잘하니까 같이했지."

"난 지금도 네가 처음 한 말 기억난다야. '어? 같은 김씨네? 우리 친척 아냐?' 그러면서 손을 내밀었잖아."

"네가 호감 가게 생겨서 그런 거지."

"아니야. 김건이는 나한테 은인이야. 네가 그런 일만 안 당했어도, 지금도 같이 형사로 일하고 있었을 텐데."

"정호야!"

김건이 김 형사의 어깨에 손을 올렸다.

"나도 이상한 게, 다른 것들은 다 잊었는데 너하고 있던 일들은 대부분 기억이 난다. 그거 참 신기해. 그만큼 인상이 깊었나 봐."

"큭!"

김정호 형사가 돌아앉으며 두 손가락으로 미간을 짚었다.

"어라? 또 우네?"

하지만 고개를 돌린 곳이 하필 복숭아가 있던 자리라서 벌떡 일어나서 옆으로 걸어갔다.

"남자가 하여튼."

"신기하네요."

소주희가 중얼거렸다.

"뭐가요?"

"여기 모인 사람들, 사연이 없는 사람이 없어요. 전부 다 굴곡 있는 삶을 살아왔네요."

"우리뿐만이 아니에요."

김건이 말했다.

"사람은 누구나 자기만의 사연이 있어요. 그저, 모두가 너무 지치고 힘들어서 다른 사람들 사연 같은 건 돌아볼 여유가 없을 뿐이죠."

"그렇구나."

한동안 김건의 말을 되새겨보던 소주희가 갑자기 '짝' 하고 손뼉을 쳤다.

"아, 맞다! 수아 언니가 해준 말이 있는데."

"이수아 씨가요? 무슨 말을 했어요?"

"윤보선 셰프하고 기명진 씨 사이에 다른 사람은 모르는 이야기가 있대요."

"아니, 그런 중요한 이야기를 지금 하면 어떡......."

나무라는 투로 말하는 김 형사의 옆구리를 팔꿈치로 치며 복숭아가 끼어들었다.

"아, 부담 갖지 말고 천천히 이야기해주세요."

"기명진 씨가 윤보선 셰프를 싫어하는 데엔 이유가 있어요!"

소주희가 두 사람 사이에 얽힌 이야기를 조용히 풀어놓았다.

기명진은 윤보선의 아버지, 윤수일과 고등학교 때부터 친구이자 라이벌 관계였다. 한 사람은 재벌집 외척, 한 사람은 가난한 농사꾼의 아들이라서 상대가 안 되는 줄 알았는데 사실, 두 사람은 철저한 라이벌 관계였다. 둘 다 공부를 잘해서 항상 반에서 일이 등을 다투었고, 운동에서 취미까지 어느 것 하나 양보하지 않았다. 거기다 두 사람 다 취미가 요리였고, 장래 희망이 요리사였다. 교내 축제에서 각자 한식, 양식 요리 부스를 열어서 대결을 펼쳤는데, 그 일은 곧 학교의 전설이 되었다.

고등학교를 졸업하고, 군복무를 마친 다음, 일본의 꼬르동블루에 같이 입학한 그들은, 서로 일 등을 번갈아 할 정도로 수재였다. 한국으로 돌아와서 유명한 셰프의 프랑스 식당에 동시 픽업되어 같이 일하다가, 그 식당에서 일하던 '린다'라는 미국 여성을 만나게 됐다. 두 사람은 동시에 그녀를 사랑했다. 하지만 시간이 지나면서 린다는 윤수일과 더 가까워져 기명진을 애타게 했다. 그때 모 신문사 주관으로, 한국에서도 미식가를 양성하자는 프로젝트를 시작해서 전액 장학금을 지급하는 프랑스 유학생을 뽑는 대회를 열었다. 거기서 우승한 것이 윤보선의 아버지 윤수일이었고, 이 등이 기명진이었다. 충격이었다.

명문가에서 자라 어릴 때부터 온갖 고급스런 식재료를 접했고 요리에도 일가견이 있던 그가 가난한 농사꾼 아들에게 패한 것이다. 더 큰 충격은, 윤수일이 유학을 가는 대신 린다와 결혼해서 미국으로 건너갔다는 점이다. 덕분에 기명진은 전액 장학금을 받고 프랑스로 갔다.

그 이후로 그의 인생은 탄탄대로였다. 졸업 후, 십 년 동안 프랑스에 머물며 커리어를 쌓은 그는 한국에서도 큰 영향력을 가진 인물이 되었다. 하지만 그의 마음속에는 언제나 라이벌에게 패한 기억이 처절하게 남아 있었다.

그는 두 번 패했다. 실력에서도 지고 사랑에도 졌다. 그 후로 기명진은 요리를 포기했다. 타고난 미각과 글솜씨, 집안의 후광으로 귀국 후에 유명한 미식가로 자리 잡았다. 하지만 그의 성공이 아픈 상처를 덮어주지는 못했다. 항간에서 플레이보이라고 소문날 정도로 수많은 여자를 만났지만, 그는 결코 첫사랑을 잊지 못했다.

미국으로 건너간 윤수일은 불행히도 사고로 요절했고 엄

마는 혼자서 아들 윤보선을 키웠다. 미국 보스턴에서 자란 윤보선은 명문대학에 진학해서 화학을 전공했다가 대학원에 진학하는 대신 아버지의 뒤를 이어 요리사의 길을 택했다.

그런데 그가 한국으로 돌아와서 유명해지자 기명진은 그가 윤수일의 아들임을 알게 되었다. 방송에는 그의 어머니 린다의 영상편지까지 나왔다. 기명진은 라이벌에 대한 복수로 그의 아들을 공격하기 시작했다. 여러 프로그램에서 공개적으로 그를 망신 주고 명성을 떨어뜨린 것이다.

"이상이 수아 언니가 셰프한테서 직접 들은 이야기래요."

"그런 일이 있었네요."

고개를 끄덕이는 사람들의 시선이 마주쳤다.

"이건 아주 중요한 동기가 될 수 있는데?"

복승아의 말에 모두 동의했다.

"기명진은 자기중심적이고 어린 시절부터 권력자인 부모와 친척들 사이에서 자랐기 때문에 독선적이고 이기적인 성격이었지. 그런 사람이 생애 최초로 패배를 당한 것이 바로 윤 셰프의 아버지였죠. 보통사람은 자신의 부족함을 통감하고 더 정진할 텐데 기명진 같은 독선적인 사람은 그것을 개인적인 원한으로 간직하게 마련입니다. 거기다가 자신이 짝사랑했던 여인까지 잃었으니, 그 상실감은 더 컸을 겁니다."

김건이 길게 설명하자 소주희는 기침을 하는 척하며 '설명충!'이라고 말했다.

"이런 사실을 알면 기명진이 윤보선 셰프의 가게에서 스스로 독을 먹었다는 의혹이 더 커지는데?"

"말이 안 돼요!"

복승아가 부정하고 나섰다.

"경찰이 바보인가? 치명적인 독이 나왔다면 현장을 전부 다 조사해요. 피해자도 포함해서!"

"어쩌면, 기명진 씨는 그것을 피할 방법을 알고 있었는지도 모르죠."

김건이 바로 말을 받았다.

"기명진 씨 과거 행적을 조사해봤어요. 그런데 그 사람이 갔던 식당에서 가벼운 식중독 같은 것을 일으켜 병원으로 간 적이 두 번이나 있었어요. 공교롭게도 그 식당들은 기명진 씨나 그 사람의 가문인 조일그룹에서 운영하는 식당 체인점에 반대하던 사람들이 하던 가게였어요. 당시 기사들을 보면……."

김건이 손가락으로 양쪽 관자놀이를 누르며 돌렸다. 꼭 무슨 뇌 속의 뭔가를 움직이는 핸들을 돌리는 것 같았다.

"식사를 마치고 당시에는 이상이 없다가 집으로 향하는 차 안이나 집에 도착해서 식중독 혹은 독극물 중독으로 병원으로 향했죠. 모두 같은 패턴이었어요. 경찰이 조사해도 이미 기명진 씨는 증거를 없앤 뒤였겠죠."

"악랄하구나, 야!"

김정호 형사가 분개했다.

"정말, 인간이 아니에요."

소주희 역시 잔뜩 화가 나서 말했다.

"프랑수아! 프랑스에서도 그런 사람 있어요?"

"없다고는 말 못 하겠네요. 사람들은 모두 욕망 덩어리니까요!"

그 말에 모두가 놀라며 웃었다.

"저런 말은 또 어디서 배웠대?"

김건이 다시 말을 이었다.

"결국, 그 식당들은 모두 다 문을 닫았습니다. 어쩌면 이것이 기명진 씨의 수법인지도 모르죠. 이건 가설인데, 기명진 씨는 독이나 병균을 이용해서 마음에 들지 않는 셰프들을 함정에 빠뜨리곤 했습니다. 이번에도 그 수법을 사용하려다가 스스로 양 조절에 실패해서 사망했다, 라고 보는 게 타당하지 않을까요."

"그 가설도 문제가 있어."

김정호 형사가 말했다.

"아까 국과수에서 들은 말인데. 우선, 네 말은 맞아. 기명진 씨 소지품에서 독이 나왔어."

"응?"

모두가 놀라서 김 형사를 쳐다봤다.

"이상한 게, 독을 가지고 있던 사람은 죽은 기명진뿐이었어. 이상한 건 또 있다! 그 사람이 독을 사용한 건 맞는데 치사량은 아니었다는 거지. 그러니까, 김간. 결국, 님자가 한 말이 맞지만 동시에 틀렸다는 거지."

"김간? 뭐, 어쨌든 그 독은 어디에 들어 있었는데?"

"그게…… 수사 중인데 이걸 말해줘도 되나?"

김 형사가 망설이자 김건이 말했다.

"뭘 그런 걸 걱정해? 너, 나를 고용한 게 누군지 알잖아? 경찰에서 나를 고용한 거야. 수사 컨설턴트! 나는 사건을 해결하는 주체가 아니라 자문만 하는 거고 사건 해결의 공은 모두 담당 경찰관한테 가! 그런데 나한테 정보를 안 주면 어떻게 하려고?"

조용한 서장에게 직접 이야기를 들었던 김 형사는 갈등을 그만두고 태블릿PC를 꺼내서 사진을 보여주었다. 사진 속에

는 자개로 장식된 파란색 만년필이 있었다.

"오, 멋있는데? 가만, 날개하고 눈이 하나? 이거, 비익조(比翼鳥) 아냐?"

사진을 들여다보던 김건이 말했다.

"그게 뭐야?"

"비익조는 중국 신화에 나오는 새야. 날개와 눈이 한 짝씩밖에 없어서 혼자는 못 날지만 똑같은 한 쌍이 만나면 가장 멀리 날고 가장 높이 나는 새가 된대."

"이게 그거라고?"

옆에서 사진을 본 소주희가 '짝' 하고 박수를 치며 말했다.

"맞다! 저 이거 봤어요! 기명진 씨 양복 안주머니에 파란색 펜이 있었어요."

김건이 고개를 끄덕였다.

"이제 기명진의 의도가 분명해졌어요. 기명진은 처음부터 심사를 목적으로 가게로 간 것이 아니야. 무슨 목적 때문에 윤보선 셰프를 함정에 빠뜨리려고 한 거야. 그 사람은 치사량이 아닌 독약을 냅킨에 떨어뜨려서 그것으로 입을 닦고 실제로 경미한 중독으로 쇼크에 빠지는 거지. 그 식당과 셰프는 식중독 등으로 경찰 조사를 받고 그 일이 소문 나면 가게와 셰프는 완전히 끝나는 거지. 하지만 의문이 몇 가지 남아. 첫 번째는 왜 그런 일을 했나? 두 번째는 치사량이 아닌 독을 먹었는데 왜 죽었나? 그리고 윤보선 셰프는 왜 중독됐는가?"

김건이 생각에 잠겼을 때, 소주희가 사진을 가리키며 말했다.

"맞다! 이거 북한 공작원들이 쓰는 거, 아니에요? 그럼, 이번 일이…… 북한 소행?"

"이건 특수제작한 만년필입니다. 거저…… 아니, 북한 공작원들이 쓰는 거 비슷해 보이지만 거기서는 이런 고급 펜으로 이런 짓 안 해요."

"왜요?"

"너무 눈에 띄니까! 공작원들은 평범해 보여야 해서, 이런 눈에 확 들어오는 물건은 절대 안 써요!"

"역시, 잘 아시는구나!"

소주희가 감탄하자 김정호가 발끈했다.

"아니, 내가 잘 아는 게 아니라, 상식입니다. 상식!"

"잠깐! 정호야. 그럼 이 펜 속에 잉크 대신 독이 들어 있었던 거야?"

"그렇지. 액체화한 사이안화칼륨. 그런데 문제가 있어."

"문제? 동기가 있고 독이 있는데 무슨 문제?"

"그 만년필 안에 독이 아주 적은 양만 사라졌대. 치사량에 이를 만큼이 아닌 거지."

"아!"

김건이 놀라서 입을 벌렸다.

"국과수 원장님 말씀이, 치사량에 못 미쳐도 지병이 있거나 심장이 약해진 상태에서는 죽음에 이를 수도 있다고 하시긴 했어. 하지만 기명진하고 윤보선, 두 사람이나 중독이 됐는데 펜 안의 독은 아주 적은 양만 나왔다는 사실이 현실하고 안 맞아."

"그렇네. 독을 쓰기는 했고?"

"그래, 최근에 아주 적은 양이 나오기는 했대."

"흠, 그거 이상하네."

김건이 태블릿의 사진을 이리저리 자세히 들여다보았다.

"이거, 다른 사진 없어?"

"있지."

김정호가 여러 각도에서 만년필을 직은 사진을 몇 장 보여주었다. 김건이 그 사진들을 이리저리 넘겨보더니 "혹시……." 하며 생각에 잠겼다.

"뭐이가? 뭐 아는 거 있으면 공유해야지 안칸?"

하지만 김건은 고개만 저었다.

"아직 확실하지 않아. 야, 사진 더 없냐?"

김건이 태블릿PC의 사진을 빠르게 넘기기 시작했다.

"야이, 간나! 뭐 하네?"

김건의 손가락이 멈춘 곳에 비키니를 입은 서양미녀의 사진이 나타났다.

"허걱!"

김정호가 태블릿PC를 몸으로 덮으며 재빨리 전원을 껐다.

"야, 김정호! 너도 남자구만!"

김건이 웃으며 어깨를 치자, "그게 아니라, 수사상 필요한 사진이야! 수사상!" 하며 변명했다.

"수사 같은 소리 하고 있네!"

복승아의 말에 김정호가 명치를 맞은 것처럼 휘청거렸다.

"꼴에 또, 서양 여자야?"

김정호는 얼굴이 빨개진 채, 스프 그릇에 코를 박고 먹는 시늉을 했다.

"한참 즐거운데 죄송해요. 이제 마감할 시간이라서요. 마지막 주문받겠습니다."

이때 프랑수아가 구원자처럼 나타났다.

"아! 맞다. 아저씨 아직 모르는 거 하나 있지. 프랑수아! 우리 그거 주세요."

"그게 뭐예요? 후식?"

김건의 물음에 소주희가 빙긋 웃었다.

"프랑스식아아(아이스아메리카노)예요. 그러니까 프렌치 아메리카노? 프아? 모르겠다. 프랑수아! 그냥 그거 넉 잔 주세요!"

"네. 알겠습니다."

프랑수아가 주문을 받고 주방으로 돌아간 사이에 김건은 김정호에게 넌지시 물었다.

"그런데, 그 미녀는 누구야?"

"아, 그거…… 러시아 출신 모델이야. 솔직히, 반했다!"

"나 참, 주제에 러시아 모델? 꿈도 야무지게 꾼다!"

복숭아가 핀잔을 줬지만, 이번에는 김정호도 물러서지 않았다.

"기거야 내 취향이디. 여기는 자유국가 아이니?"

"아무리 자유라도 분수를 알아야지. 이런 여자가 무슨 짠 돌이 공무원하고."

"뭐시기? 사람 무시하나? 내가 이런 미녀하고 만날지는 모르는 거 아니야?"

흥분한 김정호가 북한 사투리로 화를 내려는 찰나, 프랑수아가 얼음 부딪치는 청아한 소리를 내며 넉 잔의 아이스커피를 가져왔다. 긴 유리잔 안에 짙은 갈색 커피와 투명한 얼음이 시원한 조화를 이루고 있었다. 뭔가 특별한 것을 기대했던 사람들은 조금 의아하다는 표정을 지었다.

"이거 그냥 아아잖아? 이게 뭐 새로운 거야?"

"그러게. 그냥 커피 아냐?"

"그러지 마시고 한번 드셔보세요."

사람들을 다독이며 소주희가 먼저 잔을 들어서 입으로 가져갔다.

"아우 좋다! 프랑수아! 지난번보다 더 맛있어요."

"메르시, 주희 씨. 다 주희 씨가 주신 아이디어 덕분이에요."

소주희의 반응에 사람들은 모두 각자의 잔을 들어서 커피를 마셨다.

"아, 향 좋다!"

"그러게. 이거 맛있네."

두 사람의 반응에 만족한 웃음을 짓던 소주희는 아직 아무 말도 안 하는 김건을 유심히 쳐다보았다.

"아저씨! 왜 아무 말도 안 해요?"

"아, 향이 아주 좋네요."

"그게 다예요?"

"어…… 저는 사실 아이스아메리카노를 별로 안 좋아합니다."

"왜요?"

"시간이 지나면 얼음이 녹으면서 커피 농도가 너무 옅어지거든요."

"그렇구나."

"그럼 빨리 마시면 되잖아?"

김정호가 거들었지만 김건은 고개를 저었다.

"너무 빨리 마시면 머리 아프지! 그리고 얼음만 남으면 아깝잖아. 백 년 전만 해도 왕이나 되어야 먹을 수 있던 건데. 꼭 다른 음료를 더 넣어서 마셔야 할 것 같은 생각이 들어."

"하긴 그렇다. 라면 국물 남으면 밥 말아 먹어야 될 것 같은 기분!"

복승아가 외쳤다. 평소의 도도하고 시크해 보이는 외모와 상반되는 말이었다.

"까다롭긴. 맛만 좋구만!"

김정호가 다시 빨대로 커피를 맛나게 빨아 마셨다.

"이 맛이 뭔 줄 아니? 바로 자유의 맛이야!"

"그래, 자유 많이 마셔라. 즐기는 자유도 있지만 싫어할 자유도 있는 거야."

"지금은 어때요? 얼음 꽤 녹았는데?"

떨떠름한 표정의 김건에게 소주희가 다시 물었다.

"그거야 당연히 농도가…… 어?"

김건이 두 눈을 둥그렇게 떴다.

"얼음이 녹았는데, 농도가 그대로? 아니 더 진한데?"

그리고 유리잔을 자세히 들여다보았다.

"이거, 얼음에 비밀이 있는 거죠? 하지만 투명한 얼음인데?"

"하하! 봐요, 프랑수아! 아저씨도 속을 거라고 했죠?"

"정말 그러네요. 주희 씨. 김건 씨도 모를 정도면 성공인데요!"

두 사람이 죽이 맞아서 희희낙락할 때, 김건이 얼음 하나를 꺼내서 혀끝으로 맛을 봤다.

"어? 어떻게 투명한 얼음에서 커피 맛이 나지?"

"흠, 궁금하시죠? 그 얼음은 보통 물로 만들어진 게 아니에요. 투명한 커피로 만든 거랍니다."

"투명한 커피요? 아! 예전에 뉴스에서 봤는데!"

"투명한 커피로 만든 얼음이라서 녹아도 커피 농도가 그대로 유지되는 거예요."

한 번 더 커피를 맛본 김건이 '와!' 하고 감탄사를 내질렀다.

"노노, 그게 다가 아니죠. 얼음을 얼리는 것에도 비밀이 있습니다."

"또? 무슨 비밀이 이렇게 많아?"

김정호가 낮은 소리로 투덜거렸다.

"이 커피 얼음은 낮은 온도로 오랫동안 얼린 겁니다. 영하 15도 정도에서 이틀간 얼린 거죠. 이렇게 하면 분자가 안정되어서 더 오랫동안 안 녹아요."

프랑수아가 차분하게 설명했다.

"와, 진짜 생각 못 했네. 이거, 주희 씨 아이디어예요?"

"그럼요!"

김건의 물음에 소주희가 자랑스럽다는 듯 머리를 쓸어넘기며 대답했다.

"제가 주문한 투명 커피로 프랑수아한테 만들어 달라고 부탁했죠. 우리 두 사람 합작이에요."

"이거, 계절 한정 메뉴로 내볼까 생각 중이에요!"

프랑수아도 웃으며 거들었다.

"그래서 시간이 지나도 농도가 그대로였구나. 잠깐! 시간? 농도?"

커피를 마시며 생각하던 김건이, 갑자기 자리에서 벌떡 일어났다.

"그거야! 이제 알았어!"

김건이 김정호와 복숭아 앞으로 걸어가더니 두 사람의 손을 덥석 잡았다.

"야! 거, 손은 놓고 말하라!"

김정호가 복숭아를 잡은 김건의 손을 떼어내며 말하자, 복숭아가 입술을 샐쭉 내밀었다. 하지만 김건은 눈을 빛내며 말했다.

"두 사람한테 부탁이 있어!"

아무것도 보이지 않는 칠흑 같은 어둠 속에서 신영규는 눈을 감았다. 대한민국 일 퍼센트 상류층만 살 수 있다는, 한강이 내려다보이는 고층 아파트였지만, 그는 모든 창문을 두꺼운 이중 커튼으로 막아서 한 줌의 빛도 들어오지 못하게 했다. 눈이 부셔서 조금이라도 빛이 있으면 쉬지 못했기 때문이다. 새로운 약을 먹은 이후로 빛은 그의 예민한 시각을 자극해서 두뇌 전체를 크리스마스트리에 달린 전구처럼 만들어놓았다. 스위치를 끄지 않는 한 점멸을 멈추지 않는다. 신영규의 뇌는 깊은 바닷속처럼 완벽한 어둠 속에서만 반응을 멈추고 잠과 비슷한 형태를 유지할 수 있었다. 하지만 그는 깊이 잠들지 못했다. 어린 시절 엄마가 그 도깨비 같은 아빠와 형, 누나들이 사는 집에 영규를 버리고 간 뒤로 그는 한 번도 편안한 잠을 자본 적이 없다. 잠을 잘 때마다 누군가가 자신을 지켜본다는 사실을 알게 된 이후, 그는 눈을 감아도 두뇌는 항상 깨어 있어야 했다. 그 습관은 성인이 되어 그 집을 나온 뒤로도 계속되었다. 삼 중으로 보안장치가 된 문과 두꺼운 창문도 그를 불안으로부터 지켜주지는 못했다.

'우리가 유일하게 두려워해야 할 것은 두려움 그 자체다.'라는 프랭클린 루스벨트의 말처럼 공포는 이미 그의 일부가 되어 있었다. 그놈은 깊은 어둠 속에서 인내심 많은 야수처럼 그를 노려보고 있었다. 어린 영규는 침대에도 올라가지 못한 채 구석에서 떨고 있었다. 눈을 감고 있어도 그놈의 눈동자를 느낄 수 있었다. 언젠가 영규가 자신이 있는 어둠 속으로 들어올 날만 기다리며 야수는 눈도 깜빡하지 않고 불꽃 같은 숨을 토하고 있었다. 신영규는 그 눈을 잘 알고 있었다. 어린 시절, 처음 본 순간부터 그를 겁에 질리게 했던 그 눈. 그 눈이 낮은 목소리로 그에게 말했다.

'나는 언제나 너와 함께 있다!'

잠을 잘 수가 없었다. 얼음 칼날처럼 날카로운 신경이 겨울 눈꽃처럼 사방으로 뻗어나갔다. 마치 두뇌가 심장처럼 수축을 반복하는 것 같았다. 머리맡 등(燈)으로 손을 뻗다가 주먹을 쥐었다. 약을 먹는다고 해결될 문제가 아님을 그 역시 잘 알고 있었다.

그는 문제를 길게 끌어가는 것을 좋아하지 않았다. 언제나 최대한 빨리 문제에서 벗어나는 길을 선택했다. 답이 맞고 틀리고는 상관이 없었다. 중요한 건 문제를 없애는 것이다. 문제가 발생하면 미친 들개처럼 악착같이 달라붙어 속전속결로 끝장을 본 뒤 다음 문제로 넘어갔다. 어떤 식으로든 해결됐다는 딱지가 붙지 않으면 도무지 마음이 안정되지 않았다. 그는 이 같은 일 처리 방식 덕분에 경찰에서 인정을 받았고 승진도 빨리했다. 하지만 그의 명성과 비례해서 비난도 쌓여갔다. 그리고 그때쯤 알게 됐다. 정작 사람들의 원성을 받을 때 그의 직위는 그것을 막아주지 못한다는 것을. 굶주린 들짐승의 저주 같은 원망들은 그를 산 채로 찢어발겼다. 그래서 그는 점점

더 메말라갔다. 메마르고 메말라서 사막의 바위 같은 사람이
되어갔다. 그리고 그가 더는 견디지 못하고 가루로 부서지기
직전에 한 사람이 나타났다.

'김건이라고 합니다! 항상 최선을 다하는 형사가 되겠습
니다.'

경찰대를 수석으로 졸업했다는 괴짜 신참이었다. 오자마
자 자신만의 수사이론을 설파하는 신참에게 모두가 두손 두
발 다 들었다. 아무도 맡지 않으려는 그를 조용한 반장이 억
지로 신영규에게 떠맡겼다.

'네 최선이 최상은 아니야. 형사라면 결과를 잘 내는 게 최
선이다!'

신영규의 핀잔에 신참은 빙긋 웃으며 대답했다.

'중요한 건 과정이죠. 무슨 일이든 최선의 결과를 내겠습
니다!'

'방해나 하지 마라!'

신영규가 피식 웃으며 말했다.

왠지 싫지 않은 친구였다. 나대지도 않고 움츠러들지도 않
으며 모든 것을 있는 그대로 직관적으로 보고 말했다. 가르치
는 것을 빠르게 흡수하고 자신의 것을 합쳐 금세 새로운 것을
만들어 현장에 적용했다. 사수와 부사수였던 두 사람은 오래

지 않아 항상 서로 믿고 의지하는 든든한 팀이 되었다. 이상하게 김건과 같이 있으면 마음이 편해졌다. 그에게 없던 정서의 조각들이 퍼즐처럼 하나하나 맞춰지면서 하루하루가 충만해지는 느낌이었다. 설명할 수 없는 충족감이 그의 마음을 적셔주었고 자기도 모르게 웃고 있는 시간이 많아졌다. 자신의 고급 아파트보다 김건과 같이 잠복근무를 하다가 칼잠을 자는 차 안이 더 편안했고 호텔 음식보다 편의점 김밥과 컵라면이 더 입에 붙었다.

"이게 말임다. 그냥 말아야 맛있슴다."

물과 스프를 3분의 2만 넣은 컵라면에 김을 뺀 삼각김밥을 통째로 넣고 그 위를 김으로 덮어버리는 김건의 방식에 인상을 쓰다가도 어느새 그 맛에 감탄하고, 그렇게 먹는 것이 습관이 된 자신을 발견했다.

이틀 동안 잠복해서 범인을 잡아 넘기고 경찰서 주차장에 차를 세우다가 사이좋게 같이 잠든 두 사람이 잠에서 깨어났을 때 신영규는 동료 경관 수십 명이 자신들을 둘러싸고 있는 것을 알고 깜짝 놀라 김건을 깨웠다. 누군가는 차 앞 유리창에 하트를 그려놓기까지 했다! 화가 났지만 화를 낼 수 없었다. 당연히 화가 나야 하는데 웃음만 나와서 두 사람은 낄낄거리며 차에서 내렸다. 그리고 누가 먼저랄 것도 없이 서로 밀고 밀리며 앞으로 달려가기 시작했다. 끝없이 이어질 것 같은 가로수 길을 서로 쫓고 쫓기며, 웃고 또 웃으면서 달려갔다. 생각해보면 그 당시가 경찰로서 가장 행복한 시절이었다. 법적인 정의보다 전체의 조화와 균형을 중시하는 김건의 영향으로 신영규도 더는 결과에 연연하지 않는 사람이 되었다. 이놈과 함께라면 평생 경찰로 살아도, 그냥 일반 형사로 늙어도 좋겠다는 생각이 들 정도였다.

홈리스 무리에 숨은 범인을 쫓느라고 일주일간 씻지 못했을 때도 서로의 몰골을 보며 키득거렸고, 그렇게 힘들게 잡은 범인이 부모님을 잃고 고아가 되어 어린 동생의 병원비를 마련해야 했던 소년가장임을 알게 된 김건이 술병을 비울 때, 말없이 그 옆 테이블에서 같이 밤을 지새운 것도 신영규였다. 두 사람은 언제부턴가 영혼의 단짝이 되어 있었다. 위기의 상황에서 서로가 서로의 등을 의지했고 무슨 일이 생겼을 때 가장 먼저 연락하는 사람이 되었다. 두 사람의 팀은 순식간에 범인 검거율 톱이 되었다. '환상의 복식조'로 불리며 두 사람이 서로 사귄다는 소문도 나돌았지만 신영규는 신경도 쓰지 않았다. 아이돌에 열광하는 소녀팬처럼 그저 김건이라는 파트너와 함께 일하는 것이 즐거워서 견딜 수 없었다.

조폭이 연계된 대규모 밀매조직을 부둣가에서 검거한 다음이었다. 사냥총을 연사하는 조폭들을 상대로 서로의 목숨을 지켜주며 몇 번이나 죽을 고비를 넘겼다. 작전이 끝난 뒤에 탈진해서 앉아 있는데 '선배님, 사랑합니다!' 하며 김건이 손가락 하트를 만들어 내밀었다. 그의 눈빛은 사랑을 뛰어넘은 깊은 믿음으로 가득 차 있었다. 신영규는 그 손에 캔커피를 쥐여 주었다.

'형사는 기본적으로 하녀 같은 거야. 철저하게 털어내서 한 점의 의혹도 남기면 안 된다!'라고 하는 신영규의 말에 '그렇다고 권력의 시녀가 되면 안 되겠죠.' 하고 김건이 대답했다.

'응? 너 말하는 게 좀 그런데? 너 진보당이냐?'

'아뇨. 전 무가당인데요.'

그러면서 김건은 설탕 없는 캔커피로 바꿔 들었다.

그러던 어느 날 이 모든 것이 무너졌다. 대한민국 경찰 역사상 초유의 경찰서 내 증거물 강탈사건이 발생했고 그 현장에서 김건이 범인으로 체포되었다. 경찰로 위장한 갱조직들이 경찰서 증거물 보관실을 털었는데, 김건이 그들과 한패였다는 것이다. 신영규는 그 말을 믿을 수 없었다. 하지만 찾아간 면회실에서 김건은 흐리멍덩한 눈빛으로 마치 처음 본 사람처럼 신영규에게 '누구세요?'라고 물었다.

의사는 그에게 아무 이상도 없고 모든 것이 정상이라고 말했다. 극도의 스트레스 상황인 것 같다고만 했다.

마지막으로 찾아갔을 때, 김건은 매섭게 노려보는 눈빛으로 허공을 쏘아보며 뭔가를 끊임없이 중얼대고 있었다.

"미국 수도는 어디? 워싱턴, 브라질 수도는? 상그릴라······ 아니 상파울루. 그래, 상파울루 잊지 마, 제발! 잊으면 안 돼! 상······상파울루."

마치 다른 사람이 된 것 같았다.

며칠 뒤, 재판에서 김건은 검사의 질문에서 도난사건의 배후로 신영규를 지목했다.

"저······저는 그냥 시키는 대로만 했습니다. 저······정말입니다."

말을 더듬으며 증언을 마친 김건은 신영규를 똑바로 바라보지 못했다.

재판이 끝나고 김건을 찾아갔지만, 그는 모든 면회를 거절한다고 말했다.

나중에 김건은 감옥에 갇혔다가 증거 불충분으로 풀려났지만, 신영규는 두 번 다시 그를 찾지 않았다. 그는 김건을 용서할 수 없었다.

'역시 인간 따위는 믿을 게 못 된다.'

그는 어둡고 텅 빈 방에서 벌레처럼 몸을 둥글게 만 채로 모래처럼 흩어진 마음을 추슬렀다. 어차피 세상은 혼자다. 늑대처럼 울부짖으며 더 강해지기로 마음먹었다.

다시 혼자가 된 그의 입가에 예전보다 더 싸늘한 조소가 돌아왔다.

그런 김건이 갑자기 탐정이 되어 다시 나타났다. 그리고 신영규를 향한 그 눈빛엔 생판 모르는 남처럼, 아무 감정도 담겨 있지 않았다. 한때 형제보다도 가까웠던 단짝에게 배신당한 느낌을 지울 수 없었다. 산산이 조각났던 그의 마음이 뜨거운 분노로 녹아내리며 기화해버렸다. 그리고 마음이 있던 장소에는 부서진 마음을 고정했던 날카로운 못 더미만 심장의 모양으로 남아 있었다.

도무지 마음이 안정되지 않았다.

한 시간, 아니, 반 시간만이라도 아무 생각 없이 깊은 잠에 빠지고 싶었지만 불가능했다. 빨리 사건을 해결해야 한다. 그것만이 그가 쉴 수 있는 유일한 방법이다. 지금 오는 비가 그치기 전에 해결되지 않으면 뜨거운 햇살에, 현재의 자신이 눈사람처럼 녹아 사라질 것 같았다. 노곤하면서도 머릿속에 해가 떠 있는 것처럼 정신만 맑은 상태가 몇 시간 전부터 계속되고 있었다.

— 띠리링.

문자가 왔다는 표시에 몸이 반응해서 일어났다. 시계를 보니, 자정을 훨씬 넘긴 시각이었다.

'부디, 지금, 저희 무허가 식당에 왕림하셔서 실험메뉴인 슈크루트 가르니를 즐겨주시면 영광이겠습니다. -프랑수아 올림'

어이가 없었다. 이 프랑스 젊은이는 경찰서에서 나가자마자 다시 포장마차 영업을 시작했다. 거기다가 자신을 초대하기까지 했다.

'근성 있잖아?'

무시하고 전화기를 옆으로 던졌다가 문득, 김건이 식당에서 했던 말이 생각났다. 실험을 준비하고 있다…… 다시 문자를 확인해보니 '실험메뉴'라는 문구가 보였다.

'이것 봐라?'

신데렐라 포장마차는 밤 열한 시에서 자정까지만 문을 여는 식당이다. 그런데 벌써 새벽 한 시가 다 된 시간에 '지금'이라고 쓴 초대장을 보냈다. 아마도 이 두 녀석에게 무슨 꿍꿍이 속이 있는 것이 분명했다.

　신영규는 벌떡 일어나서 등불을 켰다. 그는 도전을 피하는 남자가 아니었다.

　사이드테이블에 약병과 차 키가 놓여 있었다. 잠시 망설이던 그의 손이 차 키를 집어 들었다.

　비 온 뒤의 도로에는 얇은 은막이 드리워져 있었다. 은색 포르쉐가 유화처럼 흩뿌려진 빌딩의 잔상 위를 반으로 가르며 달려 나갔다. 바퀴 아래 부서지는 희고 노란빛에 눈이 부셨다. 선글라스를 꼈는데도 눈이 따가울 정도였다. 거대한 엔진의 소음이 온몸의 떨림으로 전해졌다. 진동의 간격이 잦아들며 하나의 편안한 흐름이 되었다. 마치 머나먼 다른 행성의 표면을 달리는 듯한 신비한 기시감에 정신이 몽롱해졌다. 서울의 밤은 지나치게 화려하다. 달려도, 달려도 빛이 없는 구멍을 찾기 힘들다. 이곳에 사는 사람들은 종교의식처럼 모든 어둠을 빛으로 지워버렸다. 거대한 빛의 기둥 안에서 사람들이 무수히 쏟아져 나왔다. 어떤 사람은 빛 속으로 사라지기도 하고 어떤 사람은 그 반대편 땅속의 빛 구멍 속으로 가라앉아 버린다. 술에 취한 것처럼 비틀거리던 남자의 그림자가, 머리

꼭대기에 빛나는 모자를 쓴 택시 안으로 스며든다. 분명 해가 지고 한참이 지난 시간이지만 어둠은 저만큼 높은 위에만 존재했다. 마치 자신의 차가 빛의 바다 한가운데 떠 있는 은색 조각배처럼 느껴졌다.

난무하는 빛의 폭풍을 지나서 마침내 지하철역 근처의 작은 공원 앞에 차를 세웠다.

너무 눈이 부셔서 신영규는 눈을 감고 핸들 위에 머리를 내려놓았다. 험난한 빛의 파도를 견디기가 힘들었다.

'똑똑똑.'

창문을 두드리는 소리에 놀라서 고개를 들었다. 누군가가 빛을 등지고 서 있었다. 신영규가 선글라스를 내리고 잔뜩 찌푸린 미간을 들이댔다.

"누구야?"

"접니다, 선배님."

김건이 모자를 벗어들고 고개를 숙였다. 여전히 상냥한 얼굴이지만 몹시 낯설다.

"오늘 밤은 다른 손님을 받지 않고 선배님만 초대했습니다. 같이 가시죠."

참을 수 없이 눈이 부셨다.

신영규는 숨을 고른 뒤, 차를 박차고 나가 그림자도 허용하지 않는 빛의 바다에 한 발을 던져 넣었다.

끝도 없이 이어진 빛의 기둥들이 하늘까지 솟아 있었다. 문득, 한 가지 웃긴 사실을 깨닫고 헛웃음을 터뜨렸다. 인간은 스스로는 빛을 낼 수도 없으면서 다른 것들에게는 억지로 빛을 내게 만든다. 어쩌면 인간은 그래서 더 빛에 집착하는지도 모른다.

"피곤해 보이십니다."

"어디야?"

김건의 배려를 퉁명스러운 물음으로 받아쳤다.

"다 왔습니다."

김건이 손으로 가리키는 곳에 푸드트럭 한 대가 공원 속 어둠 한쪽에서 눈부시게 빛나고 있었다. 신영규는 손등으로 눈을 가렸다.

"끝까지 마음에 안 드는 놈이네."

"네?"

"아니다. 가자!"

푸드트럭 외벽에 가랑비가 부딪혀 깨지며 작은 안개의 파도를 만들고 있었다. 신영규는 광대뼈에 달라붙은 물방울을 거칠게 털어내고 자리에 앉았다. 김건도 모자를 벗어서 손으로 잔잔한 물기를 털어냈다.

"Bonsoir!"

프랑수아가 쾌활하게 웃으며 인사했지만, 신영규의 눈엔 빛을 등지고 있는 그의 얼굴이 제대로 보이지도 않았다.

"오, 얼굴이 많이 안 좋아요."

"닥쳐!"

목소리에 짜증이 가득했다.

"선배님, 프랑수아는 나쁜 뜻이 없어요."

신영규가 손으로 오리주둥이를 만들어 닫아 보였다. 닥치라는 뜻이었다. 프랑수아보다 이놈에게 더 화가 났다. 자신을 선배님이라고 부르고 있지만, 이전의 감정은 찾아볼 수가 없었다.

"괜찮아요. 누구나 배고프면 짜증이 나죠."

실실 웃는 이 외국 놈의 주둥이를 비틀어버리고 싶었다. 그러나 지금 당장은 잡아갈 근거가 없다.

"아직 준비 중이라서, 조금만 기다리세요."

프랑수아가 조리대로 돌아서서 요리를 계속했다.

"안녕하세요?"

스툴에 앉아 있던 소주희가 고개를 까딱했다. 신영규는 고개도 돌리지 않고 선글라스를 고쳐 썼다. 거울 같은 선글라스의 렌즈 위로 흩뿌려진 고운 빗방울과 트럭의 조명이 어여쁜 여인의 얼굴을 일그러트렸다.

"좀 알아내신 건 있으십니까?"

김건이 그간의 진척 상황을 물어왔다.

"없어!"

"국과수에서 결과는 나왔어요?"

"아니!"

"제가 말씀드린 힌트에 대해서는 생각해보셨나요?"

"전혀!"

신영규가 스테인리스 매대를 손가락으로 두드렸다. 이 빌어
먹을 조명들! 눈이 부셔서 도저히 참을 수가 없다. 자신에게
어둠을 선사하는 사람이 나타난다면 간이라도 빼줄 수 있을
것 같았다.

그의 속도 모르고 김건이 느긋한 목소리로 프랑수아에게
물었다.

"프랑수아, 요리는?"

"거의 다 됐어요."

프랑수아가 트럭 안 조리대에서 불을 쬐고 있는 특이한 그
릇을 가리켰다.

"타진?"

"네. 오늘 프랑수아한테 부탁한 건 타진에 요리한 '슈크루

트 가르니'입니다. 피해자 기명진이 마지막으로 먹은 거죠."

"이거 뭐 하는 거야?"

"말씀드린 대로 실험입니다. 왜 윤보선 셰프의 얼굴에 독가루가 묻었는지 알려면 그대로 해보는 수밖에 없잖아요?"

'삑!' 하고 타이머가 울리자 프랑수아가 불을 끄고 타진 냄비를 테이블에 옮겨놓았다.

"자, 다 됐어요."

원뿔 모양의 뚜껑을 열자 안에서 김이 화악 피어올랐다.

"슈크루트 가르니. 본아페티!"

사람들이 안을 들여다보며 냄새를 음미했다. 하얀색의 소금 발효된 양배추채 안에 소시지, 닭고기 등의 각종 육류가 어우러져 저 깊은 속에서부터 거친 흰색 숨을 내뱉고 있었다.

"주희 씨, 어때요? 셰프가 만든 것과 같아요?"

"네, 프랑수아, 너무 근사해요. 이게 본고장의 실력인가요? 와, 향은…… 더 좋은 것 같아요!"

"이게 다가 아니에요!"

프랑수아가 주방 안에서 샴페인을 꺼내왔다.

"여기에 샴페인을 부어서 풍미를 더해줄 거예요. 원래는 와인을 넣고 찌는데, 윤보선 셰프는 완성된 슈크루트 가르니에 샴페인을 부었다고 하니까 그대로 재현할 겁니다."

"기대된다! 빨리요, 빨리해주세요."

"어? 주희 씨는 레스토랑에서 이미 봤잖아요?"

"그때는 손님한테 서빙한 거고 지금은 제가 먹을 거잖아요!"

소주희가 귀찮다는 표정으로 대답했다. 어느새 양손에는 포크와 나이프가 들려 있었다. 김건은 입을 다물었다.

"갑니다."

투명하면서도 연한 호박색이 나는 샴페인이 뜨거운 타진 바닥에 뿌려지자 '치익!' 소리를 내며 수증기가 피어올랐다. 프랑수아는 얼른 무거운 돌 뚜껑을 슈크루트 가르니 위에 다시 덮었다.

"이렇게 샴페인을 부은 다음, 다시 뚜껑 덮고 뜸 들였다가 열면! 순간 샴페인의 김이 확 올라오죠."

잠시 기다리던 프랑수아가 손가락을 세 개, 두 개, 한 개로 줄이더니 '브알라!' 하며 뚜껑을 열었다. '화아악!' 하고 맛의 요정이 속삭이는 것처럼 하얀 증기와 함께 향긋한 샴페인 향이 슈크루트의 향과 뒤섞여 폭발하듯 주변으로 퍼져나갔다.

신영규는 자기도 모르게 타진 그릇에 코를 가까이 가져갔다.

"응?"

그때였다! 참고인들의 말과 조서에 쓰였던 문자들이 머릿속에서 하나하나 장면으로 떠올랐다. 기명진이 마지막으로 먹은 슈크루트에, 윤보선이 한 몇 가지 행동……. 윤보선은 방금 프랑수아가 했던 것처럼 샴페인을 부었다. 그리고…….

"증기폭발!"

신영규와 김건이 동시에 일어나며 외쳤다. 그 반동으로 두 사람의 의자가 뒤로 쓰러졌다. 프랑수아와 소주희가 놀란 눈초리로 두 사람을 쳐다보았다.

"증기폭발? 그게 뭐예요?"

소주희가 어느새 찍어 든 소시지를 베어 물며 물었다.

"비등액체팽창 증기폭발이라고 하죠."

김건이 손가락으로 관자놀이를 누르며 말했다.

"Boiling liquid expanding vapor explosion, 줄여서 BLEVE 라고도 하죠."

"그게 이 사건하고 무슨 관계가 있어요?"

"이것을 정확히 증기폭발이라고 할 수는 없죠. 하지만 비슷한 원리가 적용돼요."

신영규는 슈크루트에는 입도 대지 않고 벌떡 일어나서 바로 발걸음을 돌렸다. 어서 이 빛으로 가득한 세상에서 벗어나 자신만의 어둠 속으로 돌아가고 싶었다. 김건이 구둣발 소리를 울리며 그를 따라왔다.

"선배님! 그냥 가시게요?"

"그래!"

"전부 다 알아내셨어요?"

"아니. 나도 너처럼 반밖에 못 알아냈다. 하지만 그걸로 충분해. 범인은 잡을 수 있어!"

"혹시 제가 아는 절반하고 같은 겁니까?"

신영규가 걸음을 멈췄다.

"기명진을 죽인 범인을 말하는 거냐?"

"아니요. 전 기명진이 죽은 '이유'를 말하는 겁니다."

"죽은 '이유'? 범인이 아니라?"

"죽은 '이유'입니다. 범인이 아니라."

말이 없는 신영규를 쳐다보며 김건이 모자를 다시 눌러 썼다.

"모든 것을 확실히 밝힐 시간을 주세요."

"그럴 맘 없네!"

김건이 그의 앞을 막아섰다.

"'형사는 기본적으로 하녀와 같다. 철저하게 털어내서 한 점의 의혹도 남기면 안 된다.' 아닙니까?"

신영규는 김건을 쳐다보았다. 모든 것이 빛나는 와중에 유일하게 빛나지 않는 것은 이놈밖에 없었다. 눈부신 세상 한가운데 나타난 검은 구멍이 그렇게 고맙게 느껴질 수 없었다. 사람은 빛을 내지 않는다는 사실을 다시 깨닫자 이상하게 마음이 가라앉았다.

"방해나 하지 마라!"

신영규는 세워둔 포르쉐를 향해 다시 걸음을 옮겼다. 김건이 두 손가락으로 모자챙을 훑었다. 두 사람의 입가에 옅은 미소가 스쳐 지나갔다.

비가 그쳤다. 거친 바람에 뜯겨나간 구름 사이로 파란 하늘이 드러났다. 군데군데 뚫린 구멍으로 햇빛이 무대 조명처럼 뻗어내렸다. 바람은 적당히 선선했다.

은색 포르쉐가 '레스토랑 X'의 주차장으로 들어섰다. 열 대쯤 주차할 수 있는 주차장엔 폭스바겐 한 대만 서 있었다. 신영규는 그 차의 주인을 잘 알고 있었다. 자동차 역시 어딘가 그 주인을 닮은 구석이 있어서 자기도 모르게 물끄러미 바라보고 있는데, 검고 투박한 관용차 한 대가 덜컹거리며 주차장으로 들어섰다.

"팀장님, 저희 왔습네다."

김정호 형사가 차에서 내리며 인민군처럼 손바닥이 보이는 경례를 했고, 그 모습을 본 복승아 형사가 고개를 저었다. 또 다른 랜드로버 한 대가 요란하게 들어서더니 주차장에 급정 차했다.

문이 열리며 검은 망사스타킹으로 감싼 늘씬한 다리가 모습을 드러냈다. 기명진의 아내, 나은정이었다.

"왜 여길 다시 오라는 거야. 무섭게……."

미니원피스의 끝단을 내리면서 그녀가 투덜거렸다.

신영규는 말없이 돌아서서 거침없이 레스토랑 안으로 들어갔다.

"사실관계 확인을 위해서입니다. 일단 들어가시죠."

김 형사와 복 형사가 나은정을 이끌고 안으로 들어갔다.

며칠간 방치된 실내는 공허함으로 가득 차 있었다. 식당이 라는 본래의 목적을 잃고 사람의 발길이 끊어진 '레스토랑 X'는 꼭 한밤중의 박물관 같았다. 오래된 향신료와 독한 살균 제 냄새만이 손님 없는 공간을 가득 메우고 있었다.

"며칠 사이에 분위기가 이렇게 달라졌네. 꼭 무덤 같아."

김정호가 실내등을 켜며 말했다.

"메아리 울리겠어. 야~호~."

"야호~." 하며 홀 안쪽에서 김건이 모습을 드러냈다.

"아! 님자 왔구만!"

그 옆에 소주희, 이수아도 있었다. 김건이 쓰고 있던 모자를 벗으며 신영규 일행에게 인사했다.

"잘 오셨습니다. 이렇게 와주셔서 정말 감사합니다. 저는 수사 컨설턴트 김건이라고 합니다."

신영규가 말없이 의자에 앉았다. 모든 사람이 각자 자리를 찾아 앉았다. 나은정도 마지못해 의자 하나를 끌어내 먼지를 털고 앉았다. 그러고는 핸드백에서 립스틱을 꺼내 입술에 바르기 시작했다.

"그럼 바로 시작하죠. 우선, 현장을 재현해보겠습니다. 아! 김 형사가 피해자 역할을 좀 해줘."

"응? 내가? 그러지 뭐."

김건의 지시에 따라 김 형사가 사건 당시 피해자가 앉았던 의자에 앉았다.

"그럼 제가 윤보선 셰프 역할을 하죠. 다른 분들은……."

소주희와 이수아는 사건 당일 현장에서와 같은 위치에서 대기했다.

"전 싫은데요! 왜 제가 이걸 해야 돼요?"

나은정이 불만 가득한 표정으로 거부했다.

"경찰이 강제로 이런 거 시켜도 되는 거예요?"

나은정은 부당한 공권력에 저항하는 민주투사처럼 온몸으로 거부 의사를 밝혔다.

"그냥 앉아서 사실확인만 해주시면 됩니다. 여러분이 따로 하실 건 아무것도 없어요."

김건의 부드러운 말투에 나은정이 불만 가득한 표정으로 의자에 앉았다.

"전 뭘 할까요?"

복 형사가 묻자, 신영규가 씨익 웃으며 말했다.

"저 뒤쪽 아무 데나 앉아!"

그 미소에 놀란 그녀가 곧바로 뒤의 의자에 앉았다.

김건이 사건이 있었던 테이블 앞에 서서 인사했다.

"안녕하십니까? 사건 재연 현장에 와주셔서 감사합니다."

"와!"

김정호는 눈치도 없이 손뼉을 치다가 신영규의 표정을 보고는 얼른 고개를 숙였다. 억지로 웃음을 참는 소주희를 보며 김건이 살짝 미소 지었다.

"지금부터 당시 상황을 그대로 재현하겠습니다. 여러분은 자리에 앉아서 빠진 것이나 틀린 상황이 있는지 확인해주시기 바랍니다."

이어서 김건은 건너편 테이블에 설치한 작은 촬영 카메라를 가리켰다. 카메라 위쪽에 빨간 불이 들어와 있었다.

"여러분의 사실확인과 증언 등은 분석을 위해서 녹화하고 있습니다."

나은정이 살짝 얼굴을 찌푸렸다.

"그게 꼭 필요한 건가요?"

"네. 이건 경찰의 허가를 받았습니다. 혹시, 불편하신가요?"

"아니요. 그럼 됐어요."

"다른 의견 없으신가요?"

아무도 말하는 사람이 없었다.

"그럼 시작하겠습니다. 아, 윤보선 씨는 병원에 입원해 있는 관계로 오늘 재연에는 참석하지 못하셨습니다. 이수아 씨는 아직 몸이 좋지 않으니 의자에 앉아서 사실관계만 확인해주면 됩니다. 먼저 기명진 씨와 나은정 씨가 가게에 도착하는 때부터 시작하죠. 그전에 나은정 씨께 듣고 싶은 게 있습니다."

"뭐죠?"

"기명진 씨가 약속시간보다 한 시간이나 먼저 온 이유가 뭡니까?"

"자세한 건 모르겠어요. 저야 그냥 오빠가 가자고 해서 따라온 것뿐이거든요."

"이유를 말한 적이 없나요?"

"일류 셰프라면 언제나 준비가 되어 있어야 한다고 했어요."

"그게 다인가요?"

"네. 다른 말은 한 적이 없는 것 같아요."

"혹시, 기명진 씨가 윤보선 셰프를 싫어했나요?"

"좋아하진 않았어요. 항상 겉멋으로 요리하는 사람이라고
했죠."

그 말을 들은 이수아와 소주희가 인상을 찌푸렸다.

"아, 기명진 씨는 윤보선 셰프한테 안 좋은 감정을 가지고
있었군요. 그럼, 이번에는 이수아 씨한테 질문하겠습니다. 윤
보선 셰프도 기명진 씨가 자신을 싫어한다는 것을 알고 있었
나요?"

"네. 알고 있었어요."

"그걸 언제 알게 됐습니까?"

"'파이팅 팬(Fighting Pan)'이라는 요리 프로그램을 할 때부
터였어요."

"파이팅 팬이요? 무슨 프로그램이죠?"

"요리 주제를 정해서 총 열 명의 셰프가 승부해서 마지막
남은 두 사람이 결승을 치르는 토너먼트 방식이었어요. 기명

진 씨는 예선 때부터 셰프한테 사소한 걸로 시비를 많이 걸었지만, 다른 심사위원들이 점수를 많이 줘서 결승까지 올라갔죠. 그런데 결승에서 기명진 씨는 셰프 요리에 말도 안 되는 점수를 줬어요. 그래서 상대가 우승했죠."

"아, 저도 봤습니다. 기명진 씨는 윤보선 셰프의 분자요리에, '기본도 없으면서 어설픈 흉내만 낸, 시장 밥집보다 못한 요리'라며, 셰프라는 호칭도 아깝다고 말했죠."

"정말 말도 안 되는 게, 우리 셰프는 그 요리로 미국 대회에서 우승까지 했어요. 그곳 심사위원들은 기명진 씨보다 훨씬 유명한 사람들이었는데, 그런 사람들이 인정한 요리를 그분만 부정했죠."

"오빠도 그 사람들 못지않은 실력자였어요."

나은정이 쏘아붙였다.

"뭔가 실수를 했겠죠."

"다른 심사위원들은 다 맛있다고 했어요. 기명진 씨만 반대했죠."

"그럼 왜 그 사람들이 모두 다른 사람을 우승자로 투표했죠?"

"그건……."

이수아는 말을 잇지 못했다.

기명진의 배경을 잘 아는 다른 심사위원들은 결국 그의 편을 들었다. 막강한 언론재벌 집안에 잘못 보이기 싫은 자본주의 마인드가 결국 양심을 이겼다는 평가에서 그들은 자유로울 수 없었다. 팽팽한 접전을 예상했던 결승전이 어이없을 만큼 일방적인 승리로 끝났다. 이 승부는 인터넷과 SNS상에서 수많은 사람의 비판을 받았다. 하지만 기명진은 직업적 양심을 내세우며 비판을 무시했다.

"잘 알겠습니다. 그럼, 다시 나은정 씨한테 질문드리겠습니다. 사건이 있던 날, 기명진 씨 태도가 어땠나요? 윤보선 셰프의 초대를 받아서 간다는 게 편하지는 않았을 것 같은데요?"

"오빠는 프로였어요. 개인적인 감정보다는 직업윤리를 더 중요하게 생각했죠."

"직업윤리라…… 그렇군요. 그런데 그런 분이 시간 약속부터 어기셨네요?"

"그건, 일종의 압박면접 같은 거라고 했어요. 심사위원으로서 오빠의 심사방법 같은 거죠."

"대충하고 시작하지!"

가만히 앉아 있던 신영규가 소리쳤다.

"알겠습니다."

김건이 살짝 미소를 지으며 허리를 숙였다.

"이제 시작하겠습니다. 주희 씨부터 시작할까요?"

"네!"

소주희가 사건 당일의 상황을 그대로 재연했다. 남아 있는 식기 중에서 비슷한 것을 골라서 사용했다. 하지만 실제 음식은 사용하지 않기로 했다.

"처음에 나간 음식이 뭐였죠?"

"처음에는 와인을 내갔어요."

와인 잔을 세팅하고 테이블에 와인 병을 올린 소주희가 말했다.

"다음에 전채가 나갔어요. 연어였죠."

소주희가 당시에 했던 그대로 기명진의 대역을 하고 있는 김정호 형사의 앞에 그릇을 놓았다.

"그릇의 위치가 그때하고 같은가요?"

김건이 나은정에게 물었다.

"네. 그런 것 같아요."

나은정이 성의 없이 대충 대답했다.

"그럼, 이 접시를 받고 기명진 씨가 뭐라고 했나요?"

"저한테 셰프를 불러달라고 했어요."

"그래서 셰프를 불러왔나요?"

"네."

"기명진 씨가 셰프한테 뭐라고 했죠?"

"연어가 와인하고 안 어울린다고 했어요."

"그렇군요."

김건이 고개를 끄덕이며 나은정에게 물었다.

"여기까지는 맞나요?"

"맞아요."

마지못해 대답하며 나은정은 다시 립스틱을 꺼내 입술에 발랐다.

"다음에는 어떻게 됐나요? 주희 씨?"

"셰프 부탁으로, 와인하고 드실 수 있게 치즈 종류를 준비해서 가져다드렸죠."

소주희가 이번에는 큰 접시를 들고 와서 테이블에 내려놓았다.

"그걸 본 기명진 씨는 뭐라고 했나요?"

"불쾌한 얼굴로 다시 셰프를 불러달라고 했어요."

"셰프가 다시 왔나요?"

"네."

"불러서 뭐라고 했죠?"

"치즈의 기름진 맛이 메인요리의 맛을 해칠 거라고 했어요."

"그렇군요. 그럼 윤보선 씨는 그때 어떻게 했나요?"

"기명진 씨가 셰프한테 기본을 모른다고 말했고, 셰프는 오늘은 준비가 안 됐으니까 그만 돌아가달라고 말했어요."

"그 말을 들은 기명진 씨는 어떻게 반응했나요?"

"갑자기 태도를 바꿨어요!"

"태도를 바꿨다고요?"

"네. 바로 자리를 박차고 나갈 줄 알았는데, 갑자기 셰프를 설득하기 시작했어요. 메인요리를 꼭 먹고 싶다고 했어요."

"그거 참, 이상하네요. 나은정 씨?"

"네?"

"기명진 씨가 왜 그랬나요?"

"저야 모르죠. 요리를 꼭 맛보고 싶었나 보죠."

"그게 다일까요?"

"그럼 또 뭐가 있을까요?"

나은정이 비꼬는 투로 되물었다. 얼굴에 짜증 난다는 표정이 그대로 드러났다.

"오늘은 그만하자는 말은 윤보선 셰프가 항복선언을 한 거나 마찬가지입니다. 기명진 씨는 그대로 돌아갔어도 윤보선 셰프가 실패했다고 폭로할 수 있었어요. 이전의 '파이팅 팬'에서 그의 심사를 비판했던 사람들도 인정할 수밖에 없을 정도로 확실한 실패고 항복선언이었죠. 그전까지의 기명진 씨는 자신의 승리를 위해서 모든 수단을 다 동원했어요. 요리 타이밍을 빼앗기 위해서 약속시간보다 먼저 왔고, 말도 없이 동행인을 데리고 갔죠."

김건의 시선이 나은정을 향하자 그녀는 무시하듯 고개를 돌렸다.

"하지만 기명진 씨는 갑자기 태도를 바꿔서 메인요리를 먹고 가겠다고 했습니다. 게다가 윤 셰프를 설득하고 격려까지 했죠. 상식적으로 이해하기 어렵습니다. 꼭 그 뒤에 뭔가 다른 생각이 있었다고 볼 수밖에 없습니다. 나은정 씨!"

"네?"

"메인을 기다리는 동안, 기명진 씨는 뭘 하셨나요?"

"뭘 하다뇨? 그냥 기다렸죠."

"그냥 기다렸나요?"

"그럼요."

"김 형사. 그 사진 좀."

옆에 앉아 있던 김정호 형사가 태블릿PC의 전원을 켜고 사진 한 장을 보여주었다. 나은정의 표정이 굳어졌다. 기명진의 유품인 만년필이었다.

"혹시 이 펜 본 적 있나요?"

"……네."

조금 간격을 두고 나은정의 대답이 나왔다.

"그럼 기명진 씨가 이 펜을 쓰셨나요?"

"그랬던 것 같아요."

"이 펜을 전에도 본 적이 있나요?"

"잘 모르겠네요."

"이게 무슨 펜인지 아는 대로 설명해주시겠어요?"

나은정이 미간을 찌푸리며 잠시 생각에 잠겼다.

"글쎄요. 딱히."

"그럼 이 펜을 가장 처음 본 게 언제입니까?"

"잘 모르겠어요. 기억이 잘……."

"한 번도 본 적이 없으신가요?"

"네. 그 만년필은 좀 생소해요."

"만년필요?"

"네?"

"본 적이 없는데 이게 만년필인 건 어떻게 아셨습니까?"

순간적으로 나은정이 '아차!' 하는 표정을 지었다. 하지만 영리한 그녀는 금방 말을 바꿨다.

"그날 쓰는 걸 봤어요."

"그날요?"

"네. 메인을 기다리는 도중에 오빠가 이 펜을 꺼냈어요."

형사들의 눈빛이 빛나며 서로 쳐다보았다.

"그럼, 그 펜으로 뭔가를 썼나요?"

"네. 냅킨 위에 뭔가를 썼어요."

"냅킨요?"

김건이 잠시 말을 멈췄다. 김 형사와 신영규가 눈짓을 주고받았다.

"어디서 구했는지는 모르시나요?"

"그게, 외국에 있다가 오랜만에 귀국한 친구가 선물로 준 만년필이라고 했어요."

"주희 씨도 들었나요?"

"아니요. 저는 못 들었어요."

"저 아가씨가 주방에 간 사이에 오빠가 만년필을 꺼냈어요. 그래서 못 봤을 거예요."

"그렇군요. 잘 알겠습니다."

김건이 정중하게 고개를 숙였다. 다른 쪽으로 향하던 그의 시선이 다시 나은정을 향했다.

"지금 쓰고 계신 립스틱, 아주 잘 어울리네요. 혹시 그날도 같은 걸 사용하셨나요?"

"네? 네."

"죄송하지만 잠깐만 보여주실 수 있으신가요?"

나은정이 인상을 찌푸렸다.

"립스틱은 왜요?"

"사건을 해결하는 데 필요합니다. 좀 부탁드리겠습니다."

그녀가 도움을 청하듯 주변을 둘러보았지만 아무도 신경을 쓰지 않는 것 같았다.

"이분, 이렇게 하는 거 경찰이 책임지는 거예요?"

"저는 범죄 컨설턴트입니다. 제가 하는 일은 모두 경찰의 허가를 받은 일입니다."

김건이 미소를 잃지 않으며 말하자, 나은정은 화난 표정으로 파우치를 꺼내 테이블 위에 거칠게 올려놓았다. 파우치가 열려 있었던 탓에 여러 가지 물건들이 왈칵 쏟아져 나왔다.

신영규가 나은정의 뒤쪽에 앉아 있던 복승아에게 살짝 눈짓하자 그녀는 소리 없이 밖으로 빠져나갔다.

"실례하겠습니다."

김건이 테이블 위로 굴러나온 립스틱을 집어 들었다.

"이건 무슨 색이죠?"

"바이올렛 핑크예요."

"솔직히 말씀드리면 저는 립스틱 색 종류를 전혀 모릅니다."

"그렇게 보여요."

나은정이 무시하듯 말했지만, 김건의 미소는 사라지지 않았다.

"퍼플과 바이올렛은 다릅니다. 퍼플은 자주색으로, RGB 가산혼합에 의한 색상 코드가 #80080이죠. 바이올렛은 청자색으로 색상 코드가 #7f00ff입니다."

전문 용어를 술술 나열하는 김건에게 사람들의 시선이 다시 모였다. 나은정도 깜짝 놀란 모습이었다.

"그런데 여기에 바이올렛 핑크라고 하면 감이 잘 안 옵니다. 바이올렛 레드는 색상표에 있는데 바이올렛 핑크는 없거든요."

김건이 나은정의 립스틱 뚜껑을 열자, 칼날처럼 길게 한쪽으로만 뻗어 있는 립스틱이 드러났다.

"아, 생각했던 대로네요."

김건이 살짝 웃으며 말했다.

"뭐가요?"

나은정이 짜증이 가득한 얼굴로 물었다.

"꼭 맞는 것은 아니지만 사용하는 립스틱의 모양을 보면, 그 사람의 성격 유형을 알 수 있다고 합니다. 그중에, 나은정 씨 스타일은 '단도형'이군요. 과시욕이 있고 새로운 것을 좋아하는 스타일이죠. 그런데, 재미있는 것은 심리적으로 위기에 처할수록 단도의 칼날이 점점 더 날카로워진다는 거죠. 아까 분명히 사업이 아주 잘되고, 남편이 죽은 것 외엔 긴장하는 일이 없다고 말했죠? 그런데 왜 이렇게 날이 서 있을까요? 어떤 위기에 처하신 걸까요?"

"남편이 죽었어요. 그것보다 더 큰 위기가 있나요?"

"그건 슬픈 일이지 위기는 아닙니다. 아까부터 봤는데 립스틱을 세 번이나 꺼내서 바르시더군요. 뭘 걱정하시나요? 뭐가 나은정 씨를 긴장하게 만들죠?"

"그런 거, 없어요!"

나은정이 날카롭게 말했다. 김건의 시선이 파우치에서 삐져나온 마권을 향했다.

"경마를 즐기시나 보군요. 많이 따셨나요?"

"따려고 하는 게 아니에요. 그냥 즐기려고 하는 거죠. 절대로 십만 원을 넘지 않는 선에서 걸어요."

"아, 자기 통제력이 뛰어나시군요."

"기본이죠. 성공하려면 누구나 다 그 정도는 해요."

"다른 도박도 하시나요?"

"그런 건 왜 묻죠?"

"나은정 씨가 어떤 사람인지를 알려고 하는 겁니다. 당신을 알아가는 과정이죠."

"저는 별로 알려주고 싶지 않은데요."

"오해하지 마세요. 절대로 개인적인 관심이 아니에요. 나은정 씨의 무죄를 밝히는 과정이라고 이해해주세요. 자, 예전 신문기사를 찾아봤습니다. 삼 년 전이네요."

"검색하신 거예요?"

"아니요. 제 머릿속에 있는 겁니다."

"농담해요?"

김건은 아랑곳하지 않고 손가락으로 관자놀이를 돌리며 말을 이어갔다.

"삼 년 전 기사에 법무부가 미국 라스베이거스에서 도박을 즐긴 지도층 인사 몇 사람을 고발한 사건이 있었습니다. 기억하시나요?"

나은정이 샐쭉한 표정으로 입을 닫았다.

"나은정 씨?"

김건이 다시 묻자 그때서야 입을 열었다.

"그건…… 기억해요."

"그때 기명진 씨 이름도 있었죠."

"오빠는 재미로 하다가 조금 오버한 거죠. 대단한 건 아니에요."

"그럴까요? 기명진 씨도 외가 쪽이지만 재벌가의 일원입니다. 조일미디어그룹, 아시죠?"

"당연하죠."

"그 가문의 가장 큰 금기가 바로 도박입니다. 만약 집안사람 중에서 도박을 하다가 걸리면 곧바로 가문에서 퇴출당한다고 하더군요. 실제로 집안에서 쫓겨난 사람이 열 명이 넘는답니다. 그런데 기명진 씨는 왜 퇴출당하지 않았을까요?"

"글쎄요, 돈 많은 집안이니까 그 정도는……."

"그 당시, 기명진 씨가 잃은 돈은 십오만 달러. 적은 돈이 아닙니다. 처음에는 슬롯머신을 하다가 바카라로 옮겼고 블랙잭으로 옮겼습니다. 당시 신문기자 하나가 카지노에서 CCTV를 확보했는데 나중에 공개는 안 됐죠. 이유가 뭘까요?"

"글쎄요?"

김건이 나은정을 빤히 쳐다보았다.

"화면 속에서 도박을 한 사람이 기명진 씨가 아니었기 때문입니다. 즉, 기삿거리가 안 된 거죠. 기명진 씨는 자신이 한 것처럼 말했지만 실제로 도박한 것은 다른 사람입니다!"

그 기세에 눌린 나은정의 눈빛이 흔들렸다.

"바로 나은정 씨 당신이었죠!"

그녀의 손가락이 가늘게 떨렸다.

"당신 같은 성격 유형을 충동적이고 모험을 즐기는 타입이라고 하더군요. 동시에 자기 파괴적인 성향이 있죠. 운전습관이나 평소 생활 중에도 일부러 모험을 선택하기도 하죠. 이런 사람들은 물건을 훔치거나 일부러 자신을 위험한 상황에 빠지게 하는 도박을 즐깁니다. 그 순간의 쾌감을 즐기는 거죠. 정식 명칭은 아니지만, 흔히 '위험중독자' 혹은 '위험상황중독자'라고 불립니다."

나은정의 얼굴은 태연했지만, 손가락이 가늘게 떨리고 있었다. 김건은 그녀의 변화를 주시하며 말을 이어나갔다.

"실질적인 원인은 인간의 '심리생물학적 방어기전' 때문입니다. 공포에 반응하는 대뇌 쾌락시스템이 원인이죠. 이 시스템으로 인간은 역설적인 쾌락을 맛봅니다. 공포와 위험함이 쾌락의 직접적인 원인은 아니고요. 공포를 느끼는 상황을 만났을 때 그 불안감을 이겨내기 위해 뇌에서는 일종의 보호작용으로 엔도르핀이라는 화학물질을 분비하는데요. 이 엔도르핀은 마약보다 훨씬 강한 쾌락을 제공하는 물질입니다. 그래서 위험을 인지하는 그 순간, 공포가 쾌락으로 바뀌게 됩니다."

말을 이어가며 김건은 신영규의 눈치를 봤다. 신영규가 가만히 고개를 저었다.

"이렇게 공포에 의한 쾌락은 중독성이 강합니다. 위험한 놀이를 끊지 못하는 것 역시 쾌락에 중독되었기 때문이죠. 문제는 위험의 강도가 점점 세진다는 것입니다. 시간이 흐를수록 내성이 커져서 웬만한 정도의 쾌락으로는 만족하지 못하고, 그러니 더 큰 자극이 필요하게 되지요. 결국 내성이 생겨 무뎌진 뇌의 쾌락 시스템을 작동하려면, 더 위험한 행위를 통해 더 큰 공포를 맛보는 수밖에 없는 겁니다."

김건이 말을 마치고 잠시 나은정을 주시했다. 나은정도 반항적인 눈빛으로 그를 마주 보았다.

"기명진 씨의 펜은 나은정 씨가 선물하신 건가요"

"아니요. 친구가 선물한 거라고 했어요."

"선물 받을 때 같이 있었나요?"

"아니요."

꽉 쥔 나은정의 주먹이 가볍게 떨렸다.

"그렇군요. 그럼 좀 문제가 되네요."

"무슨 문제요?"

김건이 홀 안에 모인 사람들을 둘러보며 물었다.

"혹시 비익연리(比翼連理)가 무슨 말인지 아시나요?"

"비익하고 연리. 서로 사랑하는 한 쌍을 비유한 말이죠. 그 중에 우리가 주목해야 할 건 바로 이 '비익'입니다. 나은정 씨, 비익조가 뭔지 아시나요?"

"알아요."

대답하던 나은정이 자기도 모르게 립스틱을 움켜쥔 것을 깨닫고 신경질적으로 다시 백 안으로 던져 넣었다.

"역시, 알고 있었군요. 비익조는 중국 전설에 나오는 전설의 새입니다. 한쪽 눈과 한쪽 날개만 있어서 짝이 없으면 날지 못하는 새죠. 반드시 한 쌍이 모여야 하늘로 날아오를 수 있습니다. 이렇게 생겼죠."

김건이 주머니 안에서 뭔가를 꺼내 들었다. 그것은 종이로 접은 새였다. 한쪽 눈과 한쪽 날개만을 가진 새의 모습이었다.

"김 형사, 그 사진 좀."

"여기……."

김건은 김정호 형사가 건네준 태블릿PC를 들고 사람들에

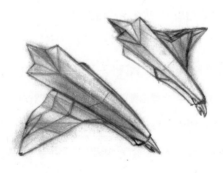

게 화면에 나오는 사진을 보여주었다. 그는 두 손가락으로 화면을 확대해서 파란색 펜에 그려진 새 그림을 보여주었다.

"여기 기명진 씨의 만년필에 그려진 그림이 바로 비익조입니다. 옆에서 나는 새의 모습 같지만 그런 것치고는 한쪽 날개가 펜 전체를 빙 둘러 감싸고 있습니다."

"그냥 새 옆 모습일 수도 있잖아요?"

나은정이 무심한 투로 물었다.

"물론 그럴 수도 있습니다. 지금은 그저 추론일 뿐입니다. 이 펜의 그림을 비익조라고 보는 이유는 하나가 더 있습니다. 바로 이 펜이 파란색이라는 사실입니다."

"그게 뭐 이상해요? 파란색 펜은 많은데?"

"그렇죠. 맞습니다. 그런데 여기 반쪽 새가 그려진 끝부분을 보면……."

김건이 사진을 더 크게 확대해서 보여주었다.

"파란색에 빨간색 깃털이 섞인 것을 볼 수 있습니다."

그 말대로 만년필에 그려진 새는 반쪽짜리 몸통의 접합 부분이 빨간색으로 되어 있었다.

"우리나라의 전통사상에서 빨강은 양, 파랑은 음을 상징하죠. 전통혼례에서도 신랑신부의 예복은 주로 이 두 가지 색을 씁니다. 예복에서는 신랑이 파란색, 신부가 홍색을 입습니다.

음양의 화합을 상징하는 거죠. 그래서 이런 추론도 가능합니다. 나은정 씨는 비익조의 의미를 알고 있습니다. 그리고 이 만년필은 나은정 씨가 선물한 것이 아닙니다. 그렇죠?"

"그래요."

"나은정 씨, 혹시 질투가 심한 편인가요?"

난데없는 질문에 나은정이 얼굴을 찌푸렸다.

"그냥…… 그런 편이에요."

"아, 역시 그렇군요. 위험중독자들은 질투가 심하고 성격이 급하죠. 질투 상황 역시 자극을 주는 계기가 되기 때문에 화를 낼 기회를 절대로 놓치지 않습니다. 아마 기명진 씨하고 여자 문제로 많이 다퉜을 겁니다. 그렇죠?"

"대답 안 할래요."

김건의 질문에 나은정은 고개를 돌렸다.

"알겠습니다. 계속하죠. 친구가 비익조가 그려진 펜을 기명진 씨에게 줬다고 했죠? 그 '친구'는 비익조의 한 새만 그려진 만년필을 기명진 씨에게 줬습니다. 그 친구가 여자라면 다른 의미가 됩니다. 그건 반대쪽 비익조가 다른 여자라는 뜻이니까요. 아니면 그 친구 자신이거나. 그렇다면 여기서 문제가 생깁니다. 나은정 씨는 질투가 심한 편이고 비익조가 뭔지를 아는데 이 펜을 보고 그냥 넘어갔을 리가 없죠. 그런데 가만히 있었다? 이건 한 가지 사실만을 의미합니다. 바로 나은정 씨가 만년필의 다른 쪽을 가지고 있는 겁니다!"

김건의 결론에 나은정의 표정이 굳어졌다.

"아니에요. 나는 그런 거 몰라요!"

"친구는 한 쌍의 펜을 준비해서 두 분에게 하나씩 나눠줬죠. 전통예법에서 신랑은 청색, 신부는 홍색이죠. 기명진 씨가 가진 만년필이 청색이기 때문에 다른 한쪽은 홍색일 가능성이 크죠. 나은정 씨, 이 만년필 가지고 있죠?"

"아뇨! 없어요!"

"정말인가요?"

김건이 못 믿겠다는 표정으로 되물었다.

"의심되면 찾아보세요."

나은정이 핸드백을 거꾸로 들고 흔들었다. 테이블 위에 동전 지갑, 화장품 등 여러 자질구레한 것이 나뒹굴었지만 만년필은 없었다.

"이래도 못 믿겠나요? 그럼."

나은정이 일어나더니 입고 있던 얇은 코트를 벗기 시작했다.

"아, 이제 됐습니다."

하지만 그녀는 멈추지 않고 코트를 벗어서 테이블에 올렸다. 입고 있는 것은 실크 소재의 얇은 원피스로 좌우의 옷단을 가운데서 겹쳐 모아 허리띠로 고정한 옷이었다. 열린 치맛단 사이로 검정 스타킹에 쌓인 긴 다리가 그대로 드러났다.

그녀는 망설이지 않고 귀걸이와 목걸이, 팔찌를 차례로 풀어서 올려놓더니 허리띠를 가리키며 물었다.

"이것도 벗을까요?"

"아니요. 됐습니다. 믿어요! 믿어!"

김건이 고개를 돌리며 양손을 내저었다.

그때였다.

"찾았습니다!"

복숭아가 비닐백 속에 든 빨간색 만년필을 들어 보였다.

"이거 맞죠?"

빨간색 펜에 그려진 비익조가 선명하게 보였다.

"나은정 씨 차 속에서 찾았어요. 센터패시아(자동차 운전석 옆의 통제장치패널) 비밀수납공간에 있던데요. 담배하고 같이."

나은정의 얼굴이 빨개져서 외쳤다

"당신들 고소할 거야! 영장 있어?"

"영장 있거든요!"

김 형사가 영장을 들어서 보여주었다.

"팀장님 말씀 듣고 미리 받아놨지에이요?"

신영규가 일어서서 나은정에게 다가갔다.

"저 만년필은 특수한 기능이 있다, 액체 사이안화칼륨을 담은 튜브가 들어 있어서 원하면 쉽게 독을 주입할 수 있다. 기명진은 이 펜을 이용해서 윤보선을 함정에 빠뜨리려고 했지. 어떻게 했는지 아나?"

"그는 냅킨 위에 펜으로 뭔가를 쓰고 있었습니다. 소량의 독약을 냅킨에 묻혀서 음식에서 독이 나온 것처럼 꾸미려고 했죠. CCTV를 보면 음식을 먹고 나서 냅킨으로 입가를 닦는 장면이 나옵니다. 그것이 바로 스스로 독을 묻힌 냅킨이었죠."

"하지만 그건 소량이었지. 그런데 왜 죽었지?"

"여기서 바로 반전이 등장하죠. 그의 계획을 미리 알고 있던 한 사람이 그 계획에 숟가락을 얹기로 합니다. 그런데 여기서 얹은 건 더 많은 독약이죠."

"뭔 소리야?"

"얼마 전에 아주 특이한 커피를 맛봤습니다. 얼음이 녹아서 커피의 농도가 옅어지는 것을 막기 위해 투명한 커피 얼음을 썼더군요. 농도를 더하니, 얼음이 녹을수록 커피 향이 더 강해지는 새로운 세상을 경험했죠. 농도를 더하는 것이 바로 이 사건에 쓰인 트릭입니다. 한 번 보시죠. 자, 김 형사, 그것 좀."

김정호가 사건 당시의 CCTV를 재생해서 보여주었다.

"CCTV 영상을 보시면 기명진 씨가 타진의 뚜껑을 들고 있는 게 보입니다. 그리고 그다음에 들어본 사람이 있죠!"

영상 속에서 누군가가 기명진에게서 타진의 뚜껑을 받아 드는 모습이 보였다. 나은정이었다.

"나은정 씨는 기명진 씨에게서 타진의 뚜껑을 받아든 다음, 같은 독약이 든 펜을 이용, 뚜껑에 다량의 독액을 넣었습니다."

"말도 안 돼! 그 짧은 시간에 어떻게 독을 넣어? 사람들이 다 보고 있었다고!"

나은정이 얼굴을 붉히며 소리쳤다. 김건은 그런 반응을 기다렸다는 듯이 김정호 형사의 태블릿PC를 가리켰다.

"영상에서 보면, 기명진 씨가 무슨 말을 하니까 윤셰프가 트레이로 달려가서 뭔가를 살펴보는 장면이 나오네요."

그 말대로 동영상에서 기명진의 말에 급하게 반응하는 윤셰프의 모습이 보였다.

"그다음 주목하실 건 바로 이겁니다. 나은정 씨가 타진 뚜껑에 한 손을 넣고 있죠?"

"그게 어때서?"

나은정이 화를 억누르며 되물었다. 침착함을 회복하려는

듯 가만히 심호흡을 하고 있었다.

"아직 조리가 끝나지 않은 조리도구의 뚜껑을 보거나 냄새를 맡는 행동은 일반인의 상식으로도 이해가 안 됩니다. 더구나 유학파이고 문화계의 중심에 있는 분들이 이런 행동을 했다는 사실은 더더욱 이상합니다. 저는 나은정 씨의 이런 행동에 의도가 있다고 생각합니다."

"무슨 의도? 이상한 말 하지 말고 증거를 가져 와!"

김건이 쑥쓸하게 웃으며 고개를 저었다.

"저희도 동영상을 분석했지만, 여기에는 나은정 씨가 직접 뚜껑에 독을 넣는 장면은 없었습니다. 하지만 그럴 기회는 충분히 있었습니다."

"그 짧은 시간에? 억지 부리지 마세요!"

"시간은 그 뒤에도 있었습니다."

김건이 다시 동영상을 가리켰다.

"이수아 셰프가 샴페인을 들고 왔을 때, 모든 사람의 시선이 그쪽으로 향했죠. 뚜껑은 계속 나은정 씨가 들고 있었고요. 어때요? 시간상으로는 충분하죠?"

"잠깐! 그건 너무 억지스럽잖아? 주방에서 음식에 독을 넣어서 가져온 게 더 설득력이 있는 거잖아?"

나은정이 얼굴이 발개진 채 항의했다.

"주방에서 나가기 전, 이수아 씨가 음식이 다 익었는지 뚜껑을 조금만 열어 살짝 떠서 맛을 봤습니다. 그리고 같은 스푼으로 윤보선 셰프도 맛을 봤죠. 그리고 OK 사인을 보냈고요. 이수아 씨, 맞죠?"

"네!"

이수아가 대답했다.

"그럼, 저 세 명이 짠 거겠지!"

나은정이 악을 썼다. 김건이 여유롭게 웃으며 고개를 저었다.

"만약 독이 있었다면 이수아 씨도 영향을 받았어야 합니다. 하지만 이수아 씨는 멀쩡했죠. 즉, 주방에서 나올 때까지는 음식에 독이 없었다는 뜻입니다."

"그다음에 넣었을 수도 있지!"

"시간상 불가능합니다!"

김건이 잘라 말했다.

"이 식당의 구조상, 주방을 나서면 홀까지 직선으로 이어집니다. 주방 바깥쪽에는 CCTV의 사각지대가 없기 때문에 주방에서 홀까지 오는 도중에 독을 넣기는 불가능합니다. 즉, 요리가 완성되어서 피해자가 있는 테이블에 오를 때까지는 독이 없었다는 뜻이죠."

"그럼, 윤보선 셰프는 왜 중독된 거지?"

신영규가 물었다. 김건이 고개를 돌려 그를 쳐다보며 빙긋 웃었다.

"아! 바로 그 부분이 이수아 씨와 윤보선 씨가 무고하다는 결정적 증거가 됩니다!"

"무고하다? 어째서?"

신영규의 물음에 대답하는 대신 김건은 소주희를 쳐다 봤다.

"주희 씨, 처음 뚜껑을 열었을 때, 고소한 냄새를 맡고 기명 진 씨가 감탄했다고 했죠?"

"네."

"이수아 씨와 윤보선 셰프가 타진 냄비를 테이블로 옮겨서 뚜껑을 열었죠? 그때 냄새가 홀 안으로 퍼졌습니다. 그게 바 로 윤 셰프가 노린 효과였죠. 그가 타진을 쓴 이유도 바로 그 겁니다. 타진으로 요리를 만들면 무거운 뚜껑 때문에 안에서 대류현상이 일어납니다. 마치 압력솥에서 요리한 것 같은 효 과가 나죠. 그러고 나서 뚜껑을 열면, 갇혀 있던 향과 수증기 가 한 번에 터져 나옵니다."

김건이 앞에 놓인 타진의 뚜껑을 들어 보이며 설명했다. 그 리고 그 뚜껑을 김정호 형사에게 건넸다.

"그 타진 뚜껑이 신기하다며 기명진 씨가 뚜껑을 들어서 들여다보았죠. 그리고 다음에 나은정 씨도 들여봤죠?"

김정호 형사가 타진 뚜껑을 나은정에게 건네자, 그녀는 찌푸린 얼굴로 마지못해 받아 들었다.

"그다음, 윤 셰프는 버너의 불을 높여서 타진 바닥을 가열하고, 타진 안에 샴페인을 부은 뒤, 다시 뚜껑을 덮습니다. 슈크루트 가르니는 일반적으로 리슬링 와인을 쓰는데, 그 대신 샴페인을 쓰면 슈크루트 로얄(Choucroute Royale)이라는 요리가 됩니다. 윤보선 셰프는 나은정 씨에게서 뚜껑을 받아들고 다시 뚜껑을 덮은 다음 가열해서 뜸을 들입니다. 이게 그가 생각한, 슈크루트를 가장 맛있게 먹는 방법이었겠죠."

타진 바닥에 샴페인을 붓는 시늉을 한 김건이 다시 뚜껑을 받아들고 위에 덮었다.

"윤보선 셰프는 다른 음식을 먼저 서빙한 다음, 충분히 뜸이 든 타진 냄비에 얼굴을 가까이한 상태에서 뚜껑을 엽니다. 주희 씨, 이때 향기가 폭탄처럼 터져 나왔다고 했죠?"

"네!"

"그거 때문에 윤보선 셰프는 중독된 겁니다."

"겨우 그거 때문에요? 이해가 안 가네?"

고개를 갸웃하는 김정호 형사를 보고 신영규가 말했다.

"사건 당시 사용된 타진은 돌 재질이었어. 뜨거운 돌 판에 샴페인을 붓는다. 어떻게 될까?"

"아!"

그 말을 들은 소주희가 탄성을 질렀다.

"샴페인은 끓는점이 낮죠!"

"휘발성 기체인 샴페인이 증발하면서 타진 안쪽은 폭발 직전 같은 고압 상태가 됩니다. 이때 요리사가 뚜껑을 열면 분자가 폭발하듯 사방으로 퍼집니다. 일종의 향기 폭탄이죠. 윤보선 셰프는 분자요리에 정통한 과학도였으니까 이런 효과를 잘 알고 있었어요. 보통은 그 향기가 사방으로 퍼지겠지만 이번 경우, 나은정 씨가 넣은 사이안화칼륨도 같이 퍼진 겁니다. 당연히 타진 뚜껑을 연 요리사의 얼굴에 가장 많이 묻었겠죠. 다행히 치사량에는 못 미쳐서 처음에는 이상이 없었지만 물을 마시다가 입술 주변을 손으로 닦으면서 독을 같이 마시게 된 겁니다."

모든 사실을 알게 된 사람들이 고개를 끄덕였다. 심지어 신영규도 그의 말에 별다른 이의를 제기하지 않았다. 오직 한 사람, 나은정의 표정만 종잇장처럼 창백했다.

"그럼, 윤보선은 왜 주방을 다 부수려고 한 거야?"

김정호 형사가 물었다.

"이수아 씨가 독을 넣었다고 오해한 것 아닐까?"

"네?"

이수아가 놀란 얼굴로 김건을 쳐다보았다.

"이수아 씨가 전날 기명진 씨를 만났고, 윤 셰프도 그것을 알고 있었죠."

"아! 그럼……."

"CCTV에 찍혀 있더군요. 두 사람이 엘리베이터로 올라가는 모습을 밖에서 지켜보고 있었습니다."

"그런, 말도 안 돼!"

이수아의 얼굴이 더 창백해졌다.

"안에서 무슨 일이 있었는지는 모르지만 이수아 씨가 기명진 씨를 피하는 모습을 보고 뭔가 안 좋은 일을 당했다고 판단했을 겁니다. 그래서 그는 애인을 감싸고 자신이 죄를 뒤집어쓰기 위해 그런 행동을 한 겁니다."

"아무리 애인을 감싸려고 해도 대신 살인죄를 뒤집어쓴다고? 대체 왜?"

그 물음에 김건이 머뭇거리며 이수아의 눈치를 보았다.

"그건…… 제가 말해도 될지 모르겠지만…… 이수아 씨가 윤보선 셰프의 아이를 임신했기 때문이죠."

그 말을 들은 이수아가 울음을 참으며 고개를 끄덕였다.

"그날, 셰프와 헤어져서 기명진 씨를 만나러 간 건 사실이에요. 다시 한번 기회를 달라고 부탁하려고요. 그런데 오히려 기명진 씨가 저를 협박하며 회유하려고 했어요. 셰프를 배신하면 자기가 키워주겠다고 말했죠. 그게 무슨 뜻인지 알고 있어요. 기명진은 젊고 재능있는 여자를 키워주는 것으로 유명한데, 뒤로는 다 스폰서 관계였어요. 저는 제가 임신한 사실을 말했는데, 그럼 더 좋다면서 안으려고 했어요. 그 사람을 밀어내고 도망쳐 나왔죠. 그런데, 셰프가 그렇게 생각했을 줄은……."

"윤보선 셰프는 아마도 이수아 씨의 태도를 보고, 기명진 씨를 죽인 것이 이수아 씨라고 생각한 것 같습니다. 절대로 아이를 감옥에서 낳지 않게 하려는 생각으로 그는 자신이 죄를 뒤집어쓰려고 생각했겠죠. 그래서 독이 든 음식들을 토치로 태워버리고 주방으로 가서 증거가 될지 모르는 모든 도구와 식재료를 부숴버린 겁니다."

"나 때문이야, 결국, 오빠는 나 때문에."

"언니. 언니 때문이 아니에요."

흐느끼는 이수아를 소주희가 달래주었다.

"이제 정리할까?"

신영규가 앞으로 나서며 말했다.

"자, 국과수에 저 만년필 감식 맡기고 결과 기다리자고. 그 전에 일단 범인부터 잡고 시작하지. 정호야!"

"네, 팀장님."

"용의자 나은정을 기명진에 대한 살인 혐의와 윤보선에 대한 상해 혐의로 체포한다!"

"네!"

신영규가 복승아 형사에게 고개를 끄덕이자 복 형사가 품에서 수갑을 꺼내더니 옆에 앉아 있던 나은정의 손목에 찰칵 소리를 내며 채웠다.

"왜 이래?"

나은정이 날카롭게 외쳤지만, 복 형사는 태연한 얼굴로 미란다 원칙을 읊었다.

"일체의 진술을 하지 아니하거나 개개의 질문에 대하여 진술을 하지 아니할 수 있습니다. 진술을 하지 아니하더라도 불이익을 받지 않습니다. 진술을 거부할 권리를 포기하고 행한 진술은 법정에서 유죄의 증거로 사용될 수 있고, 심문을 받을 때에는 변호인의 조력을 받을 수 있습니다."

"별로 의미가 없을 거야. 당신들은 아무것도 못 막아!"

갑자기 나은정이 소리쳤다.

"영화나 소설에서는 탐정이나 형사가 멋있게 범인을 잡아

내면 끝나지만, 현실은 달라! 나는 아주 비싼 변호사를 고용할 거야. 증거준비, 잘 해야 할걸?"

"닥치고 지금 바로 전화하세요. 휴대폰도 증거물로 압수합니다."

복승아가 쏘아붙였다.

"본인이 그렇게 만든 거야! 나는 분명히 경고했는데."

나은정이 말했다. 의외로 침착한 얼굴이었다.

"판도라가 상자를 열자 모든 악이 빠져나오고 마지막에 희망이 나왔지. 거기에는 사람들이 모르는 이야기가 있어. 모든 것이 빠져나간 뒤에 과연 무엇이 남았을까? 그건 바로 '상자' 그 자체야. 세상 모든 것을 담을 수 있는 무서운 힘을 가진 상자. 희망조차 빠져나가버린 공허."

그녀는 연극배우 같은 톤으로 거침없이 말했다.

그 말을 들은 김건과 신영규의 표정이 변했다.

"이제 당신들은 보게 될 거야. 그 상자가 뭔지, 그리고 그 안에 뭐가 있는지."

이미 이렇게 될 것임을 알고 있었다는 듯, 나은정의 체념한 듯 텅 빈 눈동자가 허공을 향했다.

"뭐래?"

"자세한 이야기는 서에서 듣지. 복! 피의자 데리고 먼저 가."

"네, 알겠습니다."

복승아 형사가 나은정을 일으켜 세워 문 쪽으로 향했다. 끌려가던 그녀의 시선이 김건과 마주쳤다. 짧은 순간 그 눈들은 많은 것을 주고받았다.

"당신들은 못 이겨. 절대!"

그 말을 끝으로 두 사람은 레스토랑 문을 빠져나갔다. 그 뒷모습을 지켜보던 김건이 가볍게 한숨을 쉬고, 종이로 접은 다른 새 한 마리를 주머니에서 꺼내 테이블 위에 놓았다. 서로 좌우에 날개 하나씩만 가지고 있던 두 새는 이렇게 한 쌍의 비익조로 완성되었다.

"그럼, 우리 셰프, 보선 씨는 괜찮은 거죠? 죄 없는 거죠?"

신영규가 고개를 까딱하고는 밖으로 나가버렸다. 이수아는 소주희를 끌어안고 울음을 터뜨렸다.

"거봐요. 내가 뭐랬어요. 우리 셰프, 괜찮을 거라고 했잖아요."

그녀는 눈물이 글썽한 눈으로 수아를 안아주었다.

"이제 이 문제는 수명을 다했습니다."

김건은 두 마리의 종이 새를 집어 들었다. 김건의 평소 습관은 문제를 푼 뒤에 C.O.T 모형을 구겨버리는 것이었다. 하지만 오늘은 그 종이 새 한 쌍을 이수아에게 내밀었다.

"비익조는 한 마리만 있을 때는 아무것도 못 하지만, 두 마리가 만났을 때는 가장 높고 멀리 날 수 있다고 합니다. 윤보선 씨를 도와주세요. 두 분이 같이하면 뭐든지 할 수 있을 겁니다."

이수아는 눈물을 흘리며 비익조를 받아 들었다.

"감사합니다, 정말 감사합니다."

─◦◦◦◦◦─

윤보선은 무겁게 눈을 떴다. 병상 옆에는 이수아가 눈물이 그렁그렁한 눈으로 그를 바라보고 있었다.

"수아야!"

윤보선이 이름을 부르자 이수아는 울음을 터뜨리며 그의 손을 잡고 엎드렸다.

"미안해요! 너무 미안해요. 죽을 만큼 미안해서…… 너무 미안해서 미안하단 말도 못 하겠어요."

윤보선이 그녀의 손을 마주 잡았다.

"이상하게도."

그가 힘겹게 입을 열었다.

"죽기 직전에…… 네 생각만 나더라."

"이번 살인사건도 결국 레메게톤과 관계가 있는 거로군?"

조용한 서장이 영국제 찻잔을 들고 자스민 향을 음미하며 물었다. 신영규는 습관대로 차에 찬물을 부어 식힌 뒤에 한번에 마셔버리고 담담하게 대답했다.

"맞습니다."

"다음 대상이 누가 될 것 같아?"

"단정 짓기에는 이르지만, 최근에 알게 된 윤범 교수도 그곳 출신입니다."

찻잔을 내려놓을 때마다 테이블 유리 위에 하얀 김이 서렸다. 신영규는 오른손을 소파 팔걸이에 걸치고 비스듬히 기대앉았다.

"그럼 나은정은 왜 기명진을 죽이려고 했지?"

"기명진의 동기를 반대로 보면 알 수 있지 않을까요?"

"어떻게?"

"나은정은 미술관 큐레이터로 유명한 사람입니다. 이전부터 재벌가 돈세탁에 연관된 미술품 거래 여러 건에 관여했다는 소문이 있었습니다. 미술관에 기명진 소유의 미술품도 많이 있었습니다. 그걸 노렸겠죠."

"그래서 혼자 혼인신고를 하고 살인까지 했다? 이거 참."

찬잔에서 올라온 하얀 김 너머로 희끗희끗한 머리가 흐리게 보였다. 침통한 표정의 조용한 서장이 천천히 고개를 흔들고 마시던 찻잔을 테이블 위에 내려놓았다.

"윤보선 셰프는 어때?"

"의식을 회복했습니다. 얼굴에 묻어 있던 사이안화칼륨이 치사량에는 미치지 못했답니다."

"잘됐군."

조용한 서장의 날카로운 눈빛이 신영규를 향했다.

"최근에 나타난 독약들…… 모두 같은 건가?"

"예, 일반적인 독이 아닙니다. 독성을 강화해서 조금만 먹어도 치사량이 됩니다. 연구소에서는 군용일 거라는 추측도 하더군요."

"군용?"

"예, 군이나 정보국에서 사용하는 물건일 가능성이 있답니다."

"그게 왜 시중에 돌아다니지?"

"누군가가 고의로 풀고 있다고밖에는 생각할 수 없습니다."

"고의로 풀고 있다…… 아!"

조 서장이 뭔가 생각난 듯 소리쳤다.

"도난된 증거물!"

"네?"

"삼 년 전에 있었던 증거물 강탈사건 기억나지?"

신영규의 가슴 한가운데가 '쿵' 소리를 내며 주저앉았다.

어떻게 잊겠는가? 김건이 연계된 그 사건을. 그 사건 때문에 그들의 인생이 바뀌었다.

"그때 잃어버린 증거물 중에 신형 독약이 있었어!"

신영규는 자기도 모르게 주먹을 꽉 쥐었다.

"지금 생각해도 이상했어, 그렇게 깔끔하게 경찰서 본청을 털다니 말이야. 단순한 조폭들 솜씨가 아니었어!"

"누구 짓이라고 보십니까?"

조용한 서장이 무겁게 고개를 저었다.

"남은 증거가 아무것도 없어. 현장에 김건이 정신을 잃고 쓰러져 있었고. 붙잡힌 용병이 그 친구를 한편이라고 증언했어. 김건은 묵비권만 행사했고, 다른 증거는 아무것도 없었지. 며칠 뒤에 그 용병도 목매달아 죽었고, 윗선 지시로 사건은 종결됐지. 모든 게 지나치게 깔끔하게 끝났어. 프로의 솜씨야!"

"힘 있는 프로죠!"

신영규의 휴대폰이 울렸다. 김 형사의 문자였다.

서장과의 껄끄러운 대화를 끝맺을 때가 된 것 같아 숨이
놓였다.

"나중에 다시 보고드리겠습니다."

소파에서 일어서는 신영규를 조용한 서장의 한 마디가 다
시 붙잡았다.

"신 팀장, 안 좋은 소식이 있네."

"뭡니까?"

"본청에서 근무하는 사람 중에 내 동기가 하나 있는데. 그
친구가 지난번 만났을 때 슬쩍 흘리더군. '내사과'에서 자네
를 감시하고 있다고."

신영규가 시시하다는 듯 '큿' 하고 코웃음을 쳤다.

"그게 어디 하루 이틀 일입니까. 제 방식 싫어하는 사람 천
집니다. 그런 거 일일이 신경 쓰다가 이 짓 못 합니다."

"평소와 틀려. 최근에 있었던 일까지도 잘 알고 있더군. 그
프랑스 친구."

"임의동행 말입니까?"

"그쪽 변호사는 인권탄압이라고 주장한다더군. 다행히 그
프랑스인이 기소를 포기했지만, 본청에서 알 정도면 꽤 심각
한 거야. 조심해!"

"예, 알겠습니다."

신영규는 서장에게 거수경례를 하고 밖으로 나왔다. 이 일을 본청에서 정확하게 알고 있었다. 그를 미행하는 사람이 있었다면 진즉에 알아차렸겠지만 그런 낌새는 전혀 없었다. 혹시?

"쥐새끼?"

과연 누가? 사무실에 들어서서 의심의 눈초리로 둘러보자 모든 사람이 다 의심스러웠다.

"팀장님, 김건이 다녀갔습니다. '자기를 학교에 보냈던 힘'이라나 하면서 팀장님 드리라던데요."

김 형사가 다가와 누런 서류봉투 하나를 내밀었다.

"학교에 보낸 힘이 뭐겠어요. 부모님 몽둥이지. 저는 예전에 학교 중퇴한다니까 아버지가 때리기 시작하더니, 힘드니까 어머니하고 교대해서 다시 때리시더라구요. 그래서 학교에 갔더니 이번에는 선생님이 더 큰 몽둥이로⋯⋯."

키득거리는 김 형사의 말을 무시하고 봉투를 열자 안에서 명함 한 장이 툭 떨어져 나왔다. 신영규는 순간적으로 얼어붙었다. 몸에 커다란 눈이 있고 머리에 제 삼의 발이 달린 '삼족오'!

"설마!"

전기충격을 받은 듯 머리가 곤두섰다. 벗어나려고 꿈에서

조차 발버둥 치던 것이 눈앞에 있었다.

"아니야! 그럴 리가 없어!"

허공을 향해 울부짖는 그의 시야가 뿌옇게 흐려졌다.

'나는 어디에나 있다.'

갈라진 목소리에 뒤를 돌아보았다.

커다란 까마귀가 방안에 앉아 있었다. 한동안 보이지 않던 녀석의 빨간 두 눈이 그를 노려보고 있었다. 신영규는 의자에 등을 기대며 털썩 주저앉았다. 그리고 그대로 까마귀의 두 눈을 들여다보았다. 심연처럼 깊은 붉은 어둠 속, 선명하게 보이는 어린 시절 자신의 얼굴. 까마귀 가면을 받고 자랑스럽게 얼굴에 쓰는 어린 신영규.

'나는 어디에나 있다.'

자신도 잘 알고 있었다. 까마귀가 바로 자기 자신임을. 세상 어디로 도망쳐도 자기 자신으로부터는 도망칠 수 없다. 그는 왼쪽으로 기댄 채, 엄지와 검지로 머리를 받쳤다. 그리고 심연 속의 괴물을 가만히 들여다보았다.

"나는 바로 너다."

자정이 얼마 안 남은 공원의 빈 터에 프랑스 국기를 연상시키는 빨강과 파랑, 하얀색으로 칠해진 자그마한 푸드트럭이 은은한 조명 아래 서 있었다. 공원 끝자락에 있는 희미한 가로등이 불빛을 더해준 덕에 지나가는 사람들도 멀리서나마 푸드트럭의 실루엣 정도는 알아볼 수 있었다. 그 모습은 너무나 몽환적이고 아름다워서 흡사 그림엽서 같았다.

조금 늦게 도착한 소주희가 김건에게 인사하며 물었다.

"소하! 오늘, 왜 이렇게 어두워요?"

"아, 발전기가 고장났대요. 그런데 소하?"

"소주희 하이! 줄여서 소하! 펭수 몰라요? 요즘 유행인데?"

"옹? 펭수요?"

"아, 아저씨 쓸데없는 건 다 알면서 요즘 건 모르시네!"

"그게…… 저기."

김건이 가리키는 곳에 배터리를 살리려 애쓰는 프랑수아의 모습이 보였다. 하지만 조명은 어두워지기만 했다.

"프랑수아, 안녕!"

"프하!"

소주희의 인사를, 땀을 흘리며 발전기를 고치던 프랑수아가 반갑게 받아주었다.

"이거 봐요. 프랑수아는 아는데. 바빠요? 도와드려요?"

"아니요. 내일 수리하러 가야겠어요. 오늘은 이대로 영업종료 해야겠네요."

"오, 노우~ 나 배고픈데!"

"주희 씨한테만 드릴게요. 어두워도 괜찮아요?"

"당근이죠. 폰 켜놓으면 되지요!"

"그럼 잠깐만요."

프랑수아가 발전기를 포기하고 주방으로 들어갔다.

"멀리서 보면 예쁜 그림인데 실제로는 전쟁이네요!"

"채플린이 한 말이 있죠. 인생은 멀리서 보면 희극이고 가까이서 보면 비극이다."

"우리 젊은이들은 이렇게 말해요. 인생은 멀리서 보면 판타지고 가까이서 보면 실전이다."

그 말을 들은 김건이 살짝 눈살을 찌푸렸다.

"주희 씨. 자꾸 저를 늙은이 취급하지 마세요!"

"우리 젊은 사람들 말, 잘 모르시잖아요. 이 말 아세요? 안물안궁!"

"안물안궁요? 사자성어인가요?"

"거봐요, 모르지."

"그건 모르지만, 좋아요. 내가 젊은 사람 언어를 꼭 공부해야겠네요."

"공부해야 안다면 젊은이가 아니죠."

"주희 씨, 정말!"

그들이 티격태격하고 있을 때, 영롱한 전화벨 소리가 울렸다.

"응? 폰 왔나? 내건 아닌데?"

소주희가 자신의 폰을 꺼내 보고 프랑수아에게 물었다.

"프랑수아! 전화 왔어요?"

"아니요."

그때 김건이 피식 웃으며 품에서 휴대폰을 꺼냈다. 최신형 '은하수 노트20'이었다.

"어? 뭐야? 아저씨, 폰 새로 샀어요?"

"주희 씨 말대로 요즘 트렌드를 알려면 하나 있어야겠더라고요. 큰맘 먹고 샀죠. 삼십 개월 할부로!"

와! 하고 감탄하던 소주희가 삼십 개월이라는 말을 듣고 고개를 갸우뚱했다. 김건은 뻐기듯 과장된 포즈로 휴대폰을 꺼내서 큰 화면을 들여다보았다.

"과연 최신폰은 다르더라고요. 화상통화가 돼요? 주희 씨 알고 있었어요?"

"그거야 기본……." 하고 대답하던 소주희는 김건의 자랑스럽게 헤벌쭉한 얼굴을 보고 고개를 저었다.

"아니요, 몰랐어요."

"어? 발신인이 안 보이네?"

"그럼 받지 말아요! 요즘 사기전화 많아요!"

"화상통화인데요? 그리고 국제전화예요!"

"화상통화요? 이상하네?"

"받아보면 알겠죠."

김건이 통화 버튼을 누르자 영상통화 화면이 켜지며 이철호 회장의 모습이 나타났다.

"아, 안녕하세요? 회장님!"

김건의 말에 소주희와 프랑수아도 옆으로 다가왔다.

화면 속, 이 회장은 추운 곳에 있는지 두꺼운 옷과 털모자를 쓰고 있는데도 얼굴이 빨갛게 얼어 있었다.

"아! 김건 씨!"

바람에 옷깃이 마구 휘날리고 있었다. 아주 먼 곳에 있는지 말소리가 일이 초간 지연되어서 들렸다.

"오랜만입니다. 회장님, 프랑스로 가셨다고 들었는데."

"시간이 없…… 저걸……요!"

말소리가 끊어져서 들렸다. 산속에 있는 것처럼 통화품질이 그렇게 좋지 않았다.

"네?"

이철호 회장이 말없이 자신의 폰을 돌려 뭔가를 보여줬다. 화면에는 눈보라가 휘날리는 설산의 모습이 나왔다. 알프스나 히말라야 같은 높은 산의 분위기였다. 심한 바람과 짙은 눈보라 속에 주변 경관이 잘 보이지 않았다. 그 희끄무레한 화면 사이에 무슨 뾰족한 구조물 같은 것이 보였다. 어느새 소주희와 프랑수아도 옆에 와서 같이 화면을 보고 있었다.

"녹화해요. 아저씨!"

"네? 그게 뭐죠?"

답답해하던 소주희가 직접 김건의 신형전화기 화면에서 녹화버튼을 눌렀다. 눈보라 속에 우뚝 서 있는 구조물의 모습이 저장되기 시작했다. 한동안 구조물을 보여주던 이철호 회장이 다시 화면을 돌렸다. 그의 코 밑 수염에 주렁주렁 고드름이 달려 있었다.

"드디어 찾았어요! 내가!"

"회장님! 그게 뭡니까? 그리고 거기 어디예요?"

"이건, 바로 'The Gate of Solitude, 고독의 문'이에요!"

"고독의 문요? 그게 뭔데요?"

"그건…… 바로……도……."

바람 소리가 강해지며 통화품질이 더 안 좋아졌다.

그때였다. 갑자기 화면 안에 불빛이 반짝이고 개 짖는 소리와 사람들의 목소리가 들렸다.

"안 돼! 그……들이…… 왔어!"

이철호 회장이 당황한 목소리로 말했다.

"아, 시간이 없…… 여기는……."

다음 순간 몇 발의 총성이 울리고 '억!' 하는 소리와 함께 화면이 어두워졌다. 휴대폰을 떨어뜨렸는지 화면에는 눈 바닥만 보였다.

"회장님! 어떻게 된 겁니까? 회장님?"

김건이 다급하게 불러봤지만 돌아오는 대답은 없었다.

"저……저기!"

소주희가 화면을 가리켰다. 바닥을 비추던 카메라에 검은색 군화가 잡혔다. 그러고는 뒤이어서 한 발의 총성이 울리더니 신호가 꺼져버렸다.

"뭐야? 이게 어떻게?"

"회장님! 회장님!"

김건이 다급하게 불렀지만 그의 휴대폰 화면엔 '뚜뚜' 소리와 함께 '통화종료'라는 글자만 떠 있었다.

"어떻게 된 거예요?"

"다시 걸어봐요!"

김건이 다시 전화를 걸었다. 그러나 몇 번의 신호음 이후 '연결이 되지 않아 소리샘으로 연결됩니다.' 하는 안내음성만 반복되었다. 몇 번의 시도 후에 김건은 힘없이 폰을 내려놓았다.

"연결이 안 돼요."

"그거, 총소리였죠?"

떨리는 소주희의 물음에 김건이 고개를 끄덕였다.

"회장님, 무슨 일 생긴 거죠? 그렇죠?"

"아직은 몰라요."

자신 없는 표정으로 고개를 저으며 김건이 대답했다.

"하지만, 한 가지는 분명해요. 이철호 회장님은 찾아내셨어요. '고독의 문'을!"

프랑수아가 굳은 표정으로 말했다.

"'용'이 깨어났어요!"

-fin-

외전 外傳

고독

孤獨

안성댁이 방안에 앉은 희끄무레한 그림자를 본 것은 설을 며칠 앞둔 어느 날 밤이었다.

당장이라도 무너질 것 같은 대들보에, 여기저기 간신히 구멍만 막아놓은 다 쓰러져가는 산속 초가집에 혼자 사는 노파가, 밑도 끝도 없이 자다가 인기척에 놀라 깨었으니, 그야말로 '아닌 밤중에 홍두깨'였다.

사람의 모습 같은 모양새에 덜컥 겁을 집어먹었지만 시간이 지나도록 깊은 산속 돌부처마냥 움직임이 없었다.

'저게 뭐람? 사람이여, 도깨비여?'

안성댁은 누덕누덕 기운 때 탄 이불을 머리끝까지 올려 쓴 채 오들오들 떨고 있었다.

가으내 간간이 해둔 땔감은 넉넉했지만 부뚜막 불이 꺼졌는지 구들장이 미지근했다. 이불 속이 그리 춥지 않음에도 무섭고 두려워서 떨림이 멈추지 않았다. 이럴 때면 새삼, 자신이 홀몸이라는 사실을 깨닫고 서러움이 북받쳤다.

빼꼼히 눈만 꺼내서 발치의 그림자를 훔쳐보았다. 떨지도 움직이지도 않았지만 그것은 사람의, 그것도 남자의 뒷모습이 분명해 보였다.

'이상도 하지.'

혼자 사는 과부, 그것도 애저녁에 예순을 넘긴 할마씨 혼자 사는 집에 남정네가 찾아올 일이 무엇일까? 친지들과는 진즉에 연을 끊었고, 마을 사람들하고도 내왕 않고 지낸 지 십수 년이 넘어 찾아올 사람도 없는 터에 이불 발치에 앉아 있는 저 그림자는 대체 뭐란 말인가? 좀 더 잘 보려고 눈을 부릅떠봤지만, 바늘귀에 실도 잘 못 꿰는 늙은 눈에 보이는 건 히그무레한 그림자뿐이었다.

"게 누구요? 사람이면 말을 하고 귀신이면 물러가오!"

기껏, 이불 속에서 한소리치고 다시 눈을 내어봤지만, 그림자는 아무 기척도 없이 자리만 지키고 있었다.

없는 용기를 짜내어 다시 한번 고개를 들고 자세히 들여다 보니, 그 사람 같은 그림자는 검은색 도포에 검은색 갓을 쓰고 있었으니, 그때서야 안성댁은 눈을 질끈 감으며 '아이고, 아이고' 하고 곡소리를 내었다.

'저 인물이 차사(差使)일세! 내 북망산천 볼 날을 기다린 바 오래였는데. 마침내 차사를 만났어!'

그녀는 이불을 둘러쓰고 혼자서 뇌까렸다.

"이럴 때가 아니지. 내 얼른 저이를 불러야지!"

꽃다운 나이에 서방을 여의고 혼자 살다가 어느덧 칠순을 바라보는 안성댁은 이제 삶에 미련이 없었다. 진즉에 이 각박한 세상을 떠나고 싶었는데, 풀뿌리처럼 모진 목숨은 쉽게 놓이지 않았다.

"여보시오! 당신이 차사면 어서 나를 데려가오."

말과 함께 벌떡 일어나 앉았으나, 방안에는 아무도 없었다.

아직 차다 만 밝은 달빛이 덕지덕지 붙인 얇은 문풍지를 뚫고 휑한 방안을 밝히고 있었다.

"게 누구 없소?"

아까까지 사람 그림자가 앉았던 곳을 눈을 비비고 다시 쳐다봐도 그 자리에는 아무것도 없었다. 있는 것은 불꺼진 구들장의 썰렁함뿐, 한기에 괜스레 마음만 더 외로워졌다.

"꿈이었네! 내가 꿈을 꾸었어!"

탄식 같은 기침을 하며 옆으로 돌아누운 안성댁이 실없이 중얼거렸다. 눈을 감고 잠을 청했지만 한동안 잠이 오지 않아 결국, 뜬눈으로 해를 맞았다.

다음 날은 마음이 허망하여 일이 손에 잡히지 않아 하루 종일 한숨만 푹푹 쉬었다. 곰방대를 붙잡고 연기를 피워물어도 재미가 없었다. 마음이 텅 비어 배가 고픈 것도 잊어버려 종일 끼니를 거르다가 해 질 무렵에 삶은 감자 두어 알을 마른입에 집어삼켰을 뿐이었다. 살얼음이 동동 뜬 동치미 국물을 사발로 떠서 벌컥벌컥 마셔봐도 마음은 풀리지 않았다. 결국, 호롱불 아래에서 해진 저고리를 기우다가 눈이 침침하여 이것도 그만 걷어치우고 일찍 잠자리에 들기로 했다.

차가운 바람이 들어차 뼈마디가 쑤셨지만 억지로 몸을 움직여 아궁이에 장작을 넣고 후후 불어 불을 지폈다. 무쇠가마솥에 김이 오르고 구들장이 뜨뜻해지자, 그제야 이부자리에 누울 맛이 났다. 저 멀리서 승냥이 우짖는 소리가 들리자, 안성댁은 몸서리를 치며 누덕누덕 기운 이불을 머리 위로 덮어썼다. 보통은 나무가 많은 뒤쪽 큰 산에만 살던 놈들인데, 한겨울 먹을 것이 없다 보니 이 산까지 넘어오곤 했다. 예전에 한 번 놈들과 마주쳤다가 혼쭐이 났던지라 그 무서움이 뼛속에 사무쳤다. 하지만 그것도 잠시, 따끈한 바닥에 등을 지지자 전신이 노곤하여 어느새 까무룩 잠이 들고 말았다.

그렇게 이른 잠에 취해 있던 안성댁은 알 수 없는 인기척에 놀라 화들짝 잠이 깼었다. 천근만근 무거운 눈꺼풀을 간신히 뒤집어 올려 아래쪽을 쳐다보니 과연, 어제처럼 괴이한 사람 그림자 하나가 발치에 앉아 있는 것이 보였다. 좀 더 잘 보려고 어미젖 찾는 송아지처럼 두 눈을 몇 번이나 껌뻑거려 봤지만 늙은 눈은 초점이 없었다.

"거기 누구요? 사람이요? 귀신이요?"

어젯밤과 똑같이 묻는 목소리가 가늘게 떨렸다.

"흑심 품은 홀아비면 애먼 집을 잘못 찾았소. 늙은 년 혼자뿐이라 하룻밤 정 나눌 힘도 없어 상대가 못되오."

안성댁의 말에도 사람 그림자는 꼼짝도 하지 않았다.

"배짱 없는 도둑이면 잘못 짚어도 한참 잘못 짚었소. 이 초가집에 있는 거라고는 나처럼 말라비틀어진 나물 부시레기뿐이라오."

역시 아무 대답도 없었다. 하지만 안성댁은 그 사람 모양이 자신의 이야기를 듣고 있다는 느낌이 들었다. 어쩌면 말

몇 마디만 더 하면 이쪽을 돌아볼지도 모른다는 생각에 노인은 살며시 자리에서 몸을 일으켜 앉았다. 그제야 앞에 앉은 사람의 모습이 더 잘 보였다. 여느 양반처럼 소매가 넓은 답호에 큰 갓을 쓴 채 고개를 숙인 것이, 젊은 사대부의 뒷모습처럼 보였다. 시간이 지날수록 무서움이 사라졌다. 그리고 원인 모를 그리움과 애틋함이 가슴속에 가득 들어찼다.

"이녁도 처음부터 이런 외톨이는 아니었소. 나한테도 번듯한 서방이 있었다오. 벌써 삼십 년도 넘은 옛날 일이지만"

그때를 회상하던 안성댁은 어느새 눈가가 촉촉하게 젖어 있었다.

"내 서방은 진천 땅의 선비였다오. 생거진천 사거용인(生居鎭川 死居龍仁)이라는 말처럼 진천은 물이 맑고 땅이 비옥해서 살기에 더할 나위 없는 곳이었소."

생원이던 허경일의 둘째 아들이었던 허남생은 형님이 어려서 병으로 죽고, 대신에 집안의 장남이 되었다. 어려서부터 학문에 재능을 보여 열다섯 살 때부터 과거에 뜻을 두었다.

불운하게도 부모님이 두 분 다 병환이 깊어져, 빨리 장가를 보내기로 하고 혼처를 알아보던 중, 안성 땅에 사는 박씨라는 양반댁 여식이 부모를 여의고 혼자되어 진천의 친척댁에 신세를 지고 있다는 말을 듣고 선을 보러 갔다. 얼굴 생김이며 행동거지가 모두 조신하여 부모 마음에 쏙 들었는지라, 바로 매파를 넣어 혼사를 진행하게 되었다. 박씨 처자를 데리고 있던 숙모는 그날로 혼사에 찬성하고 일은 그렇게 일사천리로 진행되었다. 하지만 이 과정에서 박씨 처자의 의사는 누구의 안중에도 없었다. 그녀는 자신의 서방 될 사람이 누구인지 궁금하여 집안의 종놈에게 탁주값을 주어 인물이나 행동이 어떤지를 물어오게 했는데, 이 종놈은 탁주만 진탕 부어 마시고는 알아듣지도 못할 헛소리만 해대서 결국 처자는 답답하고 애타는 마음으로 혼삿날을 맞이하게 되었다. 고작 열여섯이었다.

혼인식 날, 연지곤지 찍은 고운 얼굴을 소매에 감추고 말에서 내린 신랑이 대문을 넘어 집 안으로 들어오는 모습을 수줍게 훔쳐보던 박씨는 신랑이 포선(布扇)으로 가렸던 얼굴을 드러내자 자기도 모르게 배시시 웃었다.

"각시가 웃었네. 첫째는 영락없이 딸이로세~."

동네 사람들이 놀리며 웃어댔지만, 서방의 허옇고 멀끔한 얼굴이 너무나 마음에 들었던 각시는 고개를 숙인 채 미소 지었다. 허생원 부부도 창백한 얼굴에 연신 밭은기침을 하면서도 시종일관 얼굴에서 미소를 거두지 않았다.

그날 밤 신방에서 각시의 족두리를 벗겨주며 "고생이 많았소." 하고 위로하는 새서방의 단아한 목소리에 그녀는 굳었던 마음이 녹아버렸다. 조실부모하고 친척 집에서 천대받으며 자란 어린 시절을 한순간에 보상받은 느낌이었다. 아주 예쁘지도 않고 너무 박색도 아닌 평범한 얼굴의 계집아이가 잘생긴 데다 각시를 살뜰히 아껴주는 성품까지 좋은 서방을 만났으니 이런 행운이 또 없었다. 너무 좋아서 방실방실 웃고만 있던 각시는, 합환주(合歡酒)를 한 잔 마신 후에 그만 긴장이 풀려서 바로 잠들어버려 새신랑을 당황하게 했다.

"서방은 내게 과분한 사람이었소. 잘생긴 얼굴로 주변 여인네들의 애간장깨나 녹였지만, 그 사람은 오직 나한테만 잘해주었소. 그냥도 잘생겼지만 나는 그이의 갓 쓴 모습이 그렇게 좋았다오. 하얀 의복에 상투를 틀고, 갓을 쓴 모습은 정말 눈부실 정도였지요. 하지만 우리 신혼의 단꿈은 그리 오래가지 않았다오."

혼사가 끝나고 불과 한 달 만에 허 생원이 병고 끝에 숨을 거두었다. 그리고 반년이 채 안 되어 아내 이씨도 남편의 뒤를 따랐다. 부모님 두 분을 동시에 잃고 허남생은 깊은 실의에 빠졌다. 엎친 데 덮친 격으로 허생원이 믿고 차용증도 없이 돈을 빌려주었던 삼십 년 지기 박진사는, 자신은 이미 그 돈을 갚았노라고 주장하며 변제를 거절했다. 어린 허남생을 쉬이보고 거짓말을 한 것이었다. 관아에 가서 억울함을 토로했지만 돌아온 답변은 허무했다. 박진사와 이방이 형, 동생하는 친한 사이인 것은 동네 모두가 아는 사실이었다. 결국 허남생은 쓸쓸히 집으로 발을 돌렸다.

부모님이 돌아가신 뒤부터 가세는 점점 기울어갔다. 처음에는 친척과 벗들을 찾아서 돈을 융통해보려고 했지만, 형편이 어려워졌다는 말이 퍼진 뒤로는 문전박대 당하기 일쑤였다. 엎친 데 덮친 격으로 집안일을 관리하던 행랑아범이 돌아가신 허생원의 이름을 팔아 사방에서 돈을 빌려 도망가버렸다. 허남생은 졸지에 그 빚을 모두 떠 안아야 했다. 하루가 멀다 하고 빚쟁이들이 집을 찾아왔고, 시달리다 못한 허남생은 집과 전답을 모두 팔아 빚쟁이들과 하인들에게 나누어주고 두 부부는 변두리의 허름한 초가집으로 옮겨 앉았다.

원래 어려운 것 없던 집에서 공부만 하던 허남생은 하루 아침에 쌀이 떨어져 끼니를 걱정하는 궁핍한 처지가 되었다. 이제 남은 것은 과거에 급제하는 길뿐이었다. 그는 밤을 낮 삼아 열심히 책을 읽었다. 아내 박씨는 동네에서 삯바느질 거리를 얻어와 그것으로 입에 풀칠했다. 어려서부터 친척집 에서 눈칫밥을 먹어온 그녀는 바느질도 곧잘 했기에 전혀 힘 들지 않았다. 하지만 하루종일 어두운 냉골에서 삯바느질하 는 아내를 보는 허남생의 마음은 편치 않았다.

"서방님, 저는 이 일에 익숙합니다. 걱정 마시고 책이나 읽 으셔요."

아내의 위로에도 허남생은 구들장이 꺼지도록 무거운 한 숨만 내쉬었다.

그렇게 하루하루를 뼈를 깎는 마음으로 절치부심하여 책 을 읽은 허남생은 스무 살 되던 해에 굳게 결심하고 한양으 로 과거를 보러 떠났다. 노자가 부족하여 주막에서 비지떡만 사 먹으며 한양으로 걸어가던 허남생은 어릴 적 동무인 김동 일을 만났다. 그는 진천에서 크게 성공한 상인으로 아버지의 뒤를 이어 큰 상단을 이끌고 있었다. 그의 상단은 전국을 무 대로 활동했고 멀리는 중국까지 거래처를 두었다. 비슷한 나이에 어릴 때는 꽤 친하게 지냈으나, 글공부를 시작하면서 관계가 소원해졌다. 김동일의 호의로 허남생은 그의 상단과 동행하여 끼니를 대접받았다. 그는 자신이 급제하면 꼭 이 은혜를 갚겠다고 호언장담했다.

"내, 우리 선다님 합격소식만 기다리겠소. 호언장담이 허언장담이 안 되길 바라오." 하고 너스레를 떨며 김동일은 떠나갔다.

한양에 도착한 허남생은 때를 맞춰 시험장으로 들어갔다.

시험장 안은 그야말로 난장판이었다. 시제가 잘 보이는 자리를 차지하려는 돈 많은 집안 자제들이 미리 자리 꾼들을 앉혀놓고 서로 싸움을 벌이는 통에 시끄러워 정신이 나갈 판이었다. 심지어는 하인과 기생까지 대동하고 들어와서 한 켠에서 밥을 짓고 닭을 삶는 사람도 있었지만, 시험관들은 못 본 체했다. 그 젊은이가 이조판서의 독자였기 때문이었다.

하지만 어렵게 이 자리로 나온 허남생은 굴하지 않고 최선을 다해 시험에 임했다. 운이 좋았다. 시제는 이미 여러 번 봐두었던 것이라 수월하게 써나갔다. 만족스러운 글을 가장 먼저 써 내려서 시험지를 제출했다. 문장뿐 아니라 서체 자체도 수려하여 흠잡을 데가 없어서 시험관들도 감탄을 금치 못했다. 허남생은 만족하여 물러나 결과를 기다렸다. 합격자를 발표하는 오 일 동안, 그는 주린 배를 움켜쥐고 물배를 채우며 남의 집 처마 아래에서 한뎃잠을 잤다. 마침내 발표가 났다는 말을 듣고 한달음에 달려가 이름을 확인했지만, 벽보에는 본인의 이름이 없었다. 주변에서 낙방한 다른 선비들이 투덜대는 소리가 들렸다.

"과거를 보면 무얼 하는가? 붙는 놈은 이미 정해져 있는데."

"그러게나 말일세. 괜히 한양 와서 노잣돈만 날렸네."

이 과거시험에서 합격자는 이미 정해져 있다는 소리였다. 장원은 이조판서의 장남이었다. 시험장에 노비들 대여섯을 대동하고 와서 밥을 짓고 닭을 삶던, 바로 그 젊은이였다. 허남생은 다시 고향으로 발길을 돌렸다.

모든 것이 허무했다. 환멸을 느꼈다. 이런 왕과 이런 신하 밑에서 관직에 나가 벼슬을 한들 무엇이 달라지겠는가? 깊은 산속 상여집에서 비를 피하고, 주인 없는 암자에서 새우잠을 자며 귀향하던 그는 속으로 마음을 굳혔다.

"서방을 한 달 만에 다시 봤는데, 몰골이 말이 아니었소. 거지도 그런 상거지가 없었지. 아무리 보아도 춘향이 어미 속이려는 이몽룡 꼴은 아니라서 시험에 떨어진 줄은 알았지만, 그이는 '돌아왔소.' 이말 외에는 한마디도 안 했지요. 나도 굳이 묻지 않았다오. 몸을 씻고 옷을 갈아입은 서방이, '내일은 일이 있어 나가야 하니, 그리 아시오.' 하기에 알았다고 했지요."

비록 거친 보리밥에 우거지 된장국, 쉰 김치가 전부였지만 허남생은 밥 한 그릇을 게눈감추듯 먹어 치우고는 몹시 지친 듯, 상을 물리자마자 곧바로 곯아떨어졌다. 다음 날 일이 있다고 했던 허남생은 점심때가 지나서야 자리에서 일어나 늦은 끼니를 때우고는 집에 있는 서책을 모두 챙겨 들고 도포에 갓을 쓴 채 밖으로 나갔다.

"서방이 갓 쓴 모습은 정말 보기 좋았다오. 개중에도 아무리 갓을 써봐야 패랭이처럼 보이는 사람도 있지만, 그분은 갓이 정말 잘 어울렸다오. 빨래터 여인네들이나, 장터에 마실 나온 여인네들도 우리 서방이 갓 쓰고 지나가는 모습만 보면 자기들끼리 시시덕거리며 난리가 아니었소. 그날도, 그렇게 멋있게 갓을 쓰고 나갔는데, 그것이 그 사람, 마지막으로 갓 쓴 모습인 줄은 꿈에도 몰랐다오."

그날 저녁 무렵, 박씨는 패랭이를 쓴 낯선 남자 하나가 집 안으로 들어서자 깜짝 놀랐다. 자세히 보니 서방인 허남생이었다.

"아니, 서방님? 그 모습은 뭐예요? 그 패랭이는 또 뭐고요?"

남생은 아내의 손에 얼마간의 돈을 쥐여 주었다.

"이건 웬 돈이에요? 책은요?"

"다 팔았소. 얼마 안 되지만 받아 두시오."

"예?"

"이번 한양에 다녀온 뒤로 결심한 것이 있소. 내, 앞으로 더는 관직에 뜻이 없소. 그래서 어릴 적 동무인 진천 상단 김동일 행수를 만나 일자리를 부탁했다오. 이 시간부로 장사를 배워 집안을 다시 일으키려 하오. 그러니 당신도 도와주시오."

박씨는 다른 말은 못 하고, "갓은? 갓은 어쩌셨어요?" 하고 넋이 나간 사람처럼 말했다. 허남생은 자신의 머리에 쓴 패랭이를 만지며 겸연쩍게 웃었다.

"장사하는 장돌뱅이가 갓이 무에 필요하겠소? 이 패랭이면 족하오."

"아깝습니다. 저는 서방님, 갓 쓴 모습이 너무 좋아요."

훌쩍이는 박씨 부인의 모습에 허남생도 마음이 짠하여 어찌할 바를 몰랐다. 그저 부인을 안아주며, "미안하오. 내, 면목이 없소."라고 되뇔 뿐이었다.

허남생은 상단으로 출근하기 전에 부인 박씨를 대동하여 상회로 가서 행수에게 인사를 드렸다. 어린 시절에는 양반과 상놈의 신분으로 인사를 받던 사람이 이제 어른이 되어서는 상전으로 모시고 머리를 조아리고 있으니, 이 웃지 못할 현실에 박씨 부인은 마음이 무거웠다. 하지만 행수인 김동일은 격의 없이 허남생 부부를 대했고, 박씨를 제수씨라고 부르며 깍듯이 예의를 갖추었기에 그녀의 마음도 점차 풀렸다. 김동일은 어린 시절부터 아비를 따라 전국 팔도, 중국과 왜국까지 누빈 사람답게 남자다운 기개가 넘치는 사람이었다. 술잔을 들어 상단 사람들에게 건배를 제의하는 굵은 팔뚝에 놀라고, 벌컥벌컥 들이켜는 탁주가 거칠게 자란 수염을 타고 내려 단단한 앞가슴까지 떨어지는 모습을 보면서 괜스레 가슴이 뛰었다. 술도 한 잔 안 마신 그녀의 빨개진 얼굴을 김동일도 알아차렸다.

"다음 날부터 서방은 상단으로 출근을 시작했소. 바로 그 패랭이를 쓰고 말이오. 사무를 보라는 행수의 말도 안 듣고 제일 아래 사환이 되어 허드렛일부터 시작했다오. 아무리 힘들고 괴로워도 집에 와서 한마디 불평도 없었소. 작살비가 내려도, 채찍비가 쏟아져도 매일같이 등짐을 져 날랐다오. 강한 사람이었지요. 대신에 잠을 잘 때마다 코를 골며 앓는 소리를 했다오. 그게 더 마음이 아팠소. 며칠 지나면서 그것도 점점 잦아들었지요. 평생 방에서 글만 읽던 사람이 그렇게 버티는 것도 대견했소."

차츰차츰, 허남생은 상단 일을 몸에 익혀 나갔다. 책만 읽느라 허약하던 팔다리에도 힘이 붙었고, 조금만 걸어도 턱에 차던 짧은 숨도 점차 길어져서 어지간한 거리는 쉬지 않고도 걷게 되었다. 물론 마음 아픈 일도 있었다. 한여름 뙤약볕 아래 밖으로 나다니며 일하느라 허여멀끔하던 얼굴이 점점 구리빛이 된 것도 그랬다. 상단 일을 하며 창고에서부터 몇 군데의 점포, 거래처까지, 하루종일 바쁘게 돌아다니다 보니

저녁에 집에 돌아올 때는 구들장 녹초가 되었지만, 매월 조금씩이나마 임금을 받기 시작하면서부터 빈 쌀독에 쌀이 차고, 장독에서 김치와 된장이 익어가더니, 차츰 진급하면서는 대들보에 굴비와 곶감이 내걸리고 술독에 술이 차는 등, 집안은 시나브로 살림이 피기 시작했다. 글 읽던 시절에는 먹을 것이 없어 벌레 한 마리 보기 힘들던 부엌에, 이제는 쥐가 들끓기 시작해서 이웃에 부탁해 얼룩고양이 한 마리를 얻어오기까지 했다.

"서방은 당신이 좋아하던 정몽주의 이름을 따서 녀석을 '몽'이라고 불렀소. 우리는 그 고양이를 자식처럼 키웠다오. 그놈이 들어오고부터 나도 적적하지 않아서 사는 맛이 났소. 많지는 않아도 돈이 들어오고 서방이 말려도 나 역시 집에서 삯바느질을 했기에 살림하는 맛이 났지요. 서방이 집에 돌아오면 발로 허리를 밟아주고 그이는 내 어깨를 주물러주었소. 힘들어도 서로를 보면 웃음만 나오던 행복한 시절이었지요."

이야기에 취해 얼굴 가득 미소를 머금던 안성댁이 문득,

앞에 앉은 사람 그림자를 쳐다보았다. 미동도 없이 같은 자리에 그대로 앉아 있는 그림자는 기묘하게도 언제라도 사라질 것처럼 희미해졌다가도 다시 보면 선명해지는 품이, 분명히 사람의 모습은 아니었다.

'사람이면 어떻고 귀신이면 또 어떤가? 아무 여한도 없는 구차한 이 내 목숨, 아까울 게 무언가?'

그리 마음을 정하자 더는 두려울 것도 아쉬울 것도 없었다.

"그냥 그렇게 두 부부, 오순도순 잘 살았으면 좋았으련만, 어느 가을날, 기어이 그 사달이 나고 말았다오."

안성댁은 갑자기 담배 생각이 나는지, 놋쇠 화로 옆에 두었던 곰방대를 흘끗 쳐다보았다. 담배라도 한 대 피우지 않으면 마음이 쓰라려서 견디기 어려웠다.

"그날은 그이가 상단을 따라서 왜관으로 내려가던 날이었다오."

늙은 여인의 눈빛 속에 지난날에 대한 회한이 가득했다.

허남생은 동이 트기 전부터 이미 나갈 채비를 하고 있었다. 나라에서 정해준 왜국 상인들과의 거래소인 왜관에서 왜인들과 큰 거래를 하기 위해서였다. 현지에서 왜인 말을 할 줄 아는 통역사까지 섭외해두었고 왜의 큰 상인집단의 영수와 만날 약조까지 했다. 왜인들은 조선의 인삼과 자기, 금붙이, 은붙이 등을 몹시 좋아해서 항상 많이 사고 싶어 했지만 나라에서 일정량 이상의 거래를 금하였기에 큰 거래는 별로 없었다. 하지만 수완 좋은 김동일은 뇌물을 쓰고 사람을 사서, 왜인들에게 많은 물건을 한 번에 넘길 좋은 기회를 잡았다.

허남생도 이들 무리에 끼어 같이 왜관으로 향하게 되었다. 이는 김동일 행수의 적극적인 추천 덕분이었다. 안성댁은 일찍 집을 나서는 서방에게 따뜻한 쌀밥과 된장국, 찐 굴비로 아침상을 차려주었으나, 허겁지겁 몇 술 뜨고 상을 물린 남생은 재게 발을 놀려 해도 채 안 뜬 인적 드문 새벽길을 나섰다.

진천 상단의 이번 행상은 보기 드물게 큰 것으로, 백 명이 넘는 인원이 세 조로 나뉘어, 걸음이 재고 무예에 능한 소수의 선발대가 사흘 먼저 출발하고, 하루 뒤에 십여 명의 이 진이 출발한 후에 다시 삼 일째에 수십 명의 본대가 출발한다.

이중 허남생이 속한 곳은 두 번째인 이 진이었는데, 이들은 주로 행정이나 사무를 보는 사람들로 선발대가 미리 거래를 터놓으면, 상단의 여정에 불편이 없도록 여관 및 현지 상인들과 거래를 트고, 관아에 신고하여 도적 등의 불상사에 대비하며 지역의 어르신들에게 인사를 여쭙는 등, 상단의 행상에 문제가 없도록 만전을 기하는 일을 맡았다. 원래 사무일보다 기초부터 장사를 배우기를 희망한 허남생이었지만, "이런 큰 거래를 앞두고 내 어찌 아우님 같은 들보를 불쏘시개로 쓰겠는가? 아무 말 말고 이번 일만 그리 따라주오!" 하는 김동일 행수의 간곡한 부탁에 차마 거절하지 못했다. 그래서 허남생은 어제 떠난 선발대의 뒤를 잇는 이 진으로 새벽 일찍 길을 떠났다.

"그날…… 손님이 왔다오."

혼자 남아서 바느질을 하던 안성댁은 날카롭게 우짖는 몽이의 소리에 문을 열고 밖을 내다보았다.

"게 뉘시오?"

밖에는 뜻밖에도 행수인 김동일이 서 있었다. 젊은 안성댁의 두 볼이 빨개졌다.

"안녕하시오? 제수씨."

그는 자신을 향해 털을 곤두세우고 으르릉대는 고양이 앞에서 어찌할 바를 모르고 서 있었다. 그 꼴이 몹시 우스웠다.

"오늘 처음으로 동생이 먼 길 떠나는 날이라 제수씨가 걱정되어 와봤소."

큰 상단의 행수가 혈혈단신으로 아녀자 혼자 있는 집을 찾아온 것이 이상했지만 안성댁은 싫지 않았다.

"저 고양이를 좀 물러주시오."

덩치에 어울리지 않게 고양이를 무서워하는 김동일의 간곡한 부탁에 몽이를 부엌으로 내쫓고는 그를 안으로 들게 했다. 여염집 여인네가 혼자 있을 때 외간 남자를 집 안으로 들이는 것은 큰 흉이었지만 안성댁은 주변을 살핀 후에 살그머니 문을 닫았다.

방에 들어와 앉은 김동일은 안성댁을 지긋이 보며 빙긋이 웃고만 있었다. 어색하여 안절부절못하던 안성댁이 억지로 입을 열었다.

"물이라도 한 사발 올릴까요?"

"물은 배 터지게 마셨소."

김동일이 옷을 걷어 올려 단단한 배를 두들겨 보이며 대답했다. 안성댁은 부끄러워 고개를 돌리며 다시 물었다.

"그럼 술이라도."

"우리 상단 첫 번째 금기가 낮술금지요."

"네."

"그래서 아침에 마셨소."

그의 어이없는 대답에 '풉' 실소가 터졌다.

"그럼 다과라도……." 하며 일어서는 안성댁의 손을 김동일의 커다란 손이 감싸 쥐었다.

"내가 원하는 것은 여기 있소!"

안성댁은 그 손을 뿌리치지 않았다.

"서방을 사랑하지 않은 것은 아니었다오."

안성댁이 곰방대로 화로 안의 재를 뒤섞으며 말했다. 이미 싸늘하게 식은 화로에는 불씨 하나 남아 있지 않았다. 불씨를 가지러 밖으로 나가기는 엄두가 나지 않았다. 그 사이에 다시 저 사람이 사라질까 두려워서였다. 처음에는 그 사람이 있는 것이 무서웠는데 이제는 없어질까 무서워한다는 사실에 실소가 터졌다.

"조실부모하고 나한테 무관심한 친척집에서 찬밥신세로 지내다 보니 언제나 사람 눈이 그리웠소. 누군가가 나한테 관심을 준다는 사실이 너무 좋아서 참을 수가 없습디다."

김동일은 그날 해 질 무렵까지 머물다가 사람들의 이목을 피해 집을 나섰다. 다음 날 일찍 출발하는 상단 행사 때문이었다.

"그것이 시작이었소. 행수 나리는 틈만 나면 나를 찾았지. 이러면 안 된다는 사실을 잘 알면서도 눈으로는 이제나저제나 그이만 기다리고 있었다오. 서방이 출차로 집을 비우면 행수가 찾아와 내 샛서방 노릇을 했소. 나중에는 행수가 일부러 일을 주어 서방을 멀리 내보내고 나에게 달려오곤 했다오."

노파는 방구석 어딘가에 던져두었던 부싯돌을 찾아 기웃

거렸지만 이내 그만두었다.

"그렇게 겨울이 가고 봄이 왔소."

어느 날 오후, 김동일의 팔을 베고 누워 있던 안성댁은 김동일이 틈만 나면 작은 칼로 깎아 만드는 나무조각에 대해 물었다.

"이건 말하자면 길어지네."

김동일은 처음에 대답을 피했지만 "밤도 긴데 어때요?"라며 재차 묻는 안성댁의 집요한 물음을 다시 피하기는 어려웠다.

"이건 동생(허남생)과 관계된 이야기네. 어린 시절, 동생과 나는 마을에서 자주 만나 노는 동무였지. 우리 같은 천것들하고 내외하는 다른 양반댁 자제들하고 달리, 동생은 우리와도 스스럼없이 어울려 놀았고 억지를 부리지도 않았네. 당시, 우리 집은 빈곤했어. 아비는 장사를 하러 일 년 열두 달 조선팔도를 돌고 돌았지만 별 재미는 못 봤지. 내, 어린 마음에 동생이 몹시 부러웠네. 동생은 항상 나무로 만든 장난감을 가지고 놀았는데, 나도 그걸 정말 가지고 싶었어. 하지만 똥줄 빠지는 처지에 부모가 사줄 리는 만무했기에 그냥 내가 만들기로 한 걸세. 그때부터 지금까지 틈만 나면 목상을 깎네."

그러면서 김동일은 안성댁의 모습과 꼭 닮은 목상을 깎아 손에 쥐여 주었다. 태어나서 처음으로 직접 만든 선물을 받은 안성댁은 좋아서 펄쩍 뛰었다.

두 사람이 방안에 있을 때, 갑자기 몽이가 '갸르릉' 하고 우는 소리를 냈다. 몹시 성마른 몽이 녀석은 다른 사람한테는 다 사납게 굴지만, 남편한테만은 살갑게 굴었다. 안성댁은 놀란 가슴을 달래며 옷을 입고 밖으로 나갔다. 다행히 밖에는 아무도 없었다.

"하지만 나는 알았소. 서방은 분명 집에 왔소."

안성댁은 곰방대를 저 옆으로 밀어버렸다.

"그날 저녁 늦게, 서방이 돌아왔소. 아무 일도 없었다는 듯이 밥을 몇 술 뜨고 등불 아래서 책을 읽다가 잠이 들었는데, 나는 이제나저제나 하고 가슴이 조마조마했다오, 그런데 그 사람은 한마디도 하지 않고, 다음 날 새벽 일찍 집을 나섰소."

그런데 그 직후에 김동일 행수가 또 집으로 찾아왔다. 굳은 결심으로 그를 내치려고 힘껏 따귀를 갈겼지만 행수는 빙글빙글 웃기만 했다. 결국, 두 사람은 다시 뒤얽혀 해를 보내고 달을 맞이했다.

자신이 미워서 견딜 수 없었던 안성댁은 김동일에게 쏘아붙였다.

"나는 관심받는 것이 좋아 서방을 배신했고, 이녁은 서방 것을 빼앗으려고 나를 탐했으니, 어쩌면 우리는 이리도 잘 만났단 말이오? 둘 다 천벌을 받아 마땅한 년놈들끼리 어찌 이리 죽이 잘 맞았소?"

"천살을 맞더라도 나는 임자와 만나야겠네. 나는 그거 말고 다른 건 아무것도 필요 없소."

옆에 있는 인두를 들어 자신의 목에 들이대며 한 치의 흔들림도 없이 말하는 김동일을 보며, 안성댁은 이 사람과 떨어질 수 없음을 깨닫고 눈을 질끈 감았다. 그 사이로 굵은 눈물이 몽글몽글 맺혔다.

　늙은 안성댁이 누더기 같은 옷고름으로 눈물을 닦았다.

　"그다음 날 소식이 들렸다오. 서방이…… 산에서 실족하였다는 것이었소."

　청천벽력 같은 소식에 황망하게 관아로 가서 서방의 시신을 확인했다. 찢어지고 해진 옷가지와 짚신. 그리고 그 옆에 놓인 패랭이. 남편이 분명했다.

　그녀는 그대로 혼절해버렸다.

　상단의 도움으로 상을 치르는 내내 그녀는 넋이 나간 모습이었다.

　행수인 김동일도 상중에 그녀와 눈도 마주치지 않았다.

　남편의 상 이후 김동일을 찾아간 안성댁은 자신을 거둬달라고 부탁했지만 김동일은 일언지하에 거절했다.

　"내가 자네를 탐한 것은 자네가 동생의 것이기 때문이었네. 이제 동생이 없으니 자네에게도 미련이 없네."

　노련한 장사꾼답게, 그는 판단도 빠르고 맺고 끊는 것도 확실했다.

"그때서야 깨달았다오. 내가 순간의 쾌락과 평생의 행복을 맞바꿔버린 것을."

굵은 눈물이 늙은 여인의 깊은 주름을 타고 흐르며 더 깊은 주름을 파내고 있었다.

안성댁은 그 후 진천을 떠났다.

"이곳저곳에서 이 일 저 일을 했지만 내 것은 없었소. 그때부터 오늘까지 긴 세월을 이렇게 독수공방했다오. 세상에서 나만을 아껴주는 서방을 잡아먹고 평생 그 벌을 받는 거지요."

그림자가 움직였다.

조금씩, 점점 더 분명하게 모양이 잡히더니 갓에 답호를 입은 근사한 젊은 남자가 일어나 고개를 돌렸다.

"서방님!"

안성댁이 눈물을 흘리며 좋아했다.

"이제 보니, 당신이 차사가 되어 나를 데리러 오셨구려. 어서 이 죄 많은 년을 데려가셔요."

하지만 허남생은 가만히 고개를 저었다.

"나는 차사가 아니오. 그래서 당신을 데려가지 못하오."

"왜 이제야 오셨소? 나는 하루에도 몇 번씩 당신을 생각하며 용서를 빌었다오."

"나는 당신을 용서하러 온 것이 아니오. 다만, 이것 한 가지만을 알려주고 싶었소."

"그게 무어요?"

"이제 내 마음속에는 임자가 없소."

안성댁은 고개를 숙이며 입술을 깨물었다. 포졸의 육모방망이보다 서방의 그 말 한마디가 백 배 더 아팠다.

"그 말 한마디 주려고 이리 늦게 오셨소?"

안성댁이 눈물을 훔치며 서방의 얼굴을 쳐다보았다. 그 시절 그대로의 꽃다운 모습이었다.

"당신을 잊는 데 이렇게 오랜 시간이 걸렸다오."

그 말에 다시 왈칵 눈물이 쏟아졌다.

"결국, 나를 벌주는 건 세월이었구려."

안성댁이 허망하게 넋두리를 늘어놓았다.

"당신이 죽던 그날부터 지금까지, 매일 밤 꿈을 꾸었다오. 나만큼 늙은 당신과 있었을지도 모르는 우리 자식들이 다 같이 모여 오순도순 행복하게 사는 모습이, 고독하고 각박한 이 년 인생, 밤마다 다시는 뜨지 않기를 빌며 눈을 감을 때마다 환하게 눈앞에 펼쳐진다오."

허남생이 고개를 돌렸다. 두 눈을 꼭 감은 그의 얼굴에서도 아픔이 느껴졌다.

"인생은 한바탕 긴 꿈이오. 꿈은 언젠가는 깨어나기 마련이니, 이제 임자도 그만 나를 잊어주오."

천천히 자리에서 일어난 허남생이 방문을 열고 밖으로 나갔다. 그 모양이 너무 덧없어 안성댁도 참지 못하고 그를 따라 맨발에 밖으로 뛰쳐나갔다.

허남생은 한 치의 망설임도 없이 휘적휘적 긴 소매를 펄럭이며 부엉이가 울고 있는 소나무 숲 사이로 걸어 들어갔다. 휘황한 달빛 아래 흘끗 이쪽을 돌아본 듯, 머리에 쓴 갓이 마지막으로 반짝하고 비치더니 이윽고, 그의 모습은 흔적도 볼 수 없었다. 그리고 처음부터 아무도 없었다는 듯이 추운 겨울밤의 눈꽃들만 바람에 이리저리 흔들리고 있었다.

"다시 갓을 쓰셨네요. 정말 보기 좋아요."

안성댁이 목메는 소리로 중얼거렸다.

늙은 여인은 두려움도 없이 한참 동안을 넋 놓고 허남생이 사라진 소나무 숲속만 쳐다보며 서 있었다.

멀리서 승냥이 우짖는 소리가 들렸다. 그 소리가 이번에는 훨씬 더 가깝게 들렸다.

책셰프
정가일의 말

오후 한 시 반의 깨달음

늦은 점심, 언제나처럼 사람 없는 편의점 구석에 앉습니다. 매일 먹는 메뉴는 즉석 라면에 삼각김밥.

라면이 퍼지기를 기다리며 삼각김밥을 내려다보고 있노라니 몹시 처량하고 구슬프기까지 합니다. 매일 이따위나 먹어야 하는 내 신세가 말이 아니구나 하는, 스스로를 동정하는 마음과 왜 이런 신세가 되었을까 하는 자책감까지, 그날 점심에는 참 많은 감정이 고명으로 올라왔습니다. 내 지나온 날들과 수많은, 결과적으로 잘못된 결정들을 후회하는 마음도 울컥 파도같이 일어났죠.

소설가로서 내가 창작한 인물들은 매일 같이 맛있는 프랑스 요리를 신나게 먹어대는데 정작 그들을 만든 나는 매일 라면에 김밥 신세니, 이런 괴리감을 뭐라고 표현할까요? 갑자기 코가 찡해집니다.

그렇게 가만히 내 앞에 놓인 초라한 점심을 보다가 문득 떠오른 것이 있습니다.

'나는 김밥과 라면을 아주 좋아한다!'는 사실입니다.

어린 시절, 몸에 좋은 것들을 참 많이도 챙겨주신 어머니의 눈을 피해 몰래 라면을 끓여 먹으며 행복해했고, 편의점이 생기고 삼각김밥이 보급되었을 때, 처음 맛보는 이 두 개의 꿀조합에 감탄하기도 했습니다.

이번 신/포 3권에도 이런 내용이 나오죠.

그렇게 과거에 나를 행복하게 해주었던 먹거리를 저는 왜 초라하다고 생각했을까요?

이런 경험을 떠올리자 이제 더는 내 점심이 초라하지 않게 느껴졌습니다. 마치 암행 나온 왕이 몰래 서민 음식을 즐기는 것처럼 귀하고 신기하게까지 느껴집니다.

모든 인간은 주어진 자원 안에서 살아가야 합니다. 점심에 아무리 배부르고 걸게 먹어도 저녁에 먹을 것이 없으면 굶어야 하죠.

즉, 제가 라면과 김밥을 고른 이유는 경험적으로 제가 가진 자원으로 살 수 있는 것 중 가장 맛있는 것을 고른 결과물인 거죠.

그런 의미에서 이 라면과 삼각김밥은 제가 현 상황에서 고를 수 있는 최고의 성찬입니다. 이천이백 원짜리 만찬인 거죠.

결론적으로, 저는 걸인의 식사가 아닌 왕의 식사를 하고 있는 겁니다. 이런 깨달음에 우울감은 모두 날아가고 입가에 다시 미소가 돌아왔습니다. 그렇게 허리를 곧게 펴고 당당하게 왕의 성찬을 즐겼습니다. 적당히 알싸하고 맛있게 짭짤한, 기분 좋은 깨달음이었습니다.

저는 독자들께 제 이야기가 프랑스 요리처럼 읽히기를 원하지 않습니다. 적당히 알싸하고 맛있게 짭짤한, 라면과 김밥 같은 경험이 되었으면 좋겠습니다. 인생 최고의 성찬은 아니라도 문득문득 떠오르는 친구 같은 이야기로 읽히면 기쁘겠습니다.

그날 오후 한 시 반의 제 깨달음처럼, 여러분도 당당하게 허리를 펴고 웃으면서 이 책을 끝까지 즐기셨으면 합니다.

오늘은 식사 후에 짜릿한 콜라도 한 캔 해야겠네요.

Bon appétit~